Monika Peetz

SOMMER-SCHWESTERN

Flaschenpost aus der Vergangenheit

Monika Peetz

SOMMER-SCHWESTERN

Flaschenpost aus der Vergangenheit

Roman

Kiepenheuer & Witsch

FSC www.fsc.org MIX Papier | Fördert gute Waldnutzung FSC® C014496

2. Auflage 2024

Covergestaltung: Barbara Thoben, Köln
Covermotiv: © Silke Schmidt
Gesetzt aus der Adobe Garamond Pro und der Brandon Grotesque
Satz: Buch-Werkstatt GmbH, Bad Aibling
Druck und Bindung: GGP Media GmbH, Pößneck

ISBN 978-3-462-00512-7

Für Emma und Paul

1. Eiszeit

Der Winter kam früh. Über Nacht hatte strenger Frost eine Decke zart glänzenden Puderzuckers über Nordholland gelegt und die Dünen in eine Märchenlandschaft verwandelt. Bäume, Sträucher und Gräser hüllten sich in ein schimmerndes Kleid aus winzigen Eiskristallen, auf dem Boden glitzerte kandiertes Herbstlaub. Amelie war extra früh aufgestanden, um das zauberhafte Winteridyll für ihre Follower einzufangen. Seit sie an die Nordsee ins niederländische Bergen gezogen war, teilte sie ihre Tage nicht nur mit Philomena, sondern auch mit einer stetig wachsenden Zahl von Menschen, die ihrem Instagram-Kanal »Sachensuchen mit Amelie« folgten.

Der Ferienort ihrer Kindheit und die Gemeinschaft rund um das *Cultuurdorp* waren für sie zu einer neuen Heimat geworden, auch wenn das Leben in und mit der Natur oft eine Herausforderung darstellte. Holländer beschwerten sich leidenschaftlich gerne über das Wetter: »Zu heiß, zu kalt, zu nass, zu trocken, zu windig, zu unbeständig …« Doch als das Thermometer unter die magische Null-Grad-Grenze sank, verstummte das Dauerklagen schlagartig. Je niedriger die Temperatur, desto besser die Stimmung.

»Schlittschuhwetter«, jubelte Philomena.

Die anhaltende Kältefront versetzte ganz Holland in kollektive Euphorie. Das kleine Land, das von Entwässerungskanälen, Wasserstraßen und Seen durchzogen war, zelebrierte die stetig dicker werdende Eisdecke als Ereignis von nationaler Wichtigkeit.

Wollt ihr nicht kommen?, schrieb Amelie an ihre drei Schwestern. *Hier grassiert das Eisfieber.*

Ihre Einladung stieß auf taube Ohren. Seit dem letzten Sommer war ihre Familie komplett zerstritten. Die ungeklärten Fragen rund um den Unfall des Vaters vor über zwanzig Jahren hatten Doro, Yella und die Zwillinge Amelie und Helen auseinanderdriften lassen. Jede der Schwestern versuchte auf ihre eigene Weise, sich mit ihrer exzentrischen Mutter zu arrangieren. Henriette Thalberg wehrte sich energisch dagegen, die ganze Wahrheit über den Tod des Vaters preiszugeben. Die Familienlegende wollte, dass ihr Vater in der Sturmnacht trotz grimmigster Wetterumstände ans Meer gefahren war, um einen Blick auf die aufgepeitschte Nordsee zu werfen. Diese Theorie war in sich zusammengebrochen, nachdem sie herausgefunden hatten, dass Johannes Thalberg an dem Abend nicht alleine gewesen war. Er hatte den Weg anscheinend mit einer heimlichen Geliebten angetreten. Bis heute war es ihnen nicht gelungen, die Frau, die ihren Vater in Abwesenheit der Mutter aufgesucht hatte, zu identifizieren.

Die dunklen Geheimnisse aus der Vergangenheit überschatteten die familiären Beziehungen. Yella und Doro beschuldigten sich gegenseitig, über die Sturmnacht gelogen zu haben, während Helen vor allem wütend auf ihre Mutter war, die sich aus unerfindlichen Gründen weigerte, ihre Version der Ereignisse mit den Töchtern zu teilen und den Namen der Unbekannten zu nennen. Doro stand wie immer bedingungslos zu ihrer Mutter und reklamierte so ganz nebenbei schon mal das mütterliche Erbe für sich alleine. Auf Kosten ihrer Schwestern! Kein Wunder, dass sie auf Amelies Einladung kurz angebunden reagierte: *Keine Zeit.*

Helen war da schon ehrlicher. *Mir steht der Sinn nicht nach Familientreffen*, schrieb sie. Und von Yella erhielt Amelie statt einer Zusage einen Brief, in dem sie alles zusammengefasst hatte, was sie gemeinsam mit Helen über ihren Vater und die Unfallnacht herausgefunden hatte.

Es sollen keine Geheimnisse mehr zwischen uns stehen, schrieb sie.

Yella hatte damals ihren Vater Arm in Arm mit der Fremden ertappt, jetzt hatte sie erstmals probiert, das Porträt der Unbekannten zu Papier zu bringen. Die Zeichnung hatte sie allen Schwestern und der Mutter zukommen lassen.

Vielleicht könnt ihr euch mal im Dorf umhören?, forderte Yella Amelie und Philomena auf. *Jemand muss die Frau doch kennen.*

Die Unbekannte mit dem auffällig roten Schopf verfolgte sie in ihre Träume. Nach einer unruhigen Nacht fand Amelie am Morgen zu alter Gelassenheit zurück.

»Es ist für mich nicht wichtig, was diese Frau mit Papa verband«, sagte sie am Frühstücktisch zu Philomena. »Mir geht es nur darum, was mich mit Papa verbindet.«

Welchen Sinn sollte es haben, diese Frau zu finden? Amelie konnte so gut nachvollziehen, dass ihre Mutter nicht an dieser für sie sicher schmerzhaften Geschichte rühren wollte. Sie fand es nicht mal beunruhigend, dass Doro die Familienvilla überschrieben bekommen hatte.

»Ich bin mir sicher, Doro zahlt uns aus, sobald es ihr finanziell besser geht«, meinte sie.

Philomena verschluckte sich fast an ihrem Müsli: »Du bist echt zu nett«, prustete sie.

»Familie ist wichtiger als jedes Geld der Welt«, sagte Amelie. »Seit wann heißt die Maßeinheit von Liebe Euro?«

Energisch setzte sie ihre leere Kaffeetasse auf den Tisch und ging an die Arbeit. Für Amelie bedeutete es die größtmögliche Freiheit, mit wenig auszukommen. In den Wintermonaten vertrieb sie über Instagram Kosmetik, Tee und Gewürzmischungen aus eigener Herstellung. Daneben lebten sie von dem, was Philomena als Taxifahrerin oder Comedian in verschiedenen Klubs erwirtschaftete. Ihre Bedürfnisse waren so bescheiden, dass es ihnen sogar gelang, Geld für ihren großen Traum beiseitezulegen, die betagte Jurte im nächsten Jahr durch ein Tiny House zu ersetzen.

»Interessiert dich nicht, was deine Mutter umtreibt?«, fragte Philomena, während sie ihr beim Verpacken der Bestellungen assistierte.

»Jeder Mensch hat ein Recht auf Geheimnisse«, sagte Amelie leise. »Selbst Mütter.«

Das Frostwetter kam wie gerufen. Die äußere Eiszeit lenkte bestens von der Eiszeit in ihrer Familie ab. Amelie ließ sich von der Aufregung anstecken, die ganz Holland erfasste. Wie jedes Jahr konkurrierten unzählige Vereine um die Austragung des allerersten Marathons auf Natureis. In Amsterdam und anderen Grachtenstädten traten umgehend offizielle Fahrverbote auf den Kanälen in Kraft. Kein Schiffsbug sollte der lang ersehnten Eisbildung im Weg stehen. In Nachrichten und Talkshows spekulierten *ijsmeester*, Eismeister, gemeinsam mit Eisschnellläufern und Hobbysportlern zur besten Sendezeit darüber, ob es nach über 25 Jahren wieder einen *Elfstedentocht* geben könnte, einen legendären Langstreckenwettbewerb im

Eisschnelllauf, der sich über 200 Kilometer und 11 friesische Städte zog.

»Seit 1909 hat der *Elfstedentocht* ganze fünfzehn Mal stattgefunden«, erzählte Philomena. »Das hält keinen Holländer davon ab, Jahr für Jahr endlos darüber zu spekulieren.«

Als Amelies persönliche Wetterfee begrüßte Philomena den Frost wie einen lang erwarteten Freund. Anders als die Offiziellen im Land, die fachkundig ein Loch bohrten und aus der Beschaffenheit des Eises ablasen, wie die Chancen zum Schlittschuhlaufen standen, setzte das kleine Energiebündel auf Körpereinsatz. Unter vollem Risiko testete Philomena nach vier Tagen erstmals die Tragfähigkeit der Eisdecke.

»Es hält«, rief sie begeistert in die Kamera und hüpfte wie ein Flummi auf dem Kanal hinter dem *Cultuurdorp* herum. Beim vierten Hopser brach sie sang- und klaglos im ächzenden Eis ein.

»Bodenfrust statt Bodenfrost«, kommentierte Amelie trocken.

Philomena lachte am lautesten über ihr Missgeschick: »Schlecht für mich, großartig für Instagram.«

Nach ein paar weiteren Frostnächten war es dann wirklich so weit. Amelie zog ihre Unox-Mütze über die Ohren, die sie beim traditionellen Neujahrsschwimmen ergattert hatte, als sie sich todesmutig mit zigtausend anderen in das fünf Grad kalte Wasser der Nordsee geworfen hatte. Die knallorangefarbene Wollmütze mit dem Bommel und dem Bündchen, die in den niederländischen Landesfarben Rot, Weiß, Blau leuchteten, stach als bunter Farbklecks in dem Meer an Grautönen heraus. Vorsichtig wagte sie sich aufs Eis, nur um festzustellen, dass man manche Dinge nie verlernte: Fahrradfahren, Schwimmen und anscheinend auch Schlittschuhlaufen.

Die Niederländer stürzten sich begeistert auf das Eis. Halb Holland hatte »*ijsvrij*«, eisfrei, genommen. Amelie fühlte sich, als wäre sie aus Versehen in eines dieser berühmten Wimmelbilder aus dem 17. Jahrhundert hineingeraten, die das winterliche Eistreiben abbildeten.

Richtig genießen konnte sie die Winterfreuden allerdings nicht. Amelie merkte, dass Yellas Brief gegen ihren Willen in ihr rumorte. Sie konnte nicht verhindern, dass sie die Schlittschuhfahrer auf dem Eis unwillkürlich musterte, um ihr Äußeres insgeheim mit dem gezeichneten Porträt der rothaarigen Frau abzugleichen. Kritisch beäugte sie jeden, der ihr auf dem Eis entgegenkam: die sportlichen Langstreckenläufer, die in hastigem Tempo an ihnen vorüberzogen, ambitionierte Eishockeyspieler, die den Puck in improvisierte Tore stießen, Kinder, die mit Stühlen als Gleichgewichtshilfe über das Eis schlitterten, ein älteres Paar, das gemeinsam Pirouetten drehte. Selbst bei den Imbissbuden, die neben den Kanälen aus dem Boden wuchsen, kontrollierte sie, wer da heiße Erbsensuppe, den klassischen holländischen Kakao *Chocomel* oder Glühwein an unterkühlte Schlittschuhläufer verkaufte. Es gelang ihr einfach nicht, Yellas Bitte abzuschütteln. Dabei hatte sie längst beschlossen, sich nicht aktiv an der Suche nach der geheimnisvollen Affäre ihres Vaters zu beteiligen. Amelie hatte nicht das geringste Interesse, die alten Verletzungen in ihr neues Leben zu tragen. Sie war so viel mehr als ihre tragische Vergangenheit. Bislang hatten die Fragen und Enthüllungen nur Elend über die Familie gebracht.

Hektisch sah sie sich um. Die Menschenmenge überforderte Amelie. Philomena spürte ihre Not. Kurzerhand bremste sie ab. Die Eisen ihrer Schlittschuhe gruben sich so tief in die glatte Oberfläche, dass Eissplitter aufstoben. Schwungvoll zog sie Amelie auf einen baumgesäumten Nebenkanal, der sie auf direktem Weg hinaus in die weite Polderlandschaft führte. Je weiter sie sich vom Dorf mit seinem Getümmel entfernten, desto einsamer und stiller wurde es auf dem Eis. Erst in dieser friedlichen Umgebung realisierte Amelie so richtig, warum die Holländer so schlittschuhverrückt waren. Es war ein geradezu erhebendes Erlebnis, durch die menschenleere Winterlandschaft zu schweifen. Ihre Kufen erzeugten ein leises, rhythmisches Knirschen auf dem Eis, neben sich hörte sie Philomenas Atem. Eine Gans flog erschreckt auf, ein paar Krähen riefen. Ein Gefühl von Freiheit und Leichtigkeit ergriff sie. Hand in Hand glitten sie Richtung Windmühle, die sich als Silhouette in dem Meer von Grautönen allenfalls erahnen ließ. Der frostige Atem, der ihre Lippen verließ, schwebte einen Moment in der Luft vor ihnen, bevor er sich auflöste. Kilometerlang flogen sie schweigend über die gefrorenen Wasserflächen. Selbst die kleinen Umwege gehörten dazu. So ganz nebenbei lernte Amelie ein neues Wort: *klunen.* Wieder so ein typisch niederländischer Ausdruck, für den es keine direkte deutsche Übersetzung gab. *Klunen* hieß nichts anderes, als dass man auf Schlittschuhen über ein Stück Land laufen musste, um von einer mit Eis bedeckten Fläche zur nächsten zu gelangen.

»Komm, wir machen ein Reel für Instagram«, schlug Amelie vor.

Philomena fing Amelies zaghafte Pirouetten mit der Handykamera ein. Amelie genoss jede Sekunde. Die Wintersonne blinzelte wie ein fahles Auge durch den Vorhang milchiger Wolken. Hier draußen hatte der Westwind freies Spiel und jagte Nebelschwaden über das Eis. Amelie spürte nichts von der Kälte, die sich durch ihre Kleidung drängte, nicht mal die schmerzenden Zehen. Ihre Wangen glänzten rot, der eisige Wind schmeckte nach dem Salz der Nordsee.

Am Abend sank Amelie glücklich in ihr Bett. Einen Moment vergaß sie alles, was sie im Alltag belastete. Selbst Yellas Brief, der unter ihrem Bett verstaubte.

Als sie am nächsten Morgen aufstand, war ihr Instagram-Post bereits tausendfach geteilt und kommentiert worden. Amelie glaubte ihren Augen nicht zu trauen, als sie die Rückmeldung überflog. *Unheimlich*, stand da. *Einfach nur gruselig*, fiel eine zweite Stimme mit ein. Viele der Reaktionen stießen ins selbe Horn. *Ich würde mich da kein zweites Mal rauswagen*, las sie, oder *Danke, Amelie, ich wollte eigentlich schlafen.* Ein Follower konnte sich gar nicht beruhigen. *Ich hoffe, es geht dir gut*, schrieb er.

Amelie kontrollierte irritiert, was sie da gestern geteilt hatte, das Reel war doch völlig harmlos gewesen. Die idyllischen Winteraufnahmen flackerten vor ihren Augen. Sie beobachtete sich selbst, wie sie auf Schlittschuhen durch die magische Eislandschaft glitt. Doch nach wenigen Sekunden passierte etwas Seltsames: Im Nebel tanzte eine schemenhaft schwebende Gestalt. Der Wind wirbelte das geisterhafte Wesen um sie herum. Die Umrisse der Figur verschwammen und verschmolzen wieder, als ob sie zwischen zwei Welten wanderte. Die Erscheinung wirkte furchteinflößend und faszinierend zugleich.

»Eine optische Täuschung«, meinte Philomena nüchtern.

Amelie schüttelte den Kopf. Sie wusste es besser. Es hatte tiefere Gründe, warum sie sich in Bergen mehr zu Hause wähnte als an allen anderen Orten, an denen sie bislang gelebt hatte. Hier in den Dünen spürte sie überall die Anwesenheit ihres Vaters, der diese Landschaft so sehr geliebt hatte. An guten Tagen fühlte sich seine Präsenz für Amelie an wie eine unsichtbare Umarmung. Seitdem ihre Schwestern jedoch angefangen hatten, in der Vergangenheit herumzuwühlen, strahlte das mystische Kraftfeld zunehmend negative Energien aus.

»Das ist Papa«, wiederholte Amelie. »Seine Seele findet keine Ruhe.«

»Ich glaube eher, er langweilt sich«, witzelte Philomena. »Das ist das Schlimmste am Totsein: Es passiert einfach nichts mehr. Nicht umsonst heißt es tödliche Langeweile.«

»Es passiert zu viel«, widersprach Amelie. »Solange wir Schwestern streiten, kann seine Seele keine Ruhe finden.«

Philomena legte den Kopf schief. »Ruhe wird vollkommen überschätzt.«

Normalerweise half ihr Philomenas nüchternes Relativierungsvermögen dabei, nicht allzu sehr in düsteren Stimmungen zu versinken. Diesmal war es Amelie ernst.

»Er hasst, was aus unserer Familie geworden ist«, beharrte sie auf ihrer Einschätzung.

Ihr Vater war immer derjenige gewesen, der darauf achtete, dass sich die vier Mädchen nach Auseinandersetzungen versöhnten.

»Nie im Streit auseinandergehen«, dozierte er gerne. »Und abends immer aufräumen.«

Rest in peace? Wie denn? Sie hatte das Gefühl, dass ihr Vater als Untoter durch ihrer aller Leben wanderte. Die Recherchen ihrer Schwestern hatten ihn aus seiner Totenruhe geweckt. Der Schmerz über den Verlust fühlte sich wieder neu und roh an. Wie ein dunkler Schleier hatte sich die Trauer ein zweites Mal über die ganze Familie gelegt. Kein Wunder, dass es keinen Weg gab, zueinanderzufinden. Trauer führt dazu, dass alle nur mit sich selbst beschäftigt sind. Amelie konnte einfach nicht verstehen, warum ihre Schwestern zuließen, dass das Gestern das Heute überschattete.

Wie sagte Philomena immer: »Jeder hat seine Aufgabe in dieser Welt. Meine ist, Witze zu reißen und viel zu laut und an der falschen Stelle zu lachen.«

Welche Rolle hatte sie zu spielen? Amelie betrachtete nachdenklich das unheimliche Reel. Sie ahnte, was ihr Vater von ihr erwartete. Johannes Thalberg konnte nicht mehr aufräumen und für Familienfrieden sorgen. Er gab einen unsichtbaren Stab an sie weiter. Es war an ihr, in seine Fußstapfen zu treten. Sie würde alles daransetzen, die zerstrittenen Parteien zusammenzubringen.

2. Blauer Montag

»Wo willst du anfangen?«, fragte Philomena. »In deiner Familie ist jeder auf jeden sauer.«

Doro und Yella redeten kein Wort mehr miteinander, Helen hatte final mit ihrer Mutter gebrochen. Amelie selbst rotierte wie ein Dolmetscher, der versuchte, zwischen Menschen mit unterschiedlichen Sprachen zu vermitteln.

Amelies Vorschlag, gemeinsam Weihnachten in Holland zu feiern, stieß auf wenig Gegenliebe.

»Zu aufwendig«, sagte Yella.

»Zu viel Familie«, antwortete Helen.

»Zu besinnlich«, meinte Doro. »Stille Nacht und Glühwein machen mich nervös.«

»Macht euch bloß keine Umstände«, sagte ihre Mutter.

Dabei wollte Amelie sich gern so viele Umstände wie möglich machen, wenn es half, die Familie zu vereinen.

»Ich bin in einem Alter, in dem ich Prioritäten setzen muss«, erklärte Henriette. »Es gibt so viele Dinge, die ich noch erleben möchte.«

Weihnachten mit der Familie stand offenbar nicht mehr auf ihrer Bucketlist. Sie war mit ihrem holländischen Ehemann Thijs und Camper unterwegs Richtung Lofoten.

»Ich wollte schon immer mal das Polarlicht sehen«, sagte sie. Statt auf Amelies Wunsch einzugehen, sendete sie Bilder von ihrer Skandinavien-Tour: von eisigen Straßen, schneebedeckten Tannenwäldern, gemütlichen Restaurants und verwunschenen Nachthimmeln in allen Schattierungen von Neonblau und Smaragdgrün. Fragen blieben unbeantwortet. Zumeist waren sie viel zu weit von Glasfasernetzen und Internetverbindungen entfernt. Und somit auch von Ärzten, dachte Amelie. Doch sie weigerte sich, sich über die schwelende Krankheit ihrer Mutter weiterführende Gedanken zu machen.

»Mama wird wissen, was ihr guttut«, meinte sie versöhnlich.

»Ihre Familie ist es jedenfalls nicht«, sagte Philomena und erntete einen bösen Blick von Amelie.

Die Vorweihnachtszeit mit ihren Aufregungen tröstete sie über den Kummer hinweg. Amelie und Philomena pflegten gemeinsam ihre unterschiedlichen Traditionen. Am 5. Dezember feierten sie *Sinterklaas*. Die niederländische Variante des Nikolauses kommt mit dem Dampfboot aus Spanien, begleitet von zahllosen Helfern, die allesamt Piet heißen. Er bedenkt Kinder und Erwachsene nicht nur mit Geschenken, sondern auch mit liebevoll plagenden Gedichten, Schokoladenbuchstaben und *pepernoten*, eine Art Minipfeffernüsse. Am Tag danach füllte Amelie Philomenas Gummistiefel mit Lebkuchen und Dominosteinen.

»Das ist das Gute, wenn man zwischen den Kulturen aufwächst«, sagte Philomena, deren Familie aus der ehemaligen niederländischen Kolonie Surinam stammt, »man hat viel mehr Grund zu feiern.«

Heiligabend, in den Niederlanden ein gewöhnlicher Arbeitstag, verbrachten sie zu zweit in der Jurte. Sie aßen *Kerstbrood*, eine Art Stollen nach dem Rezept von Philomenas Oma, Vanillekipferl und Zimtsterne.

Zu Silvester gab es dann *oliebollen.* Diese in Öl ausgebackenen Teigkugeln aus Mehl, Hefe, Eiern und einem Schuss Milch wurden seit Mitte November an speziellen Ständen verkauft und mit einer dicken Schicht Puderzucker serviert. Im Hintergrund dudelten die Top 2000, die jedes Jahr von den Niederländern gewählt werden. Philomena regte sich furchtbar auf, dass »Bohemian Rhapsody« von Queen es schon wieder auf Platz eins geschafft hatte.

Danach musste Philomena viermal *Dinner for one* anschauen, Amelie versuchte im Gegenzug, der *Oudejaarsconference* zu folgen, in der ein berühmter Kabarettist am Silvesterabend das vergangene Jahr im Fernsehen Revue passieren ließ. Philomena war begeistert, als Amelie an den richtigen Stellen lachte. Als um Mitternacht über ihnen das Feuerwerk explodierte, schickte Amelie einen einzigen Wunsch für das kommende Jahr in den Himmel. Sie wollte, dass ihre Familie den Zwist endlich begrub. Nachts hörte sie regelmäßig rund um die Jurte unheimliche Geräusche.

»Das sind Mäuse. Die lassen sich unsere Isolierung schmecken«, meinte Philomena.

Amelie wusste es besser. Sie spürte die unmissverständliche Präsenz ihres Vaters. Es gab einen guten Grund, warum man Tote beerdigte und sich versprach, nichts Schlechtes über Verstorbene zu sagen. Die Seele ihres Vaters irrte ruhelos umher.

Der Januar wurde zu einer echten Herausforderung. Amelie fror bitterlich. Während draußen Regen die Wiese im *Cultuurdorp* in eine endlose Modderlandschaft verwandelte, herrschte in ihrer Jurte zunehmend dicke Luft. Kein Wunder. Laut eines britischen Forschers war der dritte Montag im Jahr der deprimierendste Tag des ganzen Jahres. *Deprimaandag* hieß das auf

Niederländisch. Die Weihnachtszeit war vorbei, sämtliche guten Vorsätze fürs neue Jahr gebrochen. Der Winter schleppte sich endlos dahin. Bei sieben Grad und Nieselregen sank ihr Bedürfnis, aktiv zu sein, auf einen neuen Tiefpunkt.

»Solche Theorien machen mich nur noch deprimierter«, sagte Philomena.

Stattdessen entführte sie Amelie zu einem Fest ihrer Familie, wo Berge von Essen für zahllose Gäste bereitstanden. Das Durcheinander von Schwestern, Brüdern, Tanten und Onkeln, Cousins und Cousinen, Freunden, Nachbarn, Kindern und Kindeskindern überforderte Amelie. Philomenas Papa zog sie zu sich heran und erläuterte ihr liebevoll die Zusammenhänge. Er ließ es sich nicht nehmen, beim Stammvater zu beginnen. Vor hundertfünfzig Jahren! Die Familie hatte indische, hindustanische, surinamische und längst auch niederländische Wurzeln. Wie schafften die das bloß? In Philomenas Familie herrschte trotz aller Unterschiede und lautstarker Auseinandersetzungen das Bewusstsein einer tiefen Zusammengehörigkeit. Amelie, überwältigt von Dutzenden Namen und ebenso vielen freundlichen Gesichtern, flüchtete aufs Klo. Das fröhliche Treiben stand im scharfen Kontrast zur Stimmung in ihrer eigenen Familie. Sie öffnete die gemeinsame Nachrichtengruppe der Schwestern, in der seit Monaten eisiges Schweigen herrschte. Unglücklicherweise fehlte ihr die zündende Idee, wie man die Spannung schlagartig hätte auflösen können.

Als sie seufzend vom Telefon aufsah, fiel ihr Blick auf ihren eigenen Namen. Gerührt stellte sie fest, dass sie bei Philomenas Eltern einen Platz im Geburtstagskalender erobert hatte, der in so vielen holländischen Haushalten die Toilettentür zierte. Amelie drehte gerne kleine Filme über die charmanten

Eigenheiten der Niederländer: über Stuhlkreise an Geburtstagen, Dosen mit Gebäck, die, nachdem sich jeder Gast genau einen Keks genommen hatte, wieder in der Küche verschwanden, über Käse- und Leberwurstwürfel, die standardmäßig bei offiziellen Zusammenkünften gereicht wurden, die Zubereitung von klassischem holländischen *stamppot* (einem dicken Püree aus Grünkohl und Kartoffeln, serviert mit *rookworst*, Rauchwurst) oder die richtige Art, Hering zu essen: zunächst in gewürfelte Zwiebeln tunken, dann am Schwanz hoch über den Kopf heben und abbeißen. Und eben über die Geburtstagskalender im Badezimmer. Hier verewigt zu sein, bedeutete, dass man endgültig in die Familie aufgenommen worden war. In ihre Rührung mischte sich ein brennender Schmerz. Es fühlte sich ganz und gar falsch an, dass da nur ein einziger Name stand. Sie war ein Zwilling. Ihre Schwester Helen gehörte zu ihr, was auch immer gerade zwischen ihnen stand. Und auf einmal wusste sie, wo ihre Friedensmission beginnen musste.

3. Herzlichen Glückwunsch

»Wetter ist was für Feiglinge«, erklärte Amelie entschlossen. »Und Geburtstag hat man nur einmal im Jahr.«

Helen beäugte kritisch die dunklen Wolken, die sich über der Nordsee zusammenbrauten, dann ihre Zwillingsschwester. Eineinhalb Jahre in Holland hatten ihre ehemals so zarte und durchscheinende Schwester in eine unerschrockene Küstenbewohnerin verwandelt. Und in jemanden, die genau wusste, was sie wollte. Amelie hatte dieses Jahr geradezu darauf bestanden, den gemeinsamen Geburtstag auch gemeinsam zu feiern.

»Wer behauptet, dass man für ein Picknick am Strand Sonne braucht?«, sagte sie. »Und zum Feiern schon gleich gar nicht.«

»Das zieht vorbei«, bestätigte Philomena.

Die Freundin ihrer Schwester ließ die schweren Taschen mit Proviant und Strandausrüstung fallen und rollte, unbeeindruckt von drohender Wetterunbill, eine Wolldecke im Sand aus. Eine bunte Wimpelkette spannte sie zwischen zwei Stöcken.

»*Mijn liefje is jarig*«, klärte Philomena ein Urlauberpaar auf, das mit düsteren Mienen hektisch vor dem aufziehenden Regen floh. »Meine Liebste hat Geburtstag. Sie ist ein Zwilling«, ergänzte sie.

Sie wies mit dem Zeigefinger zwischen Helen und Amelie hin und her. Philomena sorgte dafür, dass jeder einzelne

Strandbesucher, der an ihrer Picknickstelle vorbeikam, von dem freudigen Ereignis erfuhr.

»*Gefeliciteerd*«, klang es amüsiert aus vielerlei fremden Kehlen. »Herzlichen Glückwunsch.«

Helen verstand sofort, warum ihre Schwester sich in die temperamentvolle Holländerin verliebt hatte. Philomena schaffte es immer wieder, ein Lächeln auf ihre Gesichter zu zaubern. Ihr Enthusiasmus, den Tag trotz Widrigkeiten zu zelebrieren, war ansteckend. Den Dreißigsten hatte Helen ohne Familie nur mit Paul gefeiert. Nun empfand sie es als das pure Glück, den Einunddreißigsten bei ihrer Schwester in Bergen zu verbringen, dem legendären Ferienort ihrer Kindheit. Sie war überglücklich, dass Paul mitgekommen war, auch wenn sie heimlich über seinen Look lächeln musste. Mit seiner schmal geschnittenen Stoffhose und dem trendigen Sakko, das er lässig über einem weißen T-Shirt trug, sah er ein kleines bisschen aus, als hätte er sich für ein Lifestyleblatt als hipper Nordseeurlauber verkleidet. Vermutlich war Paul der einzige Mensch, der noch in Funktionskleidung urbanen Chic versprühen würde.

Donnernd brachen sich hohe Wellen am Strand und hinterließen weiße Schaumkronen auf dem Sand. Der Geruch von Salzwasser und Tang mischte sich mit dem Duft von würzigem Curry und frisch gebackenem, noch warmem Brot. Helen kuschelte sich an Paul. Sie hatten ganze vierzehn Tage für den Aufenthalt in Holland reserviert. Sie freute sich, ihre Schwester diesmal ganz für sich zu haben. Größere Menschenansammlungen überforderten Helen, vor allem dann, wenn es sich um ihre eigene Familie handelte. Bei vier Schwestern und einer egozentrischen Mutter wurden Treffen sehr schnell unübersichtlich. Wenn dann noch der Anhang dabei war, hatte Helen immer das Gefühl, als lauschte sie einem Radio, bei dem der Sender nicht richtig eingestellt war und sämtliche Programme sich überlagerten. Helen mochte Menschen am liebsten dosiert und einzeln.

In den vergangenen Monaten hatte Helen einen regelmäßigen Austausch mit ihrer Zwillingsschwester gepflegt, telefonierte gerne und ausführlich mit Yella und ihren Neffen und so gut wie nie mit ihrer ältesten Schwester Doro. Den Kontakt zu ihrer Mutter hatte sie nach ihrer großen Auseinandersetzung abgebrochen.

»Ich wünsche mir so sehr, dass du mit Mama einen gemeinsamen Weg findest«, sagte Amelie, die ahnte, was Helen bewegte. »Ich glaube, sie wartet nur darauf, dass du dich meldest.«

»Ich?«, wunderte sich Helen.

War es nicht ihre Mutter, die ihr eine Antwort schuldete? Ihr und ihren Schwestern? Wissenschaftliche Studien behaupten, dass jeder Mensch 13 Geheimnisse mit sich herumtrage. Fünf davon, so die Statistik, nimmt man mit ins Grab. Henriette hatte ganz offensichtlich entschieden, dass sie alles, was ihren ersten Mann betraf, den Vater von Doro, Yella, Amelie und Helen, für sich behalten würde. Vor allem die Wahrheit über seinen Unfalltod und seine mysteriöse Affäre. Helen war sich bewusst, dass Amelie der Frage nach der Identität der Frau, die in der verhängnisvollen Sturmnacht in den Armen ihres Vaters gelegen hatte, keine wirkliche Bedeutung beimaß. Ihre Schwester konnte sehr gut nachempfinden, warum ihre Mutter dieses Thema wegschob.

»Jeder hat sein eigenes Tempo, in dem er traumatische Erlebnisse verarbeitet«, warb Amelie um Verständnis. »Mama tut sich immer noch schwer, über Papa zu sprechen.«

»Mir wäre schon geholfen, sie würde uns an ihrem Trauerprozess teilhaben lassen«, sagte Helen ungehalten. War der Geburtstag am Ende nur ein Vorwand für Amelie gewesen, sie zum Einlenken zu bewegen?

»Ich habe es doch gleich gesagt: Das Unwetter zieht an uns vorbei«, bemühte sich Philomena, das Thema zu wechseln.

Ein erster Sonnenstrahl zwängte sich vorwitzig durch die Wolken und öffnete den Blick auf ein Stück blauen Himmel.

Amelie gab noch nicht auf. »Mama hat furchtbare Angst, dir zu nahe zu treten«, verteidigte sie ihre Mutter.

»Der Ball liegt in ihrer Ecke.«

Helen redete sich Tag für Tag aufs Neue ein, dass es ihr viel besser ging, seit sie sich eingestanden hatte, wie sehr sie das toxische Verhalten ihrer Mutter, ihre Geheimniskrämerei und Lieblosigkeit verletzt hatten. Sie war dabei, das innere Kind zu heilen. Und ihre komplizierte Beziehung zu ihrer Zwillingsschwester zu vertiefen, die in vielem so ganz anders dachte als sie selbst.

»Und wann soll es mit unserer Planung losgehen?«, sprang Paul Helen zur Seite, um zu verhindern, dass das Gespräch über die Mutter die schöne Stimmung ruinierte.

»Gestern«, mischte Philomena sich ein.

»Nach dem nassen Winter werde ich überhaupt nicht mehr warm«, bestätigte Amelie.

Helens Zwillingsschwester hatte ihren ersten Sommer im Wohnwagencamp des *Cultuurdorps* als hochgradig romantisch empfunden und die Zeiten strengen Frosts geradezu zelebriert. Das Tauwetter, das dem Schlittschuhvergnügen bereits nach wenigen Tagen den Garaus machte, dämpfte Amelies Begeisterung deutlich, bevor ihr Enthusiasmus für ein Leben in und mit der Natur im Januarregen endgültig unterging. Auf dem Instagram-Account ihrer Schwester hatte Helen mitverfolgt, wie die große Wiese, im Sommer der zentrale Platz für Kultur, Begegnung und Austausch, sich in eine matschige Kraterlandschaft verwandelt hatte. Amelie hatte Videos gepostet, die zeigten, wie sie bei jedem Gang über das winterlich verwaiste Gelände bis zum Knöchel im Schlamm versank.

Während das Wetter auf Amelies Gemüt schlug, gab Philomena sich unerschütterlich.

»Sie kommt ganz nach Pippi Langstrumpf«, erklärte Amelie. »Sie glaubt, Pfützen sind vor allem dafür da, um reinzuhüpfen.«

Sie selbst sah das anders: »Noch einen Winter im Modder überlebe ich nicht«, gestand Amelie. »Die Jurte roch monatelang nach Socken, nasser Kleidung und Blumenkohl. Und die Temperatur? Die schwankte zwischen Sauna und Gefrierschrank. Ohne Abstufung!«

Helen nahm das Klagelied als Stichwort, ihrer Schwester ihr Geburtstagsgeschenk zu überreichen. Gerührt packte Amelie eine warme, wasserfeste Daunenjacke aus.

»Secondhand«, log Helen blitzschnell. »War echt günstig.«

Ihre Schwester hätte sich ein so teures Kleidungsstück nie leisten können und wollen. Helen war unendlich schlecht im Lügen, aber Amelie beschloss offenbar, es ihr ob der Kälte, die sich dauerhaft in ihren Gliedern festgesetzt hatte, nachzusehen. Überglücklich schlüpfte sie in ihre neue Jacke.

Das eindrucksvollste Geschenk jedoch kam von Paul. Der Architekt hatte seiner Schwägerin und ihrer Freundin seine tatkräftige Unterstützung angeboten. Mit Hartnäckigkeit und einer Prise kreativer Rechtsauslegung war es Philomena gelungen, bei der Gemeinde Bergen eine Genehmigung zu erstreiten, ihr Zelt bis zum nächsten Winter durch ein Tiny House zu ersetzen.

»Sie sind schon froh, wenn ich nie wieder persönlich auf dem Amt vorspreche«, sagte sie strahlend. »Sie behaupten, mein Humor wäre sehr anstrengend.«

Paul hatte zwei Wochen Urlaub dafür reserviert, gemeinsam mit Amelie und Philomena einen Entwurf für ein Minihaus zu erarbeiten. Nicht ganz uneigennützig. Müde von der unbefriedigenden und unterbezahlten Juniorrolle in dem renommierten, hoch dekorierten Architektenbüro, wo immer andere mit seinen Ideen glänzten, hatte er sich vorgenommen, ein eigenes Portfolio aufzubauen.

»Ich kann es selbst nicht glauben, dass ich Wurzeln schlagen will«, sagte Amelie. »Ich war bisher nur gut darin, etwas zu werden, und sehr schlecht darin, etwas zu sein.«

Während Helen ein starkes Bedürfnis nach Stabilität, Sicherheit und einem beruhigenden Puffer auf dem Konto hatte, war Amelie geflüchtet, wann immer in einer Beziehung oder einem Arbeitsverhältnis feste Routinen drohten. Mit Philomena an ihrer Seite konnte sie sich zum ersten Mal ein Leben vorstellen, das auf Dauer angelegt war.

»Festes Haus – feste Beziehung – fester Boden unter den Füßen«, umriss sie ihre neue Vorstellung von Glück. Das quirlige Energiebündel mit dem anarchischen Humor avancierte zum zentralen Pfeiler in ihrem Leben.

»Ich war ständig verliebt«, gab Amelie zu. »Aber die große Liebe ist auch großer Stress. Jetzt träume ich von einem langweiligen Spießerleben.«

»Der Spießer, das bin ich«, ergänzte Philomena und blitzte Amelie verliebt an. Nichts war weniger wahr.

Philomena schenkte großzügig Wein nach. Helen, die selten Alkohol trank, fühlte ihren Kopf bereits leichter werden, als sie ihrerseits ihr Geschenk öffnete.

»Ein Gutschein?«, fragte sie, als sie das Papier entrollte.

Neugierig wendete sie den Flyer in ihren Händen.

»Masterclass Wolkenzeichnen mit Remco«, las sie belustigt. »Für mich?«

»Der Mann hat bereits unserem Vater Unterricht gegeben. Er kommt immer mal nach Bergen zurück.«

Amelie strahlte sie an. »Da lernst du unseren Vater noch einmal auf eine andere, spirituelle Art kennen.«

Helen besaß keinerlei künstlerische Begabungen. Das kreative Talent, das in der Familie lag, war ganz offensichtlich aufgebraucht gewesen, als sie, siebzehn Minuten später als Amelie und somit als jüngster und letzter Thalberg-Spross, auf die Welt kam.

»Es ist ein Gutschein«, sagte Philomena, die die Skepsis in ihrem Gesicht sah. »Du kannst ihn gefahrlos weitergeben.«

»So was macht man doch nicht«, rief Amelie empört.

»Weiterverschenken ist gut für die Umwelt«, sagte Philomena. »Es gibt Champagnerflaschen und Großpackungen Mon Chéri, die seit Jahren kreisen. Das ist wahre Nachhaltigkeit.«

»Unser Vater wird immer auf diese eine Nacht reduziert«, erklärte Amelie ehrlich. »Ich dachte, du freust dich, ihm noch mal auf andere Weise nahezukommen«, schob sie leise hinterher.

Helen begriff, dass Amelie ihr Interesse umlenken wollte. Im Gegensatz zu ihrer Zwillingsschwester tat Helen sich schwer, mit den offenen Fragen, die sich um den Tod ihres Vaters rankten, zu leben. Die Sturmnacht, in der ihr Vater sein Leben verloren hatte, hatte sich, frei nach Winston Churchill, als ein Rätsel entpuppt, umgeben von einem Mysterium, das in einem Geheimnis steckte.

Mit Yellas Hilfe war es Helen bei ihrem letzten Aufenthalt bereits gelungen, ein paar Schichten freizulegen. Tief unten im Gepäck ihres Koffers wartete das Material, das Yella über ihre gemeinsamen Recherchen zusammengestellt hatte. Während Paul sich um das Tiny House und die Zukunft kümmerte, wollte Helen ein allerletztes Mal in die Vergangenheit eintauchen und die Gelegenheit nutzen, sich noch einmal nach der mysteriösen Freundin des Vaters umzuhören. Auch wenn Amelie es nicht hören wollte: Sie hoffte, dass es ihr vor Ort gelang, die Identität der rothaarigen Frau zu enträtseln.

»Die Frau hat genug gelitten«, hatte ihre Mutter gesagt. Sie weigerte sich bis auf den heutigen Tag, den Namen preiszugeben.

Amelie verteidigte Henriette: »Das Techtelmechtel hat nichts mit unserem heutigen Leben zu tun«, sagte sie.

Helen sah das anders. Seit Monaten rätselte sie über die Motive ihrer Mutter. Warum sperrte sie sich so hartnäckig dagegen, über den Seitensprung ihres Mannes zu sprechen? Warum ging sie dafür das Risiko ein, sich mit ihren Töchtern zu überwerfen? Helen ahnte, dass sie ihre Mutter erst dann richtig verstehen würde, wenn sie begriff, warum sie die mysteriöse Geliebte um jeden Preis geheim halten wollte. Amelie hatte in einem Punkt recht: Es ging nicht um die Frau. Es interessierte sie mittlerweile weniger, warum und mit wem ihr Vater eine Affäre gehabt hatte, viel interessanter war die Frage, warum Henriette diese Frau schützte. Warum stellte sie das Wohlergehen einer Fremden über die mentale Gesundheit ihrer Töchter? Warum siegte hier die Empathie, die sie ihren Kindern nur selten angedeihen ließ? Der Name war nur die Spitze des Eisbergs. In ihren dunkelsten Momenten hatte Helen ihre Mutter im Verdacht, den Namen zu verschweigen, weil das Geheimwissen ein Garant war, weiterhin im Mittelpunkt des Interesses zu stehen.

Die Ungewissheit schwelte wie eine offene Wunde. Es war an der Zeit, das Kapitel ein für alle Mal abzuschließen.

»Mal sehen, ob ich es zeitlich hinbekomme«, sagte Helen mit Blick auf den Gutschein.

Sie war sich darüber bewusst, dass das Aufwühlen der Vergangenheit neue Gefühlsstürme hervorrufen würde. Umso wichtiger war es, den heutigen Tag mit ihrer Zwillingsschwester zu feiern und einfach nur das Meer zu genießen.

4. Am falschen Ort

Fröhliches Kinderlachen schallte durch die Wohnung. Seit Tagen baute David gemeinsam mit Leo und Nick eine Murmelbahn, die sich vom Kinderzimmer über das Bad nun weiter Richtung Küche schlängelte. Die beiden Jungen liebten es, mit Hammer, Säge und Schere aus Holz, Bauabfall und jeder Menge Papprollen immer neue Hindernisse zu bauen. Yella fiel es schwer, sich inmitten von Kinder- und Heimwerkerlärm zu konzentrieren. Anstatt im Homeoffice Reisekostenabrechnungen zu bearbeiten, verirrte sie sich mal wieder im Internet. Seit Wochen durchforstete sie regelmäßig die Jobbörsen. Sie war auf der Suche nach einer neuen beruflichen Herausforderung, die ihr das gleiche Glücksgefühl vermitteln könnte, das sie bei der Zusammenarbeit mit Doro erlebt hatte. Bislang erfolglos. Während sie sich mit schnöder Büroarbeit in einem Start-up abmühte, das mobile Zahlungssysteme für kleine Unternehmen entwickelte, hatte ihre älteste Schwester Doro es als Kostümbildnerin zu Berühmtheit gebracht. Das Internet war voll mit Bildern von ihren glamourösen Premieren. Lachend posierte Doro in grandiosen Outfits auf diversen roten Teppichen mit berühmten Schauspielern und Musikern. Oder mit ihrer Mutter, die sich die kulturellen Höhepunkte nie entgehen ließ.

Yella erinnerte sich an den letzten Sommer, als sie ihrer Schwester in einer künstlerischen Krise beigesprungen war. Ohne ihre tätige Unterstützung wären Doros Entwürfe für die Oper vermutlich nie fertig geworden. Leider war die Zusammenarbeit in einem Desaster geendet.

»Doro kann keine Götter neben sich ertragen«, fasste David die ganze Misere zusammen. »Die presst dich aus wie eine Zitrone, und dann wirft sie dich weg.«

David hatte vermutlich recht. Ihre Schwester trug einen unersättlichen Vampir in sich, der 24 Stunden am Tag wach war, um hemmungslos Ideen, Kräfte und Ressourcen anderer aufzusaugen. Ohne jemals wirklich Danke zu sagen.

So richtig loslassen konnte Yella jedoch auch nicht. Von Neugier getrieben tippte sie Doros Namen in die Suchmaschine ein. Sie bemühte sich nach Kräften, herauszufinden, welches Projekt ihre große Schwester gerade beschäftigte. Beim Anblick einer glücklichen Doro, die sich in Paris für ihre Meermüllkleider feiern ließ, durchfuhr sie ein jäher Schmerz. Ihrer Schwester war es tatsächlich gelungen, die spektakulären Kreationen, an deren Entstehung sie maßgeblich beteiligt gewesen war, auf einen Pariser Catwalk zu bringen. Insgeheim bewunderte Yella Doros Kreativität und Energie, jede Niederlage in einen Sieg umzumünzen. Doro strahlte, als hätte es nie eine Krise gegeben. Im Publikum entdeckte sie ihre Mutter. Henriette liebte es, sich im Glanz ihrer ältesten Tochter zu sonnen. Kein Wunder, dass sie alles daransetzte, Doros finanziell angeschlagenes Atelier zu retten, indem sie ihr die Familienvilla überschrieb. Auf Kosten von Yella, Helen und Amelie.

Yella spürte wieder Ärger in ihr hochkriechen. Sie nahm

Doro so vieles übel: dass sie die Mutter finanziell ausnahm, dass sie verschwiegen hatte, dass auch sie die rothaarige Frau in der Sturmnacht gesehen hatte. Vor allem aber nahm sie ihr übel, dass sie ihr die Verantwortung zugeschoben hatte, dass ihr Vater im Sturm das Haus verlassen hatte: »Du bist schuld an seinem Tod«, hatte Doro gewettert.

Diesen Satz würde sie ihrer großen Schwester nie verzeihen. Und dennoch sehnte sie sich zurück nach den Tagen, an denen sie Seite an Seite für das Opernprojekt gearbeitet hatten.

War das normal? Konnte man jemanden, der einem so viel Unrecht angetan hatte, gleichzeitig schmerzlich vermissen? In ihr kämpften widerstreitende Gefühle. Selbst wenn sie einander mieden, wo es nur ging: Sie bekam ihre Schwester einfach nicht aus dem Kopf.

»Mit Nettigkeit erreicht man gar nichts«, gab Doro in einem neuen Interview zum Besten. »Wir Frauen müssen wehrbarer werden und offene Konflikte auch mal aushalten. Nicht gemocht zu werden ist eine Auszeichnung.«

Es traf Yella hart, als sie auf der Homepage ihrer Schwester las, dass Doros Meermüllkleider bald im Kunstmuseum in Bergen ausgestellt würden. Daneben stieß sie auf eine Stellenanzeige.

Bist du bereit für das Abenteuer deines Lebens? Interessierst du dich für Film, Theater und Mode? Die legendäre Kostümbildnerin Doro Thalberg sucht eine persönliche Assistentin, die bereit ist, in einem Wirbelsturm aus Kreativität, Zeitdruck und einer Prise Wahnsinn zu arbeiten. Du bringst Nerven aus Stahl mit, humorvolle Gelassenheit und die Fähigkeit, dich mit unkonventionellen Ideen in einem turbulenten Team ein-

zubringen? Wenn du dir zutraust, unsere visionäre Chefin zu bändigen, wollen wir dich unbedingt kennenlernen.

In Yella brodelte es. Hatte der Zuschuss ihrer Mutter das Kostümatelier saniert? War Doro auf dem besten Weg, die nächste Angestellte in den Wahnsinn zu treiben? Plötzlich gewann all die aufgestaute Wut die Oberhand. Wie war das? Man muss Konflikte offen austragen? In einer Aufwallung impulsiven Zorns tippte sie ihre ätzende Antwort in die Maske.

Sehr geehrte Frau Thalberg,
auf ihrem Unternehmensportal bin ich über Ihre überaus faszinierende Stellenanzeige gestolpert. Es freut mich ungemein, dass Sie endlich den Wert einer kompetenten Unterstützung erkennen. Beim Lesen der Anforderungen konnte ich nicht umhin, gewisse Parallelen zu meinem eigenen Werdegang festzustellen. Offensichtlich haben Sie inzwischen realisiert, dass jemand mit meinen Fähigkeiten unabdingbar für ihren Erfolg ist. Ich ziehe es jedoch vor, mein Organisationstalent in Zukunft ausschließlich in einer Arbeitsumgebung einzusetzen, in der Loyalität geschätzt wird. Ich wünsche meiner Nachfolgerin schon jetzt eine hohe Frustrationstoleranz und einen guten Traumatherapeuten.

Hochachtungsvoll, Yella Thalberg

Danach fühlte sie sich besser. Ganze fünf Minuten lang.

Schwestern waren potenzielle Leidensgenossinnen, mit denen man im Idealfall Sorgen und Nöte teilen konnte. Bei den Thalbergs litten alle an einer anderen Krankheit und vor allem aneinander. Seit ihrem letzten Aufenthalt in Bergen war es fast unmöglich, unfallfrei in dem komplexen Gebilde von

Allianzen, Be- und Empfindlichkeiten zu lavieren, geschweige denn die sich überall auftuenden Gräben zu überwinden. Wer sprach mit wem? Und worüber? Das Beziehungsgeflecht in ihrer Familie war geprägt von Animositäten, unausgesprochenem Ärger, verdrängten Problemen, ungelösten Traumata und toxischen Geheimnissen.

Yella hatte seit dem letzten Sommer kein Wort mehr mit Doro gewechselt, und auch die Gespräche mit ihrer Mutter waren rar gesät. Bei Telefonaten interessierte Henriette sich nur am Rande für Yellas Geschichten, und wenn, hatte sie, wie üblich, sofort eine Meinung parat. Über ihren allzu lockeren Erziehungsstil, über David und all die Jahre, die er sinnlos mit einem gescheiterten Romanprojekt verplempert hatte, über ihren Job. Wenn Yella wenigstens ihr Architekturstudium zu Ende gebracht hätte, dann könnte sie … und so weiter. »Der Nachbarsjunge, der Arzt, du weißt schon, der wird jetzt Professor«, lobte Henriette.

Yella schwankte in ihrer Haltung. An guten Tagen fand sie es heilsam, dass alle unterliegenden Konflikte endlich an die Oberfläche brodelten, an schlechten Tagen fühlte sie sich schuldig, an unmöglichen Tagen wünschte sie sich auf den Mars. Oder wenigstens nach Holland. Jetzt sofort. Mit jeder Faser ihres Körpers sehnte sie sich danach, den heutigen Geburtstag mit Helen und Amelie an der Nordseeküste zu verbringen. Das Gefühl, dass der Knoten in ihrem Leben sich nur am Ferienort ihrer Kindheit lösen ließ, hatte sie nie ganz losgelassen. Sie winkte Nick und Leo heran, damit sie gemeinsam ihren Schwestern per FaceTime gratulieren konnten.

Im Hintergrund drückte sich David herum, der es bei einem flüchtigen Gruß und Glückwunsch bewenden ließ: »Ich muss zur Arbeit«, sagte er.

»Ich dachte, er hätte das Schreiben aufgegeben?«, fragte Helen, als er verschwunden war.

»Er arbeitet als Kellner«, erzählte Yella.

David hatte sein Romanprojekt, auf dem er jahrelang vergeblich herumgekaut hatte, tatsächlich in die tiefsten Tiefen seines Laptops verbannt. Stattdessen jobbte er im *Gwendolyns*, einem angesagten Szenerestaurant. Er blühte geradezu auf, seitdem er seine klaustrophobische Schreibklause im Erker verlassen hatte.

»David sieht gut aus«, mischte Amelie sich ein. »Total verändert.«

Yella nickte. David investierte sein Gehalt gerne in einen frischen Haarschnitt, eine neue Garderobe, hippe Sneakers und Geschenke für Yella und die Jungs.

»Wir haben jahrelang auf alles verzichtet«, wiederholte Yella Davids neues Credo. »Jetzt gönnen wir uns mal was.«

In Wahrheit hätte Yella das Geld lieber anders und vernünftiger angelegt. Beide Kinder waren in den letzten Monaten im Rekordtempo aus ihrer kompletten Garderobe herausgewachsen. Aber David war in seinem Enthusiasmus nicht zu bremsen.

»Er hat einen Überraschungstrip für uns geplant«, erzählte sie.

Yella verschwieg, dass sie nicht glücklich gewesen war, als sie realisierte, dass David ausgerechnet die besagte Geburtstagswoche ausgesucht hatte, um Yella zu einer romantischen Reise zu entführen. Amelie hatte sie schon so oft in die Niederlande eingeladen, und nie hatte es geklappt. Wie gerne hätte sie gemeinsam mit ihren Schwestern gefeiert. Aber David hatte bereits alles organisiert: das Hotel, die Fahrt, die Unterbringung von Leo und Nick bei den Potsdamer Großeltern.

»Unser erster Paarurlaub seit Jahren. Endlich einmal Zeit nur für uns beide«, schwärmte Yella halbherzig. »So wie früher.«

»Besonders glücklich klingst du nicht«, sagte Helen, die unschwer den Zweifel aus Yellas Worten heraushörte.

»Alles gut bei euch?«, fragte Amelie vorsichtig.

»Passt schon«, sagte Yella. Dabei war sie sich kein bisschen sicher, was sie fühlen sollte.

Ihre Schwestern verschonten sie mit weiteren Nachfragen. Auf einmal wanderten die Blicke der Schwestern zu einem Punkt, der außerhalb von Yellas Sichtfeld lag. Sie spürte sofort, dass etwas nicht stimmte. Amelie strahlte übers ganze Gesicht. Helen dagegen sah aus, als hätte sie einen Geist gesehen.

»Was ist los?«, fragte Yella alarmiert.

»Wir bekommen Besuch«, sagte Helen tonlos.

»Wir melden uns später noch mal«, rief Amelie.

Dann brach das Gespräch abrupt ab. Yella blieb mit dem entsetzlichen Gefühl im Magen zurück, am falschen Ort zu sein.

5. Überraschung

»Das ist nicht wahr«, flüsterte Helen.

Vom Strandaufgang näherten sich drei Gestalten. Eine hochgewachsene Frau winkte ihr frenetisch zu. Sie hätte diesen auffallenden weißblonden Haarschopf überall erkannt. Was machte ihre große Schwester hier?

»Ich bin nur die Chauffeurin«, rief Doro fröhlich.

Unter dem Arm trug sie Geschenke. Hinter ihr tauchte Lucy auf, die einen enormen Schuss gemacht hatte. Jedes Mal, wenn Helen auf ihre halbwüchsige Nichte traf, hatte sie eine Komplettveränderung durchlaufen. Diesmal leuchteten Lucys Haare in Pastell. Am Arm der Fünfzehnjährigen hing eine zierliche Gestalt. Pauls Hand tastete nach der ihren. Aber kein Händedruck der Welt konnte Helens aufkeimende Panik dämpfen. Ihr Herz raste unkontrollierbar, als sie den Überraschungsgast erkannte. Ihre Mutter! Hier! Am Strand! Spontaneität war noch nie Helens Fachgebiet gewesen. Sie hatte keine Ahnung, wie sie damit umgehen sollte, Henriette so unvermutet gegenüberzustehen.

»Ich wollte es mir nicht nehmen lassen, meinen Töchtern höchstpersönlich zu gratulieren«, rief ihre Mutter, als wäre ihr Geburtstagsbesuch die normalste Sache der Welt. Dabei konnte sich Helen nicht einmal daran erinnern, wann ihre Mutter zuletzt an ihrem gemeinsamen Ehrentag aufgetaucht war. Und schon gar nicht ohne vorherige Ankündigung.

Henriette hielt inne und breitete einladend die Arme aus. »Wollt ihr mich gar nicht umarmen!«, forderte sie ihre Familie auf.

Philomena reagierte als Erste und beglückwünschte Henriette, so wie man in Holland grundsätzlich jedem gratulierte, der irgendwie in Verbindung mit einem Geburtstagskind stand.

»*Gefeliciteerd met Helen en Amelie*«, rief sie aus.

Amelie flog gerührt in die Arme ihrer Mutter.

»Wo ist Thijs?«, fragte sie überwältigt.

»Er ist auf dem Campingplatz geblieben. Dieser Moment soll nur euch beiden gehören. Und uns als Familie.«

Ihr Blick richtete sich wie ein Speer auf Helen, die unfähig war, sich zu bewegen. Sie biss auf ihren Lippen herum, bis sie Blut im Mund schmeckte. Tat ihre Mutter allen Ernstes so, als hätte es nie Krach zwischen ihnen gegeben?

»Wenn der Prophet nicht zum Berg kommt, kommt der Berg eben zum Propheten«, sagte Henriette mit provozierendem Blick auf Helen. »Schließlich ist es ja auch mein Festtag.«

Helen versteinerte, als ihre Mutter sich neben ihr auf die Decke fallen ließ.

»Ich brauche einen Drink. Sofort«, rief Doro und entkorkte den mitgebrachten Champagner.

Helen hatte sich an keinem Punkt ihrer gemeinsamen Biografie ihrer sieben Jahre älteren Schwester sonderlich verbunden gefühlt. Die beiden lebten auf zwei unterschiedlichen Planeten. Seitdem Doro sich fraglos auf die Seite ihrer Mutter geschlagen und das Erbe für sich reklamiert hatte, in zwei unterschiedlichen Universen. Doro weilte, wie sie hörte, bereits seit Tagen in Bergen, wo sie im renommierten Museum Kranenburgh an einer Ausstellung teilnehmen sollte. Die Vorbereitungen beanspruchten sie so sehr, dass sie es bislang nicht geschafft hatte, sich bei ihren Schwestern blicken zu lassen. Auch jetzt war sie nur als Hülle anwesend. Zwei Minuten nach ihrer Ankunft sprang sie schon wieder auf, weil sie noch ein Telefonat zu erledigen hatte.

»Man soll sich ja nicht selbst loben«, sagte Henriette und hob fröhlich ihr Glas, »aber wenn ich meine Mädchen so ansehe, kann ich nur stolz sein, wie gut ich das hinbekommen habe. Und das ohne jede Unterstützung.«

Helen war zu keiner spontanen Reaktion fähig. Ihre Mutter, so verkündete sie Beifall heischend, hatte die Skandinavien-Tour verkürzt, nur um an ihrem Geburtstag anwesend zu sein.

»Einunddreißig«, seufzte Henriette. »Dabei war ich eben noch jung und ungebunden. 1968. Studentenunruhen, die Hippiebewegung und Bands, die aus dem Boden schossen. Good old times …« Einen Moment schwelgte sie in ihren Erinnerungen.

Helen rang um Atem, ihr brach kalter Schweiß aus, während sie das Gefühl hatte, dass ihr Magen sich langsam umdrehte. Paul rutschte ungemütlich auf der Decke herum und blickte sie sorgenvoll von der Seite an, während sie sich krampfhaft bemühte, Haltung zu bewahren.

Ihre Mutter riss alle Aufmerksamkeit an sich. Sie referierte ausführlich über die Nebenwirkungen einer Zwillingsschwangerschaft, die Schmerzen nach einem Kaiserschnitt und ihre Anstrengungen, vier Kindern gleichzeitig gerecht zu werden. Drei Minuten nach ihrer Ankunft hatten die Neuankömmlinge ihre gemütliche Runde gesprengt. Während Lucy ungerührt ihre Airpods in den Ohren behielt, um Musik zu hören, gab Doro ein Stück weiter am Telefon lautstarke Anweisungen an ihren Mann und ewigen Assistenten Ludwig durch. Strandwanderer drehten sich nach ihr um, was auch an ihrer auffälligen Daunenjacke mit dicken schwarz-weißen Streifen lag, die sie lässig über einem pinken Jumpsuit trug. Doro wirkte, als wäre sie erst gestern aus Paris zurückgekommen. Währenddessen ratterte Henriette unablässig weiter, als hinge ihr Leben davon ab, die aufgeladene Atmosphäre mit möglichst vielen Worten zu entschärfen.

»Die ersten Monate mit euch waren die Hölle«, erklärte sie dramatisch. »Amelie hing an mir und wollte mich keine Sekunde loslassen. Helen dagegen war so lieb. Sie lag in ihrer Wiege und meldete sich nur, wenn sie wirklich etwas brauchte.«

Hinter ihnen lag fast ein ganzes Jahr Schweigen, und ihre Mutter ging zur Tagesordnung über?

»Hast du gar keine Schule, Lucy?«, grätschte Paul in die Rede ihrer Mutter hinein, bevor sie noch mehr Anekdoten abfeuern konnte.

Henriette schätzte es gar nicht, wenn der Fokus von ihrer Person wegrückte.

»Wollt ihr gar nicht wissen, wie es am Nordkap war?«, rief sie in die Runde, ohne sich mit einer einzigen Silbe nach den Geburtstagskindern erkundigt zu haben.

Helen stand abrupt auf. »Ich muss mal …«, sagte sie.

6. Es liegt an dir

Mit weichen Knien stapfte Helen davon. In ihrem Rücken hörte sie ihre Mutter: »Ich liebe meine Töchter. Egal, wie schlecht sie mich behandeln.«

Der Wind blies ihr die kalte Meeresbrise ins Gesicht, das Rauschen der Wellen schluckte die Stimmen in ihrem Rücken. Helen fühlte den sandigen Boden unter sich wegsacken. Sie hatte sich so sehr auf die gemeinsame Zeit mit Amelie gefreut. Jetzt tauchte ihre Mutter unangemeldet auf und dominierte alle Gespräche. Alles kam wieder hoch.

Die unerwartete Konfrontation überforderte Helen. Der nagende Schmerz über das zerrüttete Verhältnis zu ihrer Mutter, den sie schon hinter sich geglaubt hatte, flammte mit einem Schlag wieder auf. Sie hatte über Monate kontinuierlich in sich hineingehorcht, um herauszufinden, wie es ihr mit dem Bruch mit ihrer Mutter ging. Mit jeder Woche, die ohne Kontakt verstrich, hatte sich bei Helen die Erkenntnis verfestigt, dass der harte Schnitt sich richtig anfühlte. Es war so heilsam, endlich einmal keine gute Miene zum bösen Spiel mehr zu machen, sondern sich knallhart einzugestehen, dass das egozentrische Gehabe ihrer Mutter sie zutiefst verletzte. Henriette tat ihr einfach nicht gut. Wie konnte sie es wagen, unangekündigt und scheinbar ungerührt hier am Strand aufzutauchen? Henriette Thalberg sprengte den Geburtstag, ohne sich für irgendetwas zu entschuldigen oder Rücksicht auf die Gefühle anderer zu nehmen.

Helen lief und lief, als auf einmal ein Schatten neben ihr auftauchte.

»Warte auf mich«, rief eine Stimme.

Helen wandte sich zur Seite und entdeckte verblüfft, dass ihre große Schwester Doro ihr gefolgt war.

»Du hättest uns vorwarnen können«, zischte Helen sie an.

»Dann wärst du gar nicht erst nach Holland gekommen«, sagte Doro bestimmt.

Der überhebliche Ton irritierte Helen. Schon als kleines Mädchen hatte es sie zu Tode genervt, wenn Doro sich als ihre Erziehungsberechtigte und verlängerter Arm der Mutter aufspielte.

»Kommst du als Mamas Pressesprecherin?«, fragte sie.

»Als Chefunterhändlerin«, sagte Doro.

Statt Friedenstauben kreiste ein kreischender Schwarm Möwen über ihnen. Helen traute weder den lärmenden Vögeln noch ihrer Schwester über den Weg.

»Und? Schon in die Villa umgezogen?«, fragte sie ätzend.

»Henriette hat eingesehen, dass sie das mit dem Erbe anders regeln muss. Sie hat den emotionalen Wert des Hauses unterschätzt«, sagte Doro schuldbewusst. »Sie will sich mit uns an einen runden Tisch setzen. Mit allen vieren.«

»Kein Interesse«, sagte Helen entschieden und marschierte unbeirrt weiter.

Doro hatte Mühe, mit ihrem zackigen Schritt mitzuhalten.

»Du ahnst gar nicht, wie viel Einfluss du auf Henriette hast«, rief sie ihr hinterher.

Helen hielt inne und wartete, bis Doro aufgeholt hatte.

»Sie hat die Überschreibung gestoppt, bis wir eine gemeinsame Lösung gefunden haben«, ächzte Doro. »Sie will verhindern, dass sich eine von uns ungerecht behandelt fühlt.«

»Ich lasse mich nicht kaufen«, sagte Helen energisch.

»Aber ich«, sagte Doro. »Ich muss mich kaufen lassen.«

Doros Ehrlichkeit entwaffnete Helen. Die finanziellen Probleme ihrer Schwester schwelten demnach noch immer.

»Die Fixkosten vom Studio bringen mich um, und das Haus unserer Eltern steht die meiste Zeit des Jahres leer«, rechtfertigte Doro ihren Anspruch auf die Familienvilla.

Helen beobachtete fasziniert eine Schar kreischender Möwen, die am Strand um ein liegen gebliebenes Brötchen stritten.

»Meinen Segen hast du«, sagte sie. »Ich brauche nichts von Mamas Geld, und ich will nichts.«

Doro duckte sich erschrocken unter einer Möwe weg, die mit fetter Beute davonflatterte. Dahinter ein aufgeregter Pulk an gefiederten Verfolgern. Sie gestikulierte wild herum, um die Vögel zu vertreiben.

»Henriette hat wegen dir den Urlaub abgebrochen. Sie ist gekommen, um sich mit dir auszusprechen«, sagte Doro. »Sie weiß nur nicht so genau, wie sie es anstellen soll. Gib ihr eine Chance!«

Helen kämpfte mit sich. War es nicht genau das, was sie sich gewünscht hatte? Eine wirkliche Aussprache? Doro, mit misstrauischem Blick auf die hungrigen Vögel, hakte sich bei ihr ein und zog sie mit sich.

»Ist ja wie bei Hitchcock hier«, sagte sie. »Besser, wir verschwinden, bevor sie angreifen.«

Als sie zum Picknickplatz zurückkehrten, fanden sie nur noch Lucy und Paul vor.

»Oma hatte einen Schwächeanfall, so sehr hat sie sich aufgeregt«, sagte Lucy. »Amelie und Philomena bringen sie gerade nach Hause.«

»Nach Hause« bedeutete in diesem Fall der Campingplatz ihrer Jugend, wo Thijs im Gegenzug für handwerkliche Hilfe einen kostenlosen Stellplatz für sein Wohnmobil erhielt. Sofort keimte in Helen das schlechte Gewissen auf. Sie verzog schuldbewusst ihr Gesicht. Der Urlaub begann mit einem Paukenschlag. Sie hätte sich nicht träumen lassen, dass eine Begegnung mit ihrer Mutter sie noch einmal so aus dem Gleichgewicht bringen könnte.

7. Nächtliche Besucher

Ihre Mutter war in Bergen? Zusammen mit allen Schwestern? Die beunruhigenden Neuigkeiten aus Holland raubten Yella den Schlaf. Seit sie gehört hatte, dass sich inzwischen ihre ganze Familie an der niederländischen Nordseeküste versammelt hatte, quälte sie eine innere Unruhe.

Die Zeiger des Weckers rückten gemächlich Richtung zwei Uhr vor. Wo blieb David eigentlich? Das *Gwendolyns* war längst geschlossen. Yella hasste jede Form von Verspätung. Vor allem nächtliche Unpünktlichkeit machte sie über die Maßen nervös. Erleichtert hörte sie die Haustür aufspringen.

»David! Endlich«, rief Yella und stolperte über die Murmelbahn durch den langen Gang auf ihn zu. »Du ahnst nicht, was passiert ist.«

Zu spät realisierte sie, dass David nicht alleine war.

»Ich habe ein paar Kollegen mitgebracht«, rief er mit schwerer Zunge. »Trinkst du einen mit uns mit?«

Yella ziepte betreten an ihrem Schlafshirt herum. Sie war weder auf Besuch noch auf Small Talk jenseits der Geisterstunde eingestellt. Sie kannte keinen einzigen von Davids neuen Freunden. Wie alt waren diese Kollegen überhaupt? Anfang zwanzig?

»Hi, there, I'm Sam«, rief ihr ein junger Inder zu und streckte seine Hand aus.

Yella verzichtete darauf einzuschlagen. Bei jeder Aufwärtsbewegung des Arms drohte ihr T-Shirt definitiv über den Po zu rutschen. Sie grüßte ungelenk und trat, die Hände fest am ausgeleierten Saum ihres Shirts, den Rückzug an. Kurz bevor sie ins rettende Schlafzimmer abbog, klingelte es an der Tür. Sie drehte sich um und erstarrte, als eine Nachzüglerin in ihren nächtlichen Flur trat. Dank ihrer Recherche auf Instagram erkannte sie die zierliche Frau mit dem wirren Lockenkopf sofort, obwohl sie sich noch nie persönlich begegnet waren. Im letzten Sommer hatte David ein zweimonatiges Schreibstipendium in Riga ergattert. Offenbar hatte David nicht nur den entscheidenden Impuls für einen Karriereswitch, sondern auch eine neue Freundin aus Lettland mitgebracht. In der Tür stand die rasend attraktive Italienerin, die ihr im vorigen Sommer auf den Posts der Künstlerresidenz zigmal begegnet war. Schon damals war ihr aufgefallen, dass die junge Bildhauerin sich bei geselligen Zusammenkünften am liebsten in Davids Nähe aufgehalten hatte. Jeder Lacher, der aus der Küche bis ins Schlafzimmer hallte, nährte ihr Misstrauen.

Jahrelang hatte Yella gehofft, dass David die Arbeit an dem Roman beendete. Seitdem er diesen Traum endgültig begraben hatte, legte er einen geradezu unheimlichen Optimismus und Tatendrang an den Tag. Am Anfang war Yella hocherfreut gewesen, dass David nach Riga wieder mehr auf sich achtete, ausging, Freunde traf, an Events teilnahm und mehr Zeit für sie und ihre beiden Jungen hatte. Der neue David erinnerte sie so sehr an den selbstbewussten, unbeschwerten und fröhlichen David, in den sie sich vor fast zehn Jahren verliebt hatte. Er überschüttete sie mit Aufmerksamkeiten und Komplimenten. Doch dann kam der Job im *Gwendolyns*. Dank unterschiedlicher Arbeitszeiten kreisten sie seit Monaten umeinander wie Mond und Erde. In das anfängliche Glücksgefühl mischte sich eine Prise Misstrauen. Warum machte sich David an den Tagen, an denen er arbeitete, zurecht, als hätte er ein Date? Er roch nach Badezimmer, wenn er das Haus verließ, und nach Küche, wenn er nach der Schicht in den frühen Morgenstunden neben ihr in die Federn sank.

»Ich hätte mal wieder Lust auf Sex«, hatte sie vor ein paar Tagen gesagt.

»Dann mach doch was«, war Davids Antwort gewesen, während sie zu Tode erschöpft im Bett nebeneinanderlagen, hilflos wie Marienkäfer, die aus Versehen auf dem Rücken gelandet waren.

Sie waren auf dem besten Weg, sich von Liebenden in eine gut funktionierende Kinderbetreuungs-GmbH, eine Essensgemeinschaft und ziemlich beste Freunde zu verwandeln. War das ihre Zukunft? Zusammenleben wie Bruder und Schwester? Eine WG, bestehend aus zwei Erwachsenen und zwei Kindern?

»Du bist ja noch wach«, flüsterte David, als er zwei Stunden später zu ihr ins Bett schlüpfte.

»Das ist die Frau aus Lettland«, platzte es undiplomatisch und schärfer als geplant aus Yella heraus.

»Das verbuche ich unter Kompliment«, sagte David amüsiert. »Wenn du nach zehn Jahren noch so richtig eifersüchtig sein kannst. Und das um vier Uhr morgens!«

Er beugte sich über sie und küsste sie einfach. Sie schmeckte den Alkohol auf seinen Lippen.

»Du wirst die Decke schon mit mir teilen müssen«, murmelte er und zog das Bettzeug, das eigentlich für zwei Personen gedacht war, in seine Richtung. »Bis dass der Tod uns scheidet.«

Eine Sekunde später hatte er sich in die Daunen eingekuschelt. Sie lag im Freien.

»Ich meine es ernst«, sagte Yella empört.

»Du bist süß«, grummelte er im Halbschlaf.

Da klang kein Hauch schlechten Gewissens mit, keine doppelte Agenda, kein Funke Zweifel. Nur Liebe und Zugewandtheit. Seufzend versuchte sie, ein Stück Decke zurückzuerobern, nachdem er friedlich neben ihr eingeschlummert war. Lag es wirklich an ihr? Vielleicht musste sie sich einfach wieder an diesen neuen, weltoffenen, geselligen und gut gelaunten David gewöhnen. Und an einen David, der etwas Besseres zu tun hatte, als sich die Familienprobleme der Thalberg-Sippe anzuhören.

8. Guten Morgen

Amelie und Philomena absolvierten bereits ihr morgendliches Yoga auf der großen Wiese, als Helen die Fensterläden aufstieß. Über den Dünen ging strahlend die Sonne auf. Der erste Urlaubstag hatte für Helen mit einem Knall geendet, der Morgen begann mit einem großen Fragezeichen. Die Nacht in dem winzigen Bauwagen, den sie auf dem Gelände des *Cultuurdorps* bewohnten, war endlos gewesen. Sie hatten davon profitiert, dass noch nicht alle Bewohner, unter ihnen viele digitale Nomaden, aus ihren Winterdomizilen zurückgekehrt waren. Die leer stehenden Unterkünfte wurden bis zum Beginn des Kultursommers über Airbnb vermietet. Helen fand in ihrer alternativen Behausung mit ihrem Überfluss an Farben, bunten Stoffen, Rüschen, Blumen, Kissen, Deko und Dingen einfach keine Ruhe. Sie hatte sich schlaflos im Bett gewälzt. Es war zum Verrücktwerden.

»Wir machen, was gut für dich ist«, sagte Paul mit sorgenvollem Blick, während sie in leicht geduckter Haltung am Spülbecken in der kunterbunten Miniküche gemeinsam Zähne putzten. »Wenn du willst, reisen wir ab und kommen ein andermal wieder.«

Helen kämpfte mit sich. Der lang ersehnte gemeinsame Urlaub in Bergen ließ sich anders an als erhofft.

»Ohne Kaffee kann ich nicht denken«, sagte sie. »Erst mal auf Betriebstemperatur kommen.«

Als sie die Tür öffnete, schlug ihr wunderbar kühle Nordseeluft entgegen. Der Wind strich sacht durch das Dünengras, in dem noch der Tau des jungen Tages hing. Ein Schwarm Vögel kreiste am Horizont.

Auf dem Weg zum gemeinsamen Frühstück in Amelie und Philomenas Jurte folgten ihnen neugierige Blicke. Vor allem Paul fiel auf. Zwischen den bunten Gestalten des Wohnwagenlagers wirkte der modisch gekleidete Architekt, als habe er auf der Autobahn die falsche Ausfahrt genommen. Diese Art Garderobe kannten die alternativ angehauchten Bewohner sonst nur von den ehrgeizigen Projektentwicklern, die sich ihr Gelände unter den Nagel reißen wollten, um Luxuswohnungen in den Dünen zu bauen. Die Einzigen, die Paul gänzlich unvoreingenommen begrüßten, waren die Hühner, die ihm auf Schritt und Tritt folgten.

»Du riechst gut«, klärte Philomena ihn auf. »Hühner mögen so was.«

»Seit wann können Hühner riechen?«, fragte Helen mit skeptischem Blick auf Kompost und Misthaufen.

»Sensationell gut«, bestätigte die anarchische Philomena und strahlte sie an. »Das brauchen sie, weil sie extrem kurzsichtig sind.«

Helen kämpfte immer noch damit, einen zuverlässigen Sensor zu entwickeln, wann Philomena sie hochnahm.

»Vielleicht ist da was dran«, sinnierte Amelie. »Wie sollen blinde Hühner sonst ein Korn finden?«

»Dafür können sie durch die seitliche Anordnung der Augen sehen, was hinter ihnen vor sich geht«, erklärte Philomena weiter. »Hühner sind ideale Spione.«

Paul beäugte misstrauisch seine gefiederten Fangirls. Er

wollte sich auf seiner Mission nicht von ein paar liebestollen Hühnern ablenken lassen. Und von seiner Schwiegermutter noch viel weniger.

»Wieso taucht sie ausgerechnet jetzt in Bergen auf?«, fragte Helen, der es einfach nicht gelang, in den heiteren Small Talk einzusteigen.

»Vielleicht hat Mama sich geändert«, meinte Amelie, immer um Ausgleich bemüht.

»Dann hätte sie gefragt, ob es uns recht ist, wenn sie unseren Geburtstag sprengt.«

»Sie suchte einen Anlass …«, sagte Amelie.

»Um was zu tun?«

»Das Gespräch wieder aufzunehmen.«

Helen wunderte sich, dass Amelie ständig Entschuldigungen für die Mutter fand. »Sie dachte, dass es für uns am besten ist, wenn wir die Vergangenheit begraben«, sagte sie.

Henriettes hartnäckiges Schweigen über die Sturmnacht hatte Helens Vertrauen in ihre Mutter bis in die Grundfeste erschüttert. Sie konnte ihre Vorbehalte nicht so einfach über den Haufen werfen.

»Warum verteidigst du sie so hartnäckig? Nach allem, was passiert ist?«, fragte sie.

»Weil es unsere Familie ist, Helen. Wir haben automatisch lebenslang«, sagte Amelie. »Machen wir das Beste draus.«

9. Hilf dir selbst

Helens erster Impuls war, abzureisen. Ihr zweiter, sich nicht aus dem Feld schlagen zu lassen. Gemeinsam mit Paul beschloss sie, genau das zu tun, was sie sich für den ersten richtigen Urlaubstag vorgenommen hatten: einen Bummel durch das gemütliche Küstendorf.

Auf dem Weg ins Zentrum passierten sie Park Meerwijk, ein Areal, das während des Ersten Weltkriegs auf Initiative eines Amsterdamer Fliesenhändlers bebaut worden war. Der gewiefte Unternehmer hatte Vertreter der berühmten architektonischen Bewegung der Amsterdamer Schule eingeladen, siebzehn Villen zu errichten. In ihrer Formensprache waren sie vollkommen frei. Die einzige Bedingung des Auftraggebers war, dass die Architekten bei ihren Entwürfen so viele Fliesen wie möglich einplanten. Ein geschickter Winkelzug, der einem einzigen Zweck diente: seine Lagerbestände abzubauen.

Paul konnte sich nicht sattsehen an den exzentrischen Landhäusern, die daraufhin entstanden waren. Während er begeistert die besondere Architektur der mit Reet gedeckten Häuser in Augenschein nahm und die atemberaubenden Wellenlinien, Klinkermuster und wilden Formen der unkonventionellen Ziegelbauten studierte, gelang es Helen kaum, sich auf die Besonderheiten der Häuser zu konzentrieren. Hektisch blickte sie zwischen den Bäumen umher. Die Anwesenheit ihrer Mutter überschattete selbst den kleinen Spaziergang. Was, wenn sie gerade jetzt einkaufen ging? An jeder Straßenecke fürchtete sie, Henriette unvermutet gegenüberzustehen.

»Hörst du mir überhaupt zu?«, fragte Paul irritiert.

»Natürlich«, beeilte sie sich zu sagen.

Paul blickte sie unverwandt an.

»Ich bemühe mich«, gab Helen zu.

Es ärgerte sie, dass ihre Mutter so viel Raum in ihrem Kopf einnahm.

»Ich brauche dringend noch was zu lesen«, sagte Helen. »Irgendwas Entspannendes.«

Die Buchhandlung lag direkt an der Ruinenkirche im Ortskern. Während Paul sofort in der gut sortierten Ecke mit Kunst- und Architekturbüchern verschwand, blieb Helen im Eingangsbereich hängen. Verwundert blickte sie auf den Stapel deutschsprachiger Selbsthilfebücher. Wie nannte man noch mal dieses Phänomen, bei dem einem verstärkt Dinge auffielen, die man zuvor nie wahrgenommen hatte, einfach weil das Themengebiet auf einmal in den eigenen Fokus gerückt war? Frequenzillusion?

Verblüfft las sie den ersten Titel: *Wenn Kinder den Kontakt abbrechen: Verstehen. Heilen. Weitergehen.* Darunter lag ein Buch über Hochsensibilität, *Die leise Gabe in einer lauten Welt*, und eines über die Kunst, sich aus erlernten Kindheitsmustern zu verabschieden: *Sag endlich Nein*, las sie auf dem Cover.

»Diese sind leider vorbestellt«, sagte die Buchhändlerin, packte den Stapel und trug ihn zu einem wartenden Kunden. Helen zuckte zusammen, als sie Thijs erkannte. Sie hatte den dritten Ehemann ihrer Mutter erst ein paarmal getroffen und bislang nie mehr als flüchtig gesprochen. Sie wusste nicht einmal genau, wie sie ihn begrüßen sollte. Händeschütteln? Eine Umarmung? Thijs kam mit einem herzlichen Strahlen auf sie zu und drückte ihr vollkommen unbefangen die hollandtypischen drei Küsschen auf die Wangen. Er presste sie an seine Brust, als sei sie seine lang verlorene Tochter.

»Ich bin so froh, dass Henriette sich entschieden hat, hierherzukommen. Du ahnst gar nicht, wie sehr sie unter eurer Trennung leidet. Sie spricht über nichts anderes.«

Betroffen hielt er die Bücher hoch. »Das ist schon der zehnte Ratgeber zu dem Thema«, sagte er. »Ich bete, dass diesmal der richtige Tipp dabei ist. Ich hoffe so sehr, dass ihr als Familie wieder zueinanderfindet.«

»Du weißt, worüber wir gestritten haben?«, fragte Helen.

Thijs zwinkerte der Buchhändlerin verschwörerisch zu, als habe er Helens Frage nicht gehört. Flirtete er allen Ernstes mit der Verkäuferin?

»Es ist so schön, wieder in Bergen zu sein und alte Freunde zu treffen«, sagte er. »Ich liebe es, unterwegs zu sein, aber zu Hause ist es am schönsten.«

»Es ging um die Sturmnacht«, sagte Helen.

Thijs benahm sich, als könnte er kein Wässerchen trüben. »Henriette würde mich umbringen, wenn ich mich in eure Diskussion einmische. Du kennst deine Mutter.«

»Nein«, sagte Helen.

Thijs stand die Verwirrung ins Gesicht geschrieben.

»Nein«, wiederholte sie. »Das ist es ja gerade. Ich kenne sie nicht.«

»Es ist die Krankheit«, sagte Thijs, der sich nun doch in Erklärungsnot wähnte. »Henriette hat furchtbare Angst, Helen.

Vor dem Tod, vor dem Alleinsein. Nur darum benimmt sie sich manchmal so komisch.«

Wenn er etwas wusste, dann war er nicht bereit, es mit ihr zu teilen. Thijs stand unverbrüchlich hinter Henriette.

»Ich wünsche euch einen tollen Aufenthalt. Hoffentlich sehen wir uns bald«, verabschiedete er sich hastig.

Aus dem Hintergrund tauchte Paul mit einem riesigen Stapel neuer Bücher auf. »Ich bin fündig geworden«, sagte er.

»Ich nicht«, meinte Helen trocken.

10. Ohne dich

»Nicht traurig sein, Mama«, sagte Leo und schlang seine mageren Kinderarme um Yella. »Wir sind bald wieder da. Die Woche geht ganz schnell vorbei.«

Unklar war, wen seine Worte trösten sollten. Ihn selbst oder Yella?

Sein kleiner Bruder Nick hingegen drückte ihr nur einen beiläufigen Kuss auf die Wange. Er wand sich hastig aus ihrer mütterlichen Umarmung und nahm begeistert im Auto von Opa und Oma Platz, ohne sich noch einmal umzudrehen.

»Am Wochenende fahren wir in den Dino-Park«, rief er begeistert.

»Will David sich nicht verabschieden?«, fragte ihre Schwiegermutter und sah sich suchend um.

»Hat er schon«, sagte Yella. »Er musste zur Frühschicht.«

Davids Eltern tauschten einen vielsagenden Blick aus.

»Ich hoffe so sehr, dass David in der Woche ein bisschen Ruhe findet«, rief ihre Schwiegermutter ihr noch durchs Fenster zu. »Er muss immer so hart arbeiten.«

Yella schluckte alle Entgegnungen hinunter. Sie winkte dem Auto hinterher, bis es sich im Verkehr verlor. Davids Eltern liebten ihre Enkel abgöttisch. Sie selbst war nach dem Tod des Vaters ohne Großeltern aufgewachsen. Henriette, selbst ohne Familie, hatte sich über die bitteren Erbstreitigkeiten auf immer und ewig mit Johannes' Eltern überworfen. Yella gönnte Leo und Nick ein Umfeld, das über die Kernfamilie hinausging.

Yella wusste ihre Söhne bei Oma Lila und Opa Peter in guten Händen und fühlte sich trotzdem wie amputiert. Leo und Nicks Abwesenheit wirkte wie ein Vakuum, das sich in Rekordzeit mit düsteren Gedanken füllte. Sie beschloss, dass das ungute Gefühl im Magen Hunger sein musste. So konnte sie es für sich selbst am besten rechtfertigen, auf eine Stippvisite im *Gwendolyns* vorbeizuschauen.

Sie kam nicht weiter als bis zum Schaufenster. Durch die große Scheibe beobachtete sie, wie David von Tisch zu Tisch flog und dabei die italienische Bildhauerin an der Kaffeemaschine nie aus den Augen ließ. Wie versteinert verfolgte Yella das kokette Spiel aus Blicken und scheinbar zufälligen Berührungen. David lehnte lässig an der Bar, während die Italienerin Milch aufschäumte und ihm irgendetwas erzählte, was ihn anscheinend köstlich amüsierte. Ihr Herz blieb fast stehen, als David seiner Kollegin einen flüchtigen Kuss auf die Wange drückte. Wie ertappt zuckte sie zurück. Sie wollte nie so eine Frau werden, die ihrem Ehemann hinterherspionierte. Und vor allem keine, die öffentlich eine Szene machte.

»Ich bin fertig. Es kann losgehen«, rief David, als er nach Hause kam. Yella packte schon seit Stunden ohne rechten Elan den Koffer für ihren Überraschungstrip. Ihre Gedanken wanderten ununterbrochen von der Sockenschublade ins *Gwendolyns*. Sie überlegte angestrengt, wie sie das unvermeidliche Gespräch mit David am besten beginnen sollte. Um keinen Preis der Welt wollte sie leben wie ihre Eltern, deren heimliche Affären und Lügen bis heute ihre toxische Wirkung entwickelten. Sie würde nicht darauf warten, bis die Flamme der Ungewissheit einen Schwelbrand entfachte.

»Du willst nicht zufällig zur Bildhauerei wechseln?«, platzte sie heraus.

Der Auftakt war vielleicht nicht diplomatisch, dafür ehrlich. Genauso wie seine Antwort.

»Ich amüsiere mich, na und?«, sagte David. »Jahrelang hatte ich das Gefühl, immer nur vom Rand zuzuschauen. Jetzt bin ich wieder mittendrin im Leben. Ich habe so viel verpasst.«

»Affären?«

David lachte auf, als hätte sie einen besonders guten Witz gemacht.

»Du bist gedanklich ständig in der kaputten Ehe deiner Eltern unterwegs, kein Wunder, dass du Gespenster siehst«, sagte er leichthin.

»Wieso ist die Frau überhaupt in Berlin?«, fragte Yella.

»Das ist nicht dein Ernst, oder?«

»Was ist los, David?«

»Wir haben Urlaub«, sagte er. »Eine ganze Woche.«

Yella atmete tief durch.

»Ich habe euch heute im *Gwendolyns* zusammen gesehen«, sagte sie. »Du hast sie geküsst.«

David sah sie provokant an, als erwarte er, dass noch etwas kommt. Etwas Großes, Wichtigeres.

»Ich habe einen guten Grund, sauer zu sein«, erklärte Yella.

»Was ändert ein harmloser Flirt an unserer Beziehung?«, fragte David. »Ich weiß, wohin ich gehöre. Ich liebe dich, Yella.«

»Und die Bildhauerin?«, fragte Yella misstrauisch.

»Sie heißt Elena. Du würdest sie mögen, wenn du nicht so verdammt eifersüchtig wärst.«

Yella nahm den Zeichenblock und ihre Stifte vom Nachttisch und verstaute sie im Koffer.

»Du bist doch nicht immer noch damit beschäftigt, die Rothaarige besser aufs Papier zu bekommen?«

Mit gerunzelter Stirn nahm David wahr, dass sie ihre Recherchemappe dazupackte.

»Deine Altlasten kannst du ruhig zu Hause lassen«, sagte er. »Ich habe keine Lust, meine Schwiegermutter im Gepäck mitzuschleppen.«

»Meine Mutter ist keine Altlast«, sagte Yella beleidigt.

Er drehte allen Ernstes den Spieß um und tat, als läge das Problem bei ihr.

»Ich habe ein Recht darauf, zu wissen, was du mit deiner Italienerin treibst.«

»Du musst dich endlich mal lösen von deiner Familie«, wetterte David. »Wir leben nicht mehr im Jahr 2001. Weder faktisch noch moralisch. Solange ein Teil von dir in der Vergangenheit gefangen ist, werden wir nie glücklich sein. Du hast dich schon viel zu lange mit dem Unfall deines Vaters beschäftigt.«

»Und wenn schon«, sagte Yella. »Ich kenne Leute, die sieben Jahre an einem Roman arbeiten, ohne je zu einem Ergebnis zu kommen.«

Ihre Worte wirkten wie ein Paukenschlag. Sie war zu weit gegangen und hatte ihn an seinem empfindlichsten Punkt getroffen. David zuckte zusammen.

»So siehst du das also?«, sagte er verletzt.

Er drehte sich um, zog eine Sporttasche aus ihrem windschiefen Kleiderschrank und warf wahllos Klamotten hinein.

»Es tut mir leid«, sagte Yella und ärgerte sich sofort über sich selbst. Wieso entschuldigte sie sich? War es nicht an ihm, ihr Rede und Antwort zu stehen?

»Du hast sowieso nie an den Roman geglaubt«, sagte David.

»Ich habe das sieben Jahre lang mitgetragen«, sagte Yella. »Ich habe nie was gesagt.«

»Und dabei immer ein leidendes Gesicht aufgesetzt«, sagte David. »Meinst du, ich merke das nicht? Das Geflüster mit deinen Freundinnen am Telefon? Das Augenrollen, wenn ich abends noch mal an die Arbeit gegangen bin? Die vorwurfsvollen Seufzer? Und dann wunderst du dich, wenn ich anderswo mehr Spaß habe?«

»Du gibst es also zu?«, fragte Yella.

David zog mit einer heftigen Bewegung den Reißverschluss seiner Tasche zu, drängte sich an ihr vorbei und stapfte ohne ein weiteres Wort Richtung Wohnungstür.

»Wo willst du hin?«, fragte Yella alarmiert.

»Ich fahre in den Urlaub«, sagte er.

Yella traute ihren Ohren nicht.

»Ich bin noch nicht fertig«, sagte sie panisch.

Aber David hatte wohl beschlossen, alleine aufzubrechen.

»Ich tue dir einen Gefallen, Yella«, sagte er ungerührt. »Ich befreie dich von der Last meiner Anwesenheit.«

»Du drehst alles um«, sagte Yella. »Das ist nicht fair.«

»Du wolltest sowieso nie mitkommen«, sagte er. »Am liebsten wärst du doch in Holland, um zum hundertsten Mal mit deinen Schwestern die Vergangenheit durchzukauen.«

Yella gab ihr Bestes, nicht auf die Provokation einzugehen.

»Du hättest den Termin ruhig mit mir abstimmen können«, sagte sie.

David baute sich vor ihr auf. Seine Augen blitzten zornig.

»Ich habe mich so gefreut auf die gemeinsame Zeit mit dir. Aber wenn du auf Krawall gebürstet bist, wird das garantiert keine schöne Woche.«

»Ich will einfach eine Antwort, was da im *Gwendolyns* läuft«, sagte Yella.

»Lass mich in Ruhe«, entgegnete David genervt und öffnete die Tür.

»Du kannst doch jetzt nicht gehen.«

»Bis nächste Woche!«, rief er in ironischem Ton und winkte ihr zu, ohne sich noch einmal umzudrehen. »Du kannst dir inzwischen ja einen Mann suchen, der deinen Vorstellungen entspricht.«

Er stürmte polternd aus der Wohnung.

In Yellas Kopf ging es drunter und drüber. Das passierte nicht wirklich, oder? Wie erschlagen blieb sie zurück. Sie schmiss einen Schuh, den sie gerade gegriffen hatte, gegen die geschlossene Tür.

11. Ein neuer Job

Was jetzt? Wie betäubt lief Yella auf und ab und wusste nicht, wohin mit sich, ihren Fragen und ihrer Wut. David war verschwunden, die Kinder im Dino-Park mit Opa und Oma, ihre beste Freundin beschäftigt und Helen und Amelie in Holland. Sie räumte sinnlos in der Küche Geschirr von links nach rechts. In die ohrenbetäubende Stille hinein pingte ihr Telefon: eine neue Nachricht. Endlich. David hatte sich abgeregt und meldete sich bei ihr. Doch auf dem Display leuchtete eine andere Adresse: office@atelierthalberg.de. Doro hatte sich gemeldet.

Sehr geehrte Frau Thalberg,
las sie.
Wir möchten Ihnen unseren aufrichtigen Dank für Ihre äußerst originelle Bewerbung aussprechen, die bei uns großes Interesse geweckt hat. Nach intensiven internen Diskussionen sind wir zu dem Entschluss gekommen, Sie zeitnah zu einem persönlichen Gespräch einzuladen. Gerne geben wir Ihnen die Gelegenheit, Ihre Ideen für eine mögliche künftige Kooperation darzulegen. Wir sind sicher, dass ein solches Treffen interessante Erkenntnisse und Einsichten bieten kann – sowohl für Sie als auch für uns. Wir sind gespannt darauf, ob Sie den Erwartungen, die Sie mit Ihrem Schreiben geweckt haben, tatsächlich gerecht werden können. Wir

würden uns freuen, Sie zu unserer Ausstellungseröffnung in Bergen begrüßen zu dürfen.

Mit interessierten Grüßen

Doro Thalberg

Yella lachte auf. Nie im Leben hätte sie damit gerechnet, dass Doro tatsächlich auf ihre wütende Mail reagieren würde. Aber ihre Schwester war schon immer unberechenbar gewesen. Sie googelte und las überrascht, dass die Gruppenausstellung mit dem Titel »Metamorphosen« bereits diese Woche im Museum Kranenburgh beginnen würde. Und Doro war Teil davon.

Natürlich! Doro war nie irgendwo »nur privat«.

Der Brief ihrer großen Schwester rumorte in ihr. Ratlos blickte sie auf ihren halb gepackten Koffer. Ihr Terminkalender war leer gefegt. Wenn David glaubte, dass sie ihm hinterherlief, hatte er sich geschnitten. Um keinen Preis der Welt würde sie zu Hause sitzen und ihre Zeit damit verschwenden, darauf zu warten, dass der gnädige Herr zur Besinnung kam. Wenn sie ganz ehrlich war, hatte er sogar ein kleines bisschen recht. Die Familienkonflikte schluckten viel von ihrer Energie. Die unverplante Woche kreierte einen unerwarteten Freiraum, das Heft wieder in die eigene Hand zu nehmen. Sie würde damit starten, reinen Tisch mit Doro zu machen.

12. Finden und gefunden werden

Die sonnengelbe Tür ihres Bauwagens schwang leise im Wind auf und zu. Helen und Paul, in den Armen noch die Einkäufe aus dem Dorf, blieben irritiert stehen. Zögernd stieg Helen die knarzende Treppe hoch. Aus dem Inneren schrillte der Flötenkessel.

»Amelie?«, rief Helen zweifelnd. »Bist du das?«

Mehr als ein heiseres Krächzen brachte sie nicht hervor. Vorsichtig stieß sie mit dem Fuß die Tür weiter auf und entdeckte, dass sich jemand in ihrer winzigen Küche zu schaffen machte. An der Anrichte stand ihre Mutter und brühte Tee auf. Energisch zog sie jede einzelne Schranktür auf.

»Hier findet man eher Pillen als Zucker«, sagte Henriette ohne das geringste Anzeichen von Überraschung. »Nimmst du das ganze Zeug?«, fragte sie und wies auf die unterschiedlichen Schlafpillen, die Helen neben ihrem Waschbeutel am Spülbecken deponiert hatte. »Das kann nicht gesund sein.«

Helen staunte einmal mehr über die Distanzlosigkeit ihrer Mutter. Die Tür zum Wagen ließ sich nicht verriegeln, aber das gab ihr noch lange nicht das Recht, »einzubrechen« und in ihren Sachen herumzuschnüffeln. Helen überging den vorwurfsvollen Kommentar. Sie war Henriette keinerlei Rechenschaft schuldig. Paul verharrte unschlüssig auf der Veranda. Der kunterbunte Wagen war mit zwei Personen bereits überfüllt.

»Ich bin extra hergekommen«, sagte Henriette, deutlich kleinlauter. »Wir haben Oslo abgekürzt. Nur für dich. Und ein bisschen für Amelie. Aber mehr für dich.«

Sie hielt inne, als sie merkte, dass Helen nicht geneigt war, ohne Weiteres auf ihren Versöhnungsversuch einzugehen.

Helen schätzte weder Überraschungen noch unangekündigte Gäste. Selbst im Labor hielt sie ihre Tür gerne geschlossen. Sie misstraute Small Talk und allen Menschen, die ihr allzu freundlich begegneten. Vor allem, wenn es sich um ihre eigene Mutter handelte.

»Meine Ärztin hat gesagt, dass ich mich nicht aufregen darf«, erklärte Henriette. »Stress ist Gift für mich.«

Ihre Mutter setzte einen leidenden Blick auf, der wohl verdeutlichen sollte, wie fragil ihre Gesundheit immer noch war.

Helen hatte es die Sprache verschlagen. So viele Fragen und Vorwürfe hatten sich in ihr angestaut. Wo sollte sie nur anfangen?

»Sprich mit mir, Helen. Ich habe nicht die geringste Ahnung, was ich so Schlimmes verbrochen habe. Wenn man mich nicht einweiht, was soll ich tun? Ich bin doch kein Orakel, das aus ein paar Rauchzeichen liest, wo meiner Tochter der Schuh drückt.«

Helen wäre am liebsten umgedreht. Paul probierte, sie mit Blicken zu ermutigen. Vielleicht hatte er ja recht. Vermutlich würde der Knoten in ihrem Leben sich erst dann lösen, wenn sie es schaffte, die Mauer zur Mutter zu durchbrechen.

»Du weißt, worum es mir geht«, sagte Helen. »Ich habe dir eine Frage gestellt. Eine einzige.«

»Du hättest jederzeit zu mir kommen können, Helen. Ich habe dich eingeladen. Ich fand, nach deinem Abgang war es an dir, auf mich zuzukommen. Ich wollte dir Zeit geben, dich zu beruhigen.«

»Du mir …?«

»Ich habe Monate auf ein Zeichen von dir gewartet, jeden einzelnen Tag«, sagte Henriette. »Und als von dir nichts kam, habe ich beschlossen, den ersten Schritt zu wagen.«

Helen seufzte innerlich auf, als sie an die Buchhandlung dachte. Die Titel der vorbestellten Bücher bestätigten eindrucksvoll, wie Henriette ihren Streit beurteilte. Der Kontaktabbruch des vergangenen Jahres, da musste sie ehrlich sein, hatte vor allem dazu geführt, dass die Stimme ihrer Mutter nun nicht mehr alleine von außen, sondern auch von innen kam. Sie hatte Henriettes ständige Kritik so sehr internalisiert, dass sie ihre Vorwürfe bereits erahnen konnte. Aus der Sicht ihrer Mutter hatte sie einen unnötigen Konflikt heraufbeschworen. Sie hatte überreagiert und jede Einladung zum Gespräch ausgeschlagen. Sie hatte ihrer Mutter keine Chance gegeben, ihre Geschichte zu teilen, sie bereitete ihrer Mutter unendlichen Kummer. Und das alles natürlich vollkommen grundlos.

»Dann rede mit mir. Jetzt«, sagte Helen kühl.

Henriette griff nach ihrer Tasche. »Ich habe eine ganze Stunde auf dich gewartet. Jetzt habe ich leider einen Termin in der Apotheke. Ich muss dringend was abholen.«

In ihren Worten klang wieder ein Hauch von Vorwurf mit.

»Woher sollte ich wissen, dass du hier bist?«, wehrte sich Helen.

»Ich bin zu dir gekommen«, sagte Henriette. »Genauso, wie du es wolltest.«

Helen durchschaute die Ausweichmanöver. Ihre Mutter fühlte sich in der Defensive, versuchte aber trotzdem, die Situation zu kontrollieren. Henriette setzte alles daran, zu beweisen, dass sie immer noch die Zügel in der Hand hielt.

Paul nickte ihr stumm zu. Helen beschloss, die eigenen Befindlichkeiten für einen Moment hintenanzustellen und sich auf das Spiel einzulassen.

»Ich begleite dich«, entschied sie.

Vielleicht war gemeinsame Zeit die einzige Möglichkeit, Antworten von ihrer Mutter zu bekommen.

13. Alles Käse

Helen probierte, den gemeinsamen Ausflug als eine Art Versuchsanordnung aufzufassen und so wenig Erwartungen wie möglich daran zu knüpfen. Gespannt wartete sie darauf, ob ihre Mutter sich tatsächlich öffnen würde. Es bot sich reichlich Gelegenheit, den Sinn ihrer gewagten Unternehmung anzuzweifeln, denn nach der Apotheke musste Henriette dringend nach Alkmaar.

»Meine schweren Beine bringen mich um. Ich brauche sofort neue Stützstrümpfe«, sagte sie.

Statt miteinander zu sprechen, hetzten sie durch die charmante Grachtenstadt, zusammen mit Horden von Touristen, die in großen Gruppen Richtung Käsemarkt drängten.

»Und danach suchen wir uns ein gemütliches Café«, versprach Henriette, als sie das medizinische Fachgeschäft betraten.

Helen beobachtete ihre Mutter, als würde sie eine komplexe Reaktion in einem Reagenzglas verfolgen.

»Sie müssen mich retten«, erklärte Henriette dem jungen Verkäufer, der gerade am Telefon eine Bestellung aufnahm. Der Mann wandte ihr den Rücken zu.

»Früher hat sich jeder nach mir umgedreht«, beklagte ihre Mutter sich über den »unhöflichen Verkäufer«, der sie für ihren Geschmack viel zu lange warten ließ. »Ich werde ständig übersehen. Es ist unmöglich, wie mit älteren Menschen umgegangen wird.«

Henriette bemühte sich krampfhaft, ihre Anspannung mit Small Talk zu übertünchen. Als der Verkäufer sich ihr endlich zuwendete, schickte ihre Mutter ihn zur Strafe immer wieder ins Lager und zweifelte ausführlich an allen Waren herum, bevor sie sich endlich für ein Modell entschied. Helen las ihre offenkundige Nervosität als eine Art Schuldeingeständnis. Sie war neugierig, worauf das hinauslief.

»Die ist aber sehr teuer«, warnte der Verkäufer.

Ihre Mutter nickte hocherfreut. Zeit ihres Lebens war sie überzeugt davon gewesen, dass ein hoher Preis der ultimative Indikator für Qualität war. Bei Lebensmitteln, Garderobe, Hotels – und eben auch bei Stützstrümpfen. Wenn sie nicht mehr als Frau wahrgenommen wurde, dann wenigstens als solvente Kundin.

»Werde nie alt«, flüsterte sie Helen verschwörerisch zu. »Es ist eine Falle.«

Helen atmete erleichtert auf, als sie endlich den Laden verlassen konnten.

»Und jetzt brauche ich noch Blumen«, sagte ihre Mutter. Henriette wies vage Richtung *Fnidsen*, die gemütliche schmale Gasse mit den wunderbaren kleinen Läden und originellen Cafés, die zum Verweilen einluden. Eine Sekunde später verschwand sie in der Menschenmenge. Die Touristen hatten es eilig, rechtzeitig zur Eröffnung des traditionellen Käsemarkts zum *Waagplein* zu kommen.

Helen blickte sich ratlos um, bis sie realisierte, dass ihre Mutter sich durch die Massen gedrängt hatte und nun in vorderster Reihe am Absperrgitter auf den Beginn der Veranstaltung wartete. Als sie angekommen waren, hatten sie aus dem Augenwinkel verfolgt, wie große Lkws von *Cono* und *FrieslandCampina* die 13 Kilo schweren Laibe Gouda auf dem Marktplatz abluden. In früheren Jahrhunderten wurde hier tatsächlich bis in die Nacht hinein Handel getrieben, jetzt führte die Käsegilde, inzwischen Angestellte der Stadt Alkmaar, das Spektakel in den Sommermonaten für Touristen auf. Der vertraute Anblick der ordentlich in Zweiertürmen aufgereihten Käseräder rührte Helen. Während sich die Zeit überall gnadenlos weiterdrehte, lief die Prozedur auf dem *Waagplein* seit 450 Jahren in unveränderter Form ab. Der Käsemarkt war einer der wenigen Orte, der exakt aussah wie in ihrer Kindheit. Wer weiß, vielleicht war der Mann, der jetzt als *Kaasvader*, Käsevater, die Gilde anführte, schon früher als Träger dabei gewesen. Über Lautsprecher erklärte er den typischen Ablauf eines Handelstages: Zuerst erfolgte die Qualitätsuntersuchung des Käses über Abklopfen und Probenziehen, wobei Konsistenz und Geschmack getestet wurden, anschließend wurde die Ware ins historische Waagenhaus getragen, wo das exakte Gewicht bestimmt und abgerechnet wurde.

»Ein Freund von Thijs ist Teil der Gilde«, erklärte Henriette aufgeregt. »Er ist eigentlich Anwalt und läuft jeden Freitag mit dem Käse hier herum. 130 Kilo wiegt so eine Fuhre. Es ist eine eingeschworene Gemeinschaft.«

»Lass uns ein Café suchen«, erinnerte Helen ihre Mutter an ihr Versprechen. Sie hatte sich fest vorgenommen, so nüchtern, wie es ihr nur möglich war, an das Gespräch heranzugehen. Langsam, aber sicher riss ihr Geduldsfaden.

»Es muss jeden Moment losgehen«, erklärte ihre Mutter, als seien sie eigens für diese Veranstaltung angereist.

Die Mitglieder der Käsegilde betraten feierlich den Platz. Mit ihrer strahlend weißen Kleidung und den breitkrempigen Strohhüten erinnerten die Männer an venezianische Gondoliere.

Henriette rief Thijs an, um sich zu erkundigen, zu welcher der Untergruppen, die sich durch ihre Hutfarben unterschieden, sein Bekannter gehörte.

In Helens Magen ballten sich Frustration und Ärger. Langsam dämmerte ihr, dass es ein Fehler gewesen war, dem Drängen ihrer Mutter nachzugeben. Sie war naiv gewesen zu glauben, dass Henriette sich wirklich mit ihr auseinandersetzen wollte.

»Lass uns gehen«, sagte Helen, die in der Menge zunehmend Platzangst verspürte.

Ihre Worte gingen in dem Gebimmel der Glocke unter, das traditionell die Zeremonie eröffnete.

Helen drehte sich um. Hinter ihr verwehrten ihr drei Reihen Touristen den Rückzug. Henriettes Blick flog über die Träger, die in Zweiergruppen die Käseräder auf eine hölzerne Tragbahre luden, die mit einem Ledergeschirr zwischen ihnen getragen wurde. Ihre Augen suchten in dem Trubel nach ihrem Bekannten.

»Allein der Käsevater trägt einen orangefarbenen Hut«, erklärte Henriette, instruiert von Thijs. »Johan hat einen weißen mit einem grünen Band. Er ist Nothelfer und auf Probe bei der grünen Gruppe.«

Im Hintergrund brandete Jubel über die jungen Männer der Käsegilde auf, die die schweren Goudaräder im Eiltempo über den Platz Richtung Waage beförderten. Helen hatte genug gesehen. Sie würde bei dieser Farce keine Sekunde länger mitspielen. Sie hatte weder Lust auf das Spektakel auf dem *Waagplein* noch auf die Schmierenkomödie, die ihre Mutter bereits den ganzen Morgen aufführte.

»Ich fahre jetzt nach Hause«, sagte Helen.

»Sie hieß Tessa«, antwortete Henriette.

»Wer?«

»Die Frau, die euren Vater in der Sturmnacht besucht hat. Sie hieß Tessa«, wiederholte Henriette und klang dabei so harmlos, als hätte sie soeben hundert Gramm jungen Gouda bestellt.

»Tessa?«, fragte Helen nach. Sie konnte nicht glauben, wie ihr geschah.

Doch ihre Mutter war schon wieder abgelenkt. Der gesuchte Nothelfer mit dem weißen Hut hatte Henriette in der Menge entdeckt und winkte ihr frenetisch zu. Er bedeutete dem Mann, der mit der Qualitätskontrolle betraut war, ihr ein Stück Käse zum Probieren zu überbringen.

»Und wer war diese Tessa?«, wiederholte Helen ungeduldig.

Der Name kam aus dem Nichts. Plötzlich und unerwartet. Helen konnte nicht glauben, welche Bombe ihre Mutter hier so locker zündete. Während um sie herum das Leben tobte, schien für Helen die Zeit stillzustehen.

Erst jetzt bemerkte Henriette ihr ungläubiges Gesicht.

»Tessa. Mehr weiß ich auch nicht«, sagte sie ungerührt.

»Und?«, fragte Helen weiter.

»Nichts und.«

Helen gelang es nicht, einen klaren Gedanken zu fassen. Nach Monaten des Schweigens antwortete Henriette auf die alles entscheidende Frage mit erstaunlicher Leichtigkeit. Sie hatte das Gefühl, dass ihre Mutter sie mit unsichtbaren

Fäden einwickelte, wie eine Spinne webte sie ein Netz aus Lügen, Halbwahrheiten und Vorwürfen um sie herum. Die Nennung des Namens bewies, dass ihr Instinkt sie nicht getrogen hatte. Ihre Mutter hatte nie die vollständige Wahrheit über die Sturmnacht offenbart. Ungerührt probierte Henriette den angebotenen Käse, als hätte die Verkostung eines Stücks *Oude Kaas* in so einer Situation oberste Priorität.

»*Heel erg lekker*«, befand sie und schenkte dem Träger der Käsegilde ihr bezauberndstes Lächeln. Helen registrierte irritiert, dass ihre Mutter an männlicher Aufmerksamkeit hing wie an einem Tropf.

»Hast du diese Tessa mal getroffen?«, insistierte sie.

»Ja«, sagte Henriette, ein bisschen ungehalten darüber, dass sie ihre Unterhaltung mit dem Träger unterbrechen musste.

»Ja und nein.«

Ihre Mutter reichte ihr ein Stück Käse.

»Probier mal«, sagte sie.

Helen hatte die Kapriolen endgültig satt. Sie zog Henriette empört am Oberarm aus der Menge. Ihre Mutter folgte eher widerwillig, während sie gestikulierend dem Käseträger bedeutete, dass sie später telefonieren würden.

»Ich will die ganze Geschichte«, sagte Helen. »Jetzt. Sofort.«

Henriette holte tief Luft. »Sie war eine Stalkerin, Helen«, erklärte sie. »Sie lief uns den ganzen Sommer hinterher. Überall: am Strand, beim Einkaufen, abends im Restaurant. Ständig tauchte sie bei uns in der Nähe auf. Sie hatte es auf unsere Familie abgesehen.«

Ihr Blick flog misstrauisch über die Menge, als ob sie plötzlich befürchtete, ihre Verfolgerin könnte sich unter die Touristen geschmuggelt haben.

»Hatte sie was mit Papa?«

»Ach, Kind«, seufzte Henriette. »Dein Vater hat seine Geheimnisse mit ins Grab genommen.«

Helen versuchte, die neuen Informationen mit den restlichen Puzzlestücken in Einklang zu bringen.

»Weißt du mehr über sie?«

»Diese stechenden Augen! Ich hatte echt Angst vor ihr«, gestand Henriette. »Sie hatte etwas Bedrohliches.«

»Und in der Sturmnacht taucht diese Tessa auf einmal in unserem Ferienhaus auf? Einfach so?«, fragte Helen.

»Sie schlich permanent um unsere Familie herum. Als ich am Sturmtag mit Louise van Beek nach Amsterdam fuhr, habe ich Doro den Auftrag gegeben, mich sofort zu verständigen, wenn etwas Ungewöhnliches passiert. Ich hatte so ein schreckliches Bauchgefühl.«

»Es muss eine Verbindung geben zwischen ihr und Papa«, sagte Helen.

Henriettes Augen wurden ganz feucht. Sie war kurz davor, in Tränen auszubrechen.

»Ich war so wütend, dass er sie überhaupt reingelassen hat. Ich hatte so viele Pläne für mein Leben. Unser Leben wäre so anders gewesen …«

Auf einmal sank sie aschfahl zusammen. Ganz plötzlich.

»Ich brauche einen Schnaps. Ich glaube, ich vertrage keinen Käse«, sagte sie.

Helen nickte. Alkohol löst Zungen, sagte man. Sie klammerte sich an jeden Strohhalm, denn bislang hatte sie mehr Fragen als Antworten.

14. Wie eine Löwenmama

»Prost!«, sagte Henriette angeschlagen.

In einer nahe gelegenen Bar kippte sie zwei Genever, bevor die Farbe in ihr Gesicht zurückkehrte. Vom *Waagplein* dröhnten immer noch die Durchsagen vom *Kaasmarkt* über die idyllischen Grachten. Der Eissalon nebenan lieferte seine Ware direkt an Boote, die an der Eisglocke haltmachten.

»Warum wolltest du unbedingt verhindern, dass wir etwas über diese Tessa herausfinden?«, fragte Helen.

»Du hast mich immer missverstanden«, sagte Henriette entschieden. »Es ging mir nie darum, dass ihr die Frau nicht finden solltet. Ich wollte verhindern, dass sie euch findet.«

Henriette seufzte schwer. »Ich wollte euch vor ihr beschützen. Wenn man Kinder hat, schlägt das Herz außerhalb des eigenen Körpers. Ich würde es nicht überleben, wenn einer von euch etwas zustoßen würde.«

»Wir sind längst erwachsen«, wandte Helen ein.

»Wenn du erst einmal eigene Kinder hast, Helen, wirst du mich verstehen.«

Helen schluckte den aufkeimenden Ärger runter. Ihre Mutter wusste genauso gut wie jeder andere in der Familie, dass Kinder in ihrer Lebensplanung nicht vorgesehen waren.

»Du weißt nicht, was Angst bedeutet«, ereiferte sich Henriette. »Diese existenzielle Angst, die einen zu irrationalen Dingen verleitet. Ich war immer eine Löwenmama, die sich schützend vor ihre Kinder stellt.«

»Ach ja?«, platzte Helen heraus.

Helen hatte das anders erlebt. Sie hatte, im Gegenteil, bis auf den heutigen Tag das Gefühl, dass ihre Mutter ihre jeweiligen Männer und deren Bedürfnisse grundsätzlich über die ihrer Töchter stellte. Für Johannes verwandelte sich die lebenshungrige Stewardess in eine Hausfrau und Mutter, die jahrelang am selben Ort Urlaub machte, mit Bernhard, ihrem zweiten Mann, tanzte sie als frischgebackene Immobilienmaklerin im edlen Kostüm über das Kölner Parkett, mit Thijs bereiste sie auf einmal im Hippielook und mit Camper die Welt.

»Ich würde Fehler immer zugeben«, sagte Henriette mit brechender Stimme. »Aber in diesem Fall bin ich tatsächlich unschuldig. Ich wollte euch nur vor Schlimmerem bewahren.«

»Wir verdienen die Wahrheit über den Tod von Papa«, sagte Helen.

»Ich gönne dieser Frau keinen Raum in unserem Leben. Sie verdient nicht, dass wir uns auch nur eine Sekunde mit ihr beschäftigen«, sagte Henriette. Sie redete sich in Rage: »Tessa hat Johannes auf dem Gewissen. Sie hat ihn dazu überredet, im Sturm das Haus zu verlassen. Sie hat genug Unheil gebracht. Du bringst mit deinen Fragen nur Unruhe in die Familie.«

Helen schnappte nach Luft.

»Ich? Ich soll für die Unruhe verantwortlich sein?«, fragte sie entgeistert.

»Du willst mich unbedingt falsch verstehen«, sagte Henriette entnervt. »Oder warum musst du jedes Wort auf die Goldwaage legen?«

Wieso nur hatte Helen das quälende Gefühl, dass das immer noch nicht die ganze Geschichte war?

Henriette schüttelte den Kopf über so viel Unverständnis. Sie fand zu alter Kampfeslust zurück: »Wie zum Teufel kommst du auf die Idee, dass ich dir etwas Böses will? Ich bin auf deiner Seite, Helen. Was auch immer du mir vorwirfst, was auch immer du mir unterstellst, ich liebe dich, Helen. Alles, was ich getan habe, hatte nur ein einziges Ziel: Ich wollte dich vor dieser Frau beschützen.«

15. Hand und Fuß

Siebeneinhalb Stunden Fahrt lagen vor Yella. Als sie in Berlin auf die Autobahn Richtung Hannover einbog, pumpte das Adrenalin in hohem Tempo durch ihren Körper. Noch immer versuchte sie zu verarbeiten, was zwischen ihr und David geschehen war. Wann war ihre Beziehung so in Schieflage geraten? Jahrelang hatte sie gehofft, dass es nur der unfertige Roman und die damit verbundene Frustration waren, die zwischen ihnen standen. Doch selbst nachdem David mit seinem ungeliebten Dasein als Schriftsteller abgeschlossen hatte, wurde es nicht einfacher. Die unterschiedlichen Wege endeten irgendwie in der immer gleichen Sackgasse. Und jetzt vielleicht in Untreue. War David wirklich alleine weggefahren? Oder hatte er sich eine hübsche Begleitung gesucht?

Mit jedem Kilometer, den sie hinter sich ließ, wuchs die Erkenntnis, dass sie einen Schritt vor den anderen setzen musste. Als sie bei Bad Bentheim die Grenze zu den Niederlanden passierte, überkam sie eine seltsame Ruhe. Yella war entschlossen, Ordnung in ihr Leben zu bringen. Erst Doro und ihre Herkunftsfamilie, dann David. Sie wollte die freien Tage so gut wie möglich nutzen, um in ihrem Leben aufzuräumen.

Am frühen Nachmittag erreichte sie das Ortsschild von Bergen, unter dem groß die Ausstellung »Metamorphosen« angekündigt war. Es fühlte sich großartig an, zurück an der Küste zu sein. Die gewaltigen Bäume der *Eeuwigelaan* begrüßten sie wie alte Freunde. Unweigerlich passierte sie die Villa, in der sie nach dem Lichterabend mit ihrer alten Flamme Frenkie und dessen Familie zusammengesessen hatte. Das Anwesen stand, wie sie überrascht feststellte, zum Verkauf. »*Te koop*«, verkündete das Schild eines Maklers. Vielleicht wollten Frenkie und seine Frau sich ja verkleinern. Der riesige hypermoderne Flachbau war ihr damals reichlich übertrieben erschienen für eine dreiköpfige Familie. Augenscheinlich war sie nicht die Einzige, in deren Leben Veränderungen anstanden. Sie riss ihren Blick los und bog wenig später auf den Parkplatz am Stadtpark. Ein Schwall frischer Nordseeluft empfing sie, als sie die Straße überquerte und Richtung Museum Kranenburgh lief. Ihr erstes Treffen mit Doro, so hatten sie gemeinsam beschlossen, sollte auf neutralem Boden und in der Öffentlichkeit stattfinden.

Yella wertete es als positives Zeichen, dass das Gebäude eine perfekte Symbiose zwischen Gestern und Heute verkörperte. Ein älterer Backsteinflügel aus dem 19. Jahrhundert lehnte wie selbstverständlich an einem strahlend weißen kubischen Bau mit Flachdach und gigantischen Fensterfronten. Bevor sie in ihrem Architekturstudium an Mathe gescheitert war, hatte sie sich ausführlich mit verschiedenen Museumsbauten beschäftigt. Eine gelungene Verbindung von Neu und Alt hatte sie immer fasziniert.

Als Kind hatte Yella mit ihren Schwestern in der riesigen Gartenanlage zwischen den Skulpturen herumgetobt, auf den gepflegten Grünflächen Fangen gespielt oder Kaulquappen aus dem Teich gefischt, während ihr Vater die Vertreter der berühmten Bergen'schen Schule studierte. In jungen Jahren konnte Yella mit dieser Kunst wenig anfangen. Sie empfand viele der Werke, die am Anfang des letzten Jahrhunderts entstanden und von Expressionismus und Kubismus beeinflusst waren, als düster und unheimlich. Lieber hatte sie ihre Zeit im Freien verbracht oder, wenn Papa die Spendierhosen anhatte, bei *Himbeer-Fristi* auf der Terrasse des Cafés.

Beeindruckt las sie den Namen ihrer Schwester auf dem Ausstellungsplakat. Yella staunte einmal mehr über Doros ungebrochenen Tatendrang. Mit ihren avantgardistischen Kostümdesigns war sie der Welt von Film und Bühne längst entstiegen. Nach dem Pariser Laufsteg eroberte sie jetzt die Kunstwelt. Wie stolz wäre ihr Vater gewesen, wenn er miterlebt hätte, dass eine seiner Töchter einmal in den heiligen Hallen des renommierten Museums ausstellen durfte. Über zwanzig Jahre nach seinem Tod verwirklichte seine älteste Tochter seinen ultimativen Traum: den Durchbruch in der bildenden Kunst.

Vor dem Eingang traf Yella auf Doros Mann Ludwig, der ächzend sperrige Transportkisten aus einem Lieferwagen mit Kölner Kennzeichen auslud.

»Alles für die Kunst, alles für Doro«, stöhnte er, während ihm der Schweiß auf der Stirn stand. Zu einer weiteren Unterhaltung war er nicht fähig. Die schweren Kisten raubten ihm den Atem. Stumm wies er ihr den Weg.

Yella durchquerte nervös die lichtdurchfluteten Säle, in denen die Ausstellung aufgebaut wurde, als ihr auf einmal jemand auf die Schulter tippte.

»Ich hatte schon gehofft, dass du zur Eröffnung kommst«, sagte eine männliche Stimme.

Yella fuhr herum und stand verblüfft vor Frenkie. Er sah anders aus als bei ihrem letzten Treffen und glich nun sehr viel mehr dem Surferjungen von einst. Das Ortsschild von Bergen markierte ihr Tor zur Vergangenheit. Hinter dem magischen Portal lebten das Gestern und die Menschen, die ihr einmal viel bedeutet hatten.

»Frenkie«, sagte Yella verblüfft.

»Wenn du so willst«, sagte er.

Er grinste schief, als ob ihn schon lange niemand mehr mit seinem Spitznamen aus Kinderzeiten angesprochen hatte.

»Meine Schwiegerfamilie steuert ein paar Gemälde aus der Privatsammlung zu der Ausstellung bei«, erklärte er seine Anwesenheit. »Ich sorge für den sicheren Transport aus unserem Haus.«

»Ihr zieht um …«, sagte Yella.

»Lange Geschichte«, antwortete Frenkie.

Ausgerechnet jetzt erschien Doro im Hintergrund. Warum passierten alle Dinge immer gleichzeitig in ihrem Leben? Unvermutet einer alten Flamme gegenüberzustehen, war schwierig, noch schwieriger war nur, sich dabei beobachten zu lassen. Ausgerechnet von ihrer großen Schwester, die im Teeniealter selbst einmal für Frenkie geschwärmt hatte. Während sie noch um Worte rang, musterte Doro Yellas Bewegungen mit einer Mischung aus Neugier und Amüsement.

Yellas plötzliche Verlegenheit schlug sofort auf Frenkie über.

»Ich muss leider weiter«, stammelte er und verschwand eiligst.

Einen Augenblick lang verharrten Yella und Doro regungslos. Früher wären sie einander um den Hals gefallen. Doch »früher« lag Lichtjahre entfernt. Sie musterten sich unentschlossen aus der sicheren Distanz. Doro trug einen hochgeschlossenen türkisfarbenen Overall mit einer überdimensionierten schwarzen Schleife um den Hals. Ihre weißblonden Haare blitzten unter einem geblümten Turban hervor, der vermutlich aus ihrem hauseigenen Kostümfundus stammte. Yella tippte auf ein Relikt aus Doros Elizabeth-Taylor-Phase. In ihrer Anfangszeit hatte Doro sich gerne am Stil der großen Hollywooddiven orientiert. Bis heute diente ihre Kleidung vor allem einem Zweck: aufzufallen. Selbst jetzt bei den Aufbauarbeiten zu ihrer Ausstellung sah sie unvergleichlich glamourös aus. Doro löste sich aus ihrer Starre und kam Yella mit ausgestreckter Hand entgegen.

»Doro Thalberg«, stellte sich ihre große Schwester gespielt formell vor. »Es freut mich, dass wir uns endlich persönlich kennenlernen.«

Yella lachte nervös auf. Sie verstand sofort, was Doro meinte. Wenn sie eine Chance haben wollten, sich wieder anzunähern, mussten sie einander mit neuen Augen sehen. Das verkappte Bewerbungsgespräch bot ihnen einen Rahmen, sich vorsichtig schwierigeren Themen anzunähern.

»Yella Thalberg«, erwiderte Yella, den gleichen Ton anschlagend.

»Wir können uns gerne duzen«, wagte Doro einen Witz.

Er verpuffte. Die Luft brannte zwischen ihnen. Nach der steifen Begrüßung wussten sie beide nicht recht weiter. Es war schwieriger als gedacht, nach all den bösen Worten zwischen ihnen zu einem neuen Miteinander zu finden. Jede Unterhaltung würde eher früher als später in einem emotionalen Minenfeld enden. Vor allem dann, wenn sie sich um ihre Familiengeschichte und alte Konflikte drehte.

»Darf ich dir zeigen, was ich vorhabe?«, flüchtete Doro auf neutrales Terrain.

Yella nickte dankbar. Es blieb noch genug Zeit, in die gemeinsame Vergangenheit einzusteigen. Anstatt sofort in die schmerzhaften Bereiche ihrer Beziehung abzutauchen, winkte Doro sie durch die Hallen, in denen das Thema »Metamorphosen« aus unterschiedlichen Blickwinkeln künstlerisch beleuchtet wurde. Am Eingang zum letzten Saal schraubte eine Mitarbeiterin unter dem Namen Doro Thalberg eine Neonschrift mit einem Zitat an die Wand: *The skeletons in the closet* … Die Leichen im Keller? An welche Leichen Doro dabei wohl gedacht hatte?

Elektrisiert durch den vielversprechenden Titel betrat Yella die Ausstellungsfläche, die für das Werk ihrer großen Schwester reserviert war. In dem unfassbaren Durcheinander war noch nicht einmal ansatzweise erkennbar, was Doro vorhatte. Ein Techniker installierte einen Beamer, der ein Foto überlebensgroß auf die Wand projizierte.

»Das ist unsere Oma«, sagte Yella überrascht. »Oma Thalberg.«

»Beim Aufräumen habe ich das erste gemeinsame Fotoalbum unserer Eltern aus der Anfangszeit ihrer Beziehung gefunden«, erzählte Doro. »Das habe ich zur Grundlage genommen.«

Ein donnerndes Geräusch ließ sie zusammenfahren. Ludwig setzte krachend seine schwere Last auf den Boden. Eine Wand der Holzkiste löste sich, und ein Gewirr aus Armen und Beinen entlud sich über den Parkettboden. Dazu ein Rumpf und ein paar Hände.

»Die Puppen müssen noch zusammengebaut werden«, erklärte Doro.

Sie machte sich sofort daran, die überlebensgroßen Körperteile zu sortieren. Zum Glück waren die mit Gips überzogenen Drahtgestelle nicht so schwer, wie sie aussahen. Doro fand für den Rumpf drei Arme, sieben Hände, aber nur ein einziges Bein.

»Genau deswegen brauche ich jemanden, der mein Atelier managt«, stöhnte sie.

Ludwig eilte postwendend nach draußen, um den Rest des unheimlichen Puppenuniversums heranzuschaffen.

»Ich dachte, du präsentierst deine Kleider aus dem Plastikabfall«, sagte Yella.

Sie blickte ratlos über die verstreuten Teile. Es war ihr ein Rätsel, wie aus dem Schlachtfeld eine sehenswerte Installation werden sollte.

»Nur Kleider zu zeigen ist langweilig«, erklärte Doro. »Meine Puppen sollen eine eigene Geschichte erzählen.«

»Ein Tribut an unsere Großmutter?«, fragte Yella mit Blick auf die Projektion an der Wand.

»Eher der Versuch zu verstehen, in welche Familienkonstellation Henriette einheiratete. Und zwar so, dass wir als Betrachter ihre Emotionen nachempfinden können.«

Yella runzelte die Stirn. So richtig vorstellen konnte sie sich das ganze Vorhaben nicht. Weder praktisch noch inhaltlich.

»Manche reden mit einem Psychologen«, sagte Doro. »Das hier ist meine Therapie.«

Ungeduldig zerrte sie an einem Arm, der einfach nicht in den Rumpf passen wollte.

»Kannst du mal eben mit anpacken?«, fragte sie.

Doro reichte Yella eine der überlebensgroßen Puppenhände. Wie symbolisch! Es war an Yella einzuschlagen. Sie hatte immer gerne an der Seite ihrer kapriziösen Schwester gearbeitet. Doro und Yella waren ein fantastisches Team, solange es darum ging, praktische Arbeit zu leisten. So auch jetzt. Unter Ächzen, Stöhnen und einer Reihe körperlicher Verrenkungen schafften sie es, Hand und Arm am Rumpf zu befestigen. Als sie einen Schritt zurücktraten, um die Figur im Ganzen zu begutachten, wurde ihnen bewusst, dass die Puppe nun jeglicher Anatomie Hohn spottete. Sie hatten den Arm am Rücken befestigt.

»Weißt du noch, wie du mir mal den Arm ausgerenkt hast?«, lachte Yella. »Ich musste vier Wochen Schiene tragen.«

»Das war ein Sportunfall«, sagte Doro. »Wir haben Judogriffe geübt.«

»Du vielleicht«, sagte Yella. »Ich war einfach nur auf dem Weg zum Kühlschrank.«

»Du bist eben unglücklich in mich reingefallen.«

»Du warst einen Kopf größer und älter und hättest mich vorwarnen können.«

»Ich bin sowieso nur zum Judo, um mich zu verteidigen.«

»Gegen mich?«, fragte Yella empört.

»Du warst immer ein Wadenbeißer. Klein und gemein.«

Yella nahm einen Puppenarm auf und zwickte Doro damit in die Wade. Auf einmal mussten sie beide lachen. Ihnen war klar, dass die Chance, sich auf eine gemeinsame Version zu einigen, was damals wirklich geschehen war, in etwa bei null lag. Sie waren mal wieder auf dem besten Weg, sich in einem schwesterlichen Scharmützel zu verlieren.

»Ich weiß eigentlich gar nicht mehr so genau, wer angefangen hat«, gab Doro zu.

»Ich auch nicht«, stimmte Yella zu.

Schweigend zerlegten sie das missratene Puppenmodell wieder in seine Einzelteile.

»Warum hast du über die Absage der Oper gelogen?«, fragte Yella.

Im letzten Sommer hatte sie Doro mit Rat und Tat beiseitegestanden, als ihre Schwester sich in den Entwürfen für die Oper Undine hoffnungslos verheddert hatte. Sie war sogar bei der Präsentation der Entwürfe für die unpässliche Doro eingesprungen. Nur um zu erfahren, dass Doro den Auftrag abgesagt hatte, als die Auftraggeber Yella mit ins Boot holen wollten.

»Du kennst die Branche nicht, Yella, du kannst die versteckten Botschaften nicht lesen. Die wollten nie wirklich mit mir zusammenarbeiten.«

»Aber vielleicht mit uns als Team«, sagte Yella.

»Es wäre nichts geworden«, beharrte Doro auf ihrer Einschätzung. »Ich musste die Reißleine ziehen.«

»Du hättest mir deine Beweggründe erklären können.«

»Ich war wütend auf dich, weil du mich so angetrieben hast. Ohne dich wäre ich schon vor der Präsentation ausgestiegen.«

»Weil die Kostüme nie fertig geworden wären«, sagte Yella pampig.

Die beiden Versionen standen unvereinbar nebeneinander.

Schweigend setzten sie die Puppen zusammen. Die Arme, der Rumpf, der Kopf: Unter ihren Händen wuchsen die Körperteile zu einer eindrucksvollen Gestalt heran. Mit vereinten Kräften hievten sie die überlebensgroße Kreatur in die Höhe. Der Techniker richtete den Beamer nun so aus, dass die Fotoprojektion genau auf den Kopf der gesichtslosen Puppe fiel, die sie um mindestens zwei Köpfe überragte.

Yella zuckte zusammen, als sie von oben der gestrenge Blick ihrer Großmutter traf, die sie mit unverhohlener Feindseligkeit musterte.

»Das Foto stammt von der Hochzeit unserer Eltern«, erklärte Doro.

War das der Blick, mit dem Johannes' Mutter Henriette in der Familie Thalberg begrüßte?

Yella war schwer beeindruckt. Wie so oft, wenn sie mit Doros künstlerischen Visionen konfrontiert war. Sie konnte kaum erwarten, zu sehen, auf welche Weise Doro den Rest der Familie zum Leben erwecken würde. Ob sie tatsächlich neue Erkenntnisse gewinnen würde?

»Ich hätte mir nie träumen lassen, was sich alles aus Undines Müllkleidern entwickelt«, gestand Doro.

Sie räusperte sich. Es fiel ihr schwer, die Wahrheit auszusprechen. »Die Kuratorin der Ausstellung hat mich bei der Pariser Modeschau entdeckt«, sagte sie. »Aber ohne dich hätte es die Kleider nie gegeben.«

In Yellas Magengegend breitete sich ein warmes Gefühl aus. Das war in etwa das Netteste, was Doro ihr in den vergangenen Jahren gesagt hatte. Vielleicht war es doch keine ganz schlechte Entscheidung gewesen, Doro anzuspornen.

»Wie wäre es mit einem Danke?«, fragte Yella.

»Schwierig«, sagte Doro ehrlich. »Bei meiner Persönlichkeitsstruktur.«

Yella lachte auf. Ihre große Schwester war manchmal unmöglich, oft ungerecht und immer brillant.

»Ich lebe in dem Irrglauben, dass ich alles am allerbesten kann«, sagte Doro.

»So was nennt man Größenwahn«, konterte Yella.

Im Hintergrund winkte Ludwig seine Frau heran. Doro ignorierte ihn.

Sie rang mit sich: »Im Grunde brauche ich genau so jemanden wie dich an meiner Seite, der mehr Struktur in meine Arbeit bringt. Ich tue mich nur so verdammt schwer, es zuzugeben.«

Yella grinste schief. Doro war die Großmeisterin in Entschuldigungen. Und im Brechen jeglicher Versprechen.

Der Mann ihrer Schwester fuchtelte mit den Armen und bedeutete ihr energisch, das Gespräch endlich zu beenden.

»Ludwig leidet unter Bluthochdruck«, sagte Doro. »Er ist nicht mehr so stressresistent wie früher.«

Jahrelang hatte der schwergewichtige Bayer als Doros unverrückbarer Fels in der Brandung und Punchingball fungiert, nun schien er am Rande eines Nervenzusammenbruchs.

»Die Leute vom WDR kommen in drei Stunden, und nichts ist fertig«, rief er.

»Ich muss mich um ihn kümmern«, sagte Doro mit besorgtem Blick auf ihren aufgelösten Mann.

»Wenn ich mit dem Aufbau fertig bin, gehen wir essen«, fügte sie hinzu. »Nur wir beide.«

Sie wandte sich zum Gehen, als ihr noch etwas einfiel: »Es tut mir leid«, sagte sie leise. »Ich hätte das nie sagen dürfen, dass du schuld an Papas Tod bist.«

Yella verschlug es die Sprache. Sofort sprangen Tränen in ihre Augen. Sie hatten noch so viel miteinander zu klären. Auf einmal schlang Doro ihre Arme um sie. Es fühlte sich gut an.

16. Zukunftspläne

Wo blieb Yella nur? Helen konnte es nicht erwarten, mit ihrer Schwester, die bei den vergangenen Recherchen so oft an ihrer Seite gewesen war, über Tessa zu sprechen. Heute Morgen hatte sie eine kryptische Mitteilung von Yella empfangen. *Bin auf dem Weg nach NL.* Sie verschwieg, was hinter ihrer plötzlichen Planänderung steckte.

Die beste Methode, unliebsame Wartezeiten zu verkürzen, war, aktiv zu sein. Gemeinsam mit Philomena schleppte Helen die Bestuhlung der Bühne aus dem kalten Schuppen, in dem die Möbel überwintert hatten. Mit Essig, Backpulver und viel Muskelkraft schrubbten sie die Stühle sauber. Neben ihnen sortierte Amelie Kissen aus. In vielen Sitzunterlagen hatte sich das Wetter so im Polster festgesetzt, dass sie neu bezogen oder ganz entsorgt werden mussten. Im Hintergrund wurde an der Bühne gezimmert. Bis in zwei Wochen das Programm losging, war noch viel zu tun.

Vom Waschplatz aus beobachtete Helen verstohlen ihre Mutter, die sich mit ihrer Enkelin Lucy amüsierte. Nach ihrem Ausflug nach Alkmaar hatte Henriette es sich nicht nehmen lassen, sie ins *Cultuurdorp* zu begleiten, um den Rest des Tages mit der Familie zu verbringen.

»Oma, jetzt mach schon«, rief Lucy, der es vollkommen egal war, dass ihre Großmutter diese Anrede gar nicht schätzte.

Henriette Thalberg störte es, auf diese Weise immer wieder auf ihr fortschreitendes Alter aufmerksam gemacht zu werden. Heute verzichtete sie darauf, ihre Enkelin zu korrigieren. Während Helen immer noch damit beschäftigt war, zu verarbeiten, was ihre Mutter auf dem *Kaasmarkt* enthüllt hatte, benahm Henriette sich, als könne sie kein Wässerchen trüben. Gut gelaunt übernahm sie für Lucy die Rolle der Kamerafrau. Ihre Nichte überließ für ihr neuestes TikTok-Video nichts dem Zufall. Henriette hatte geholfen, Lucys Pastellhaare in einer artigen Flechtfrisur zu bändigen. Dazu trug der Teenie eine knappe weiße Bluse mit schwarzer Krawatte und ein ultrakurzes plissiertes Röckchen. Schwarze Kniestrümpfe und schwere Schuhe rundeten den sexy Schulmädchen-Look ab. Dazu schminkte sie sich blasser, als sie war. Ganz offensichtlich versuchte Lucy, mit viel Make-up ihren Augen einen asiatischen Touch zu geben.

»Lucy schwärmt jetzt für südkoreanischen Pop«, wusste Philomena. »Da trägt man so was.«

Der unablässig wehende Nordseewind trug die eingängigen Melodien hinüber zu ihrem Waschplatz. Stolz demonstrierte Lucy, wie viele der komplizierten Choreografien sie sich bereits angeeignet hatte. Tanzend in der holländischen Dünenlandschaft sah ihre Nichte aus wie ein Wesen von einem anderen Stern. In der rechten Hand schwenkte sie enthusiastisch eine kreisrunde LED-Lampe, als wäre sie eine intergalaktische Schülerlotsin. Ihr Rock flog hoch und ließ unschwer erkennen, wie unglaublich dünn sie war.

Neben Helen schrubbte Philomena im Rhythmus der mitreißenden Elektrobeats und sang lauthals mit. Die koreanische

Band musste erfolgreicher sein, als Helen dachte. Selbst die Hühner ließen einen Moment von ihrer großen Liebe Paul ab und schienen mitzuwippen.

Nach ein paar Testschritten brach Lucy jäh ab, um die Aufnahmen ihrer Oma zu kontrollieren.

»Es sähe viel besser aus, wenn Doro mir dunkle Kontaktlinsen erlauben würde«, beschwerte sie sich.

Sie überschüttete ihre Oma mit neuen Regieanweisungen. Während jede der vier Sommerschwestern Kämpfe mit der Mutter auszutragen hatte, gelang es Lucy scheinbar mühelos, Henriette um den Finger zu wickeln und sie mit ihrer Begeisterung für die Musik und das ferne Land anzustecken. Lucy zeigte ihrer Oma geduldig Videos auf TikTok, auf denen Jungkook, einer der koreanischen Megastars der Band *BTS,* beim Tanzen so niedlich die Schulter hebt.

»Dieses Lächeln«, schwärmte sie. »Ist der nicht süß?«

Henriette nickte. »Wenn die wieder auf Tournee gehen, komme ich mit zum Konzert«, verkündete sie.

Lucy nutzte die Gelegenheit, ihre Oma anzuflehen, bei Doro ein gutes Wort für sie einzulegen.

»Ich will für ein Jahr nach Seoul«, sagte Lucy. »Dort kriegt man den besten Unterricht in Tanzen und Singen.«

»Nach Südkorea? Ganz alleine?«, fragte Henriette.

»Ich bin Klassenbeste«, ergänzte Lucy voller Stolz. »Ich lerne krass viel. In den K-Pop-Ausbildungen nehmen sie nämlich nur Kinder auf, die supergut in der Schule sind.«

Helen hatte einmal in einer schlaflosen Nacht einen Fernsehbericht über die beinharten Kaderschmieden der koreanischen Popindustrie gesehen. Richtig erstrebenswert konnten einem diese teuren und gnadenlos leistungsorientierten Schulen wohl nur dann erscheinen, wenn man 15 Jahre jung war und hauptsächlich auf TikTok lebte.

Erstaunlicherweise fand Lucy Gnade vor den kritischen Augen ihrer Großmutter: »Als ich in deinem Alter war, habe ich auch von der großen, weiten Welt geträumt«, erzählte sie. »Ich wollte immer auf die Bühne. Aber ich hatte niemanden, der mich unterstützt hätte.«

»Du könntest mein Sponsor werden«, schlug Lucy großzügig vor. »K-Pop ist *big business.*«

Während die Sommerschwestern noch in der Vergangenheit herumgruben, schlug Lucy bereits ihre Flügel aus für eine Zukunft jenseits der Thalberg-Sippe.

Helen kontrollierte zum wiederholten Mal die Uhrzeit. Sollte Yella nicht schon längst hier sein? Sie sah zu ihrem Freund hinüber, der gemeinsam mit Thijs das *Cultuurdorp* abschritt. Während Paul den Entwurf für das Tiny House übernehmen sollte, hatte der handwerklich überaus geschickte Thijs zugesagt, Amelie und Philomena mit tätiger Hilfe zu unterstützen. Mit geschultem Auge erkundeten die beiden Männer die Freiflächen und diskutierten leidenschaftlich den optimalen Standort für das Tiny House.

»Thijs ist wirklich nett«, hatte Paul ihr nach ihrem ersten Gespräch zugeraunt. »Und ein toller Sparringspartner.«

Der Architekt begegnete Thijs ohne die Vorbehalte, die die Schwestern insgeheim hegten. Er nahm Thijs so, wie er sich im Hier und Jetzt gab. Die Vergangenheit spielte für ihr Verhältnis keine Rolle. Helen war es bislang nicht gelungen, zu einem ähnlich pragmatischen Umgang mit dem Ehemann ihrer Mutter zu finden.

Paul konnte tatsächlich sachkundige Unterstützung gebrauchen. Bei seinen ersten Überlegungen am Frankfurter Schreibtisch hatte er gnadenlos unterschätzt, mit welchen Naturgewalten er hier konfrontiert war. Die ständige Präsenz des Windes und die Nähe zum Meer bereiteten ihm mehr Kopfzerbrechen als erwartet. Gemeinsam mit Thijs, der sich jahrelang mit Ausbesserungsarbeiten auf dem Campingplatz über Wasser gehalten hatte, fachsimpelte er über die Auswirkungen von Salz und Feuchtigkeit auf die Bausubstanz und die notwendigen Schutzmaßnahmen. In Pauls Koffer befand sich kiloweise Informationsmaterial über besonders robuste und korrosionsbeständige Materialien. Auch die Frage nach der Entwässerung des feuchten Grundstücks beschäftigte ihn. Für Holländer war das Bauen auf nachgiebigem Untergrund täglich Brot, für den Frankfurter Architekten stellten die Bedingungen des Geländes eine ungeahnte Hürde dar.

»Das Haus soll eine Verbindung zwischen drinnen und draußen schaffen und trotzdem ein Kokon sein«, erklärte Amelie.

Paul notierte eifrig die Wünsche seiner Schwägerin. »Unter den Bäumen vielleicht?«

»Auf keinen Fall«, mischte sich Philomena panisch ein. »Hier kann es so fürchterlich wehen, dass Äste aus dem Himmel fallen, manchmal sogar ganze Bäume. Ich will mit der Natur leben, aber ich muss sie nicht unbedingt auf den Kopf bekommen.«

Helen gesellte sich neugierig zu Paul.

»Schwierigkeiten?«, fragte sie.

»Wir versuchen gerade, einen Mittelweg zu finden zwischen Windschutz und Ausblick«, erklärte er.

»Wie wäre es dort?«, fragte Thijs und wies auf eine Mulde.

»Der Deich dahinten bildet eine natürliche Barriere für den Westwind.«

Thijs wusste wie kein anderer das Gelände einzuschätzen. Er kannte sich aus mit den Stürmen, die regelmäßig über das Land fegten.

»Ich habe auf einer Bohrinsel gearbeitet, da lernt man, Wolken und Wind zu lesen«, sagte er. »Auf der Plattform ist das eine Frage von Leben und Tod.«

Helen zog ihren Gutschein hervor: »Vielleicht willst du dich ja im Wolkenmalen versuchen«, sagte sie. »Ich hätte da einen Gutschein.«

»Bestimmt nicht«, sagte Thijs belustigt, als er den Namen des Lehrers las. »Remco! Der hat ja bei mir gelernt.«

»Zeichnen?«

»Meteorologie«, erklärte Thijs. »Die meisten Maler haben nicht die geringste Ahnung, was sie sehen, wenn sie in den Himmel schauen.«

»Du hast einen Kurs über Wolken gegeben?«, fragte Helen wie elektrisiert.

»Die meisten Hobbyisten zeichnen weiße Fantasiedinger. Mehr Zuckerwatte als echte Wolken. Ich hatte Remco und seine Schüler sogar mal zum Tag der offenen Tür auf der Bohrinsel.«

Erschreckt hielt er inne, aber es war bereits zu spät.

»Unser Vater hat bei Remco Unterricht genommen«, sagte Helen tonlos.

Thijs blickte sich nervös um, als müsse er sich vergewissern, dass Henriette nicht in der Nähe war.

»Du kanntest unseren Vater, oder?«, insistierte Helen. »War er dabei? Auf der Bohrinsel?«

»Das kann man so nicht sagen«, erklärte Thijs. »Johannes war so seekrank bei dem Ausflug, dass er den ganzen Tag über der Reling hing. Aber eure Mutter fand es großartig. Sie hatte dieses Abenteuer-Gen. Immer schon.«

Es fühlte sich komisch an, wenn Thijs über ihren Vater sprach.

»Ihr wart befreundet?«, fragte nun auch Amelie entgeistert.

Thijs schüttelte energisch den Kopf: »Die beiden waren frisch verheiratet. Sie hatten nur Augen füreinander.«

Wieder wanderte sein Blick zu Henriette.

»Sie mag es nicht, wenn ich die alten Geschichten ausgrabe.«

»Aber das ist doch eine fantastische Anekdote«, meinte Amelie. »Warum habt ihr das nie erzählt?«

Helen wusste die Antwort, ohne dass Thijs sie aussprechen musste. Weil Kennenlerngeschichten im Allgemeinen nicht ganz so romantisch waren, wenn alle Beteiligten anderweitig verheiratet waren.

Plötzlich erinnerte sie sich wieder an den Zeitungsartikel über Thijs, auf den sie während ihrer Recherchen gestoßen war. Was hatte seine damalige Frau über die Scheidungsrate unter Offshore-Arbeitern zu Protokoll gegeben? »Man kann keine Ehe führen, wenn der Mann auf der Nordsee unterwegs ist. Die Kinder bekommen ihn wochenlang nicht zu Gesicht. Und wenn er mal zu Hause ist, will er sich amüsieren.«

Seine Söhne, die längst erwachsen sein mussten, hatten offenbar mit ihm gebrochen. Keine der Sommerschwestern hatte sie je zu Gesicht bekommen.

»Besser nicht an den alten Geschichten rühren«, sagte Thijs verschwörerisch. »Ich lebe mit einem Dampfkochtopf zusammen. Seit es Henriette gesundheitlich besser geht, geht auch das Temperament bisweilen mit ihr durch.«

Helen wunderte sich über den kritischen Unterton. War die Honeymoonphase etwa schon vorbei?

»Keine Angst«, sagte Thijs, als könne er in Helens Blick lesen. »Ich halte ihre Launen aus. Das ist das Wunderbare an einer fremden Sprache. Man kann sie jederzeit im Kopf abschalten. Deutsch verstehe ich nur, wenn ich aktiv zuhöre.«

Helen selbst hörte jetzt nur noch halb hin. Am Rande der Freifläche lief eine Frau mit einem über die Wiese hüpfenden Rollkoffer direkt auf sie zu.

»Yella! Endlich!«

17. Fragen über Fragen

Helen flog in Yellas Arme. »Und ich dachte, du dinierst mit David bei Kerzenschein auf irgendeinem romantischen Schloss«, flüsterte sie.

»Ist was dazwischengekommen«, erklärte Yella ausweichend.

Bevor sie Helen berichten konnte, unterbrach Henriette ihr Gespräch.

»Yella? Was machst du denn hier?«, rief sie und sah sich suchend um. »Wo hast du Leo und Nick gelassen?«, fragte sie irritiert.

»Bei ihren Großeltern«, sagte Yella knapp.

Das Gesicht ihrer Mutter verzog sich für eine Sekunde. »Und David?«, fragte sie besorgt. »Was ist es diesmal? Ein Seminar? Ein Abgabetermin? Ich dachte, er ist endlich raus aus seiner Krise.«

»Es geht ihm großartig«, sagte Yella.

Sie brauchte in der angespannten Situation bestimmt keine Beziehungstipps, am allerwenigsten von ihrer Mutter. Henriette trug einen unerschöpflichen Schatz von Gewissheiten mit sich, die sie gerne und ungefragt teilte. Sie hatte nie einen Hehl daraus gemacht, dass sie Mühe hatte, Yellas Lebensentscheidungen nachzuvollziehen. Wieso sie sich an einen Mann band, der Yella ihrer Auffassung nach nichts bieten konnte, war ihr immer ein Rätsel gewesen. In ihrem Weltbild nahm der Gedanke, durch eine Ehe versorgt zu sein, einen hohen Stellenwert ein. Bis Thijs in ihr Leben getreten war. Der Holländer wollte so gar nicht in Henriettes Raster passen.

Yella konnte alles ertragen. Nur keine Kommentare ihrer Mutter über David. Zum Glück wandte die sich sofort anderen Themen zu.

»Ich bin so froh, dass du da bist«, raunte Henriette ihr in einem verstohlenen Moment zu. »Vielleicht kannst du rausfinden, was bei Helen los ist. Sie ist so merkwürdig, und du hast den besten Draht zu ihr. «

Nach dem allgemeinen Hallo und einem gemeinsamen Abendessen mit Amelie und Philomena machten sich Yella und Helen auf zu einer Runde im letzten Abendlicht. Yella dachte nicht im Traum daran, Henriettes Auftrag zu erfüllen. Nie im Leben würde sie sich zwischen ihre Mutter und Helen stellen. Sie würde kein Wort von dem, was sie miteinander sprachen, weitertragen. Yella war einfach froh, die Schwester, der sie sich am ehesten verbunden fühlte, einen Moment für sich alleine zu haben.

»Und wie geht es dir wirklich?«, fragte Helen vorsichtig.

Yella suchte nach den passenden Worten, die sie nicht sofort in Tränen ausbrechen lassen würden. Seit wann war sie so nah am Wasser gebaut? Der Streit mit David hatte ihr den Boden unter den Füßen weggerissen. Es ging, das spürte sie genau, um sehr viel mehr als einen der üblichen häuslichen Dispute. Es ging um die Zukunft ihrer Familie.

»Ist das ein gutes oder ein schlechtes Zeichen, dass du hier bist?«, tastete sich Helen vorsichtig heran.

Yella zuckte hilflos mit den Achseln: »Das versuche ich selbst noch zu ergründen.«

Helen nahm Yella einfach in den Arm. Sie stellte keine weiteren Fragen. Das war gut, denn Yella hätte keine einzige Antwort parat gehabt.

Schweigend setzten sie ihren Weg fort quer durch die unheimliche Bunkerlandschaft, die sich hinter dem *Cultuurdorp* erstreckte. Ein paar Schafe grasten zwischen den Ruinen, die von düsteren Zeiten erzählten. Sie hörten einen Bootsmotor und ein paar Stimmen, doch in der flachen Landschaft war nirgendwo eine Wasserfläche auszumachen. Das gemütliche Tuckern des Dieselmotors hätte ihnen Warnung sein sollen. Sie waren ohne Plan und Ortskenntnis losgelaufen. Ein paar Minuten später endete ihr Weg jäh an einem Kanal.

»Umdrehen ist doof«, sagte Yella. »Irgendwo wird es schon rübergehen.«

Sie bog auf den nassen Trampelpfad am Ufer. Helen folgte ihr, bis sie ein Stück weiter tatsächlich auf einen primitiven Übergang stießen. Ein grob zusammengezimmertes Holzfloß, befestigt an einem über dem Wasser gespannten Kabel, schaukelte wenig vertrauenerweckend auf dem Kanal.

»Lust auf ein Abenteuer?«, fragte Yella.

Kurzzeitig waren alle Sorgen wie weggeblasen. Vorsichtig betrat Yella die wacklige Plattform, deren morsche Ränder nichts Gutes verhießen. Als Helen zu ihr auf das Floß stieg, neigte sich die Minifähre gefährlich. Hektisch versuchten sie, die Balance wiederherzustellen, und machten damit alles nur noch schlimmer. Eine kalte Woge ergoss sich über das Floß. Yellas Hände umklammerten eilig das tropfnasse Metallseil, bevor sie ganz untergingen. Sie zog sich so energisch daran vorwärts, dass bei jedem Schub brackiges Wasser über ihre Füße schwappte. Zu allem

Überfluss stellte sich das rettende Ufer als modderige, überraschend steile Böschung heraus. Das weiche Erdreich verschlang Yellas Fuß mit einem genussvollen Schmatzer.

»Der Dschungel ist nichts dagegen«, verkündete sie, nachdem sie sich kichernd aus dem Morast befreit hatte.

Trotz schlammverschmierter Hose und dicker Matschklumpen an den Schuhen wurden ihre Schritte immer leichter. Dank Helens Hartnäckigkeit, so hörte sie jetzt, hatte die rothaarige Frau endlich einen Namen: Tessa.

»Ich habe tausend neue Fragen«, gab Yella zu. »Und klatschnasse Füße.«

»Die Umarmung?«, fragte Helen. »Kann das sein, dass du die Geste missverstanden hast?«

Yella rief sich zum millionsten Mal die Bilder der Sturmnacht ins Gedächtnis. Hatte Tessa die Arme um ihren Vater gelegt? Oder war es andersherum gewesen? Je länger sie darüber nachdachte, desto mehr verwandelte sich die Erinnerung in ein Traumbild, dessen Ränder längst ausgefranst waren.

»Es wirkte keine Sekunde, als wäre die Frau auch nur ansatzweise bedrohlich«, sagte sie.

War sie unglücklich in Johannes verliebt? Hatte Tessa die Familie deswegen systematisch ausspioniert, weil sie alles wissen wollte über ihre Nebenbuhlerin? Nach der Geschichte mit der schönen Bildhauerin konnte Yella sich nur allzu gut in eine eifersüchtige Tessa hineinversetzen. Hatte sie nicht ähnlich gehandelt, als sie Elenas Instagram-Account nach Spuren von David durchforstet hatte? Hatte Tessa heimlich im Leben des Mannes herumspioniert, den sie liebte?

Die Fragen sirrten in der Luft. Auf einem alten Baumstamm legten sie eine Pause ein. Yella ließ den Blick über die sanfte

Polderlandschaft schweifen. Anders als in Berlin mit seinen engen Straßenfluchten und Hochhäusern genoss sie hier den unverstellten Blick auf den Sonnenuntergang. Das Rotgold des Himmels spiegelte sich in Pfützen und Kanälen. Am Himmel zogen Vogelschwärme vorbei auf der Suche nach einem Ruheplatz für die Nacht. Der Wind spielte leise mit dem Gras. Yella seufzte tief auf. Wie hatte sie die Magie dieser Landschaft vermisst.

Neben ihr googelte sich Helen auf dem Handy quer durch alle Tessas, die einen Bezug zu Bergen aufwiesen. Der Name eröffnete eine Welt voller neuer Recherchemöglichkeiten.

»Ich habe ein Ferienhaus mit dem Namen Tessa gefunden«, berichtete ihre Schwester, »eine Hotelmitarbeiterin, ein Mädchen von der Rettungsbrigade und eine Hundesitterin.«

Sie reichte Yella ihr Handy. Keine der Frauen besaß auch nur die geringste Ähnlichkeit mit dem Bild, das Yella schon so lange in sich trug.

»Vielleicht ist es einfach zu lange her«, sagte Yella ernüchtert.

Selbst Amelie, die schon länger im Ort lebte, hatte noch niemanden ausfindig gemacht, der Yellas Phantombild ähnelte. Aber hatte sie es überhaupt richtig versucht?

»Ich will mich noch nicht damit abfinden, dass sich niemand an die Frau erinnern will«, sagte Helen.

»Was hast du vor?«, fragte Yella.

»Es gibt da jemanden, der etwas wissen könnte«, sagte Helen ausweichend.

»Soll ich dich begleiten?«, fragte Yella vorsichtig.

»Ich will sie nicht verschrecken«, sagte Helen zögerlich.

Yella verstand sofort. Mehrere Thalberg-Schwestern auf einem Haufen, das wusste sie aus eigener Erfahrung, konnten sehr schnell zu viel werden.

18. Das ist meine Geschichte

»*Zo leuk je weer te zien*«, sagte Fleur. Wie schön, dich wiederzusehen. Die Dorfbewohnerin begrüßte Helen mit den üblichen drei Küsschen auf die Wange, als wäre sie eine alte Freundin. Helen war dankbar, dass Thijs' Ex-Freundin sich trotz aller Differenzen nach ihrem Anruf sofort Zeit genommen hatte, sich noch einmal mit ihr zu verabreden. Sie trafen sich in einem der Cafés an der *Ruïnekerk*.

Helen schob ihr ohne lange Einleitung Yellas gemaltes Porträt der rothaarigen Frau hin. Fleur lebte schon immer in Bergen. Wenn jemand sich an eine Tessa erinnern konnte, dann jemand, der die Familie Thalberg noch aus der Zeit vor dem Unfall kannte. Fleur betrachtete eindringlich die Zeichnung.

»Damals war sie um die dreißig?«, erkundigte sie sich. »Dann müsste sie jetzt in den Fünfzigern sein.«

Helen lauschte wie elektrisiert. Ihre Stimme klang, als hätte sie tatsächlich eine Vermutung, um wen es sich handeln könnte.

»Sie kommt mir irgendwie bekannt vor«, sagte Fleur. »Aber sie ist …«

Plötzlich stockte sie mitten im Satz, ihre Augen verengten sich. Helen drehte sich um. Mit entschlossenem Schritt näherte sich ihre Mutter fröhlich winkend dem Café.

»Fleur«, begrüßte sie zuckersüß ihre Vorgängerin. »Ich bin

so froh, dass du unserer Familie helfen willst, trotz unserer … kleinen Auseinandersetzung.«

Henriettes Hand zitterte in der Luft, ehe sie langsam herabsank. Fleur hatte nicht die geringste Absicht, einzuschlagen. Henriette ließ sich so leicht nicht aus dem Konzept bringen. Sie zog vom Nebentisch einen Stuhl heran und gesellte sich ungefragt zu ihnen.

»So ist das im Dorf«, raunte Henriette Helen verschwörerisch zu. »Da spricht sich alles rum.«

»Ich mache das schon, Mama«, platzte Helen heraus.

»Du hattest ja so recht, Helen«, sagte Henriette. »Es ist an der Zeit, mich meinen Ängsten zu stellen. Wenn jemand die Frau suchen sollte, dann doch wohl ich. Das ist ja eher meine Geschichte.«

»Es ist auch meine Geschichte«, korrigierte Helen.

»Ich will die Frau genauso gerne finden wie du«, sagte Henriette.

Sie wandte sich an Fleur: »Es tut mir wirklich leid, was zwischen uns passiert ist«, sagte sie. »Es war nie meine Absicht, jemanden zu verletzen.«

Fleurs Miene verdüsterte sich. Mit Helen zu sprechen war eine Sache, sich mit einer Henriette Thalberg direkt auseinanderzusetzen eine andere. Schließlich war ihre Mutter der Grund gewesen, warum ihre Beziehung mit Thijs auseinandergegangen war. Ihre Informantin schob energisch das Bild zurück.

»Ich habe mich geirrt«, sagte sie. »Ich kenne die Frau nicht.«

Fleur sprang ohne ein weiteres Wort auf und eilte zu ihrem Fahrrad. Helen rannte hinter ihr her, um sie aufzuhalten.

»Ich habe meine Mutter nicht eingeladen«, verteidigte sie sich.

»Lass mich einfach in Ruhe«, sagte Fleur. »*Rot op.*«

Helens Entschuldigungen wies sie kalt zurück. Vor drei Jahren hatte Thijs sie wegen Henriette verlassen. Jetzt schlug der Groll gegen die Nebenbuhlerin mit voller Macht durch.

»Wir können woanders hingehen«, schlug Helen vor.

Aber es war zu spät.

»*Ik heb echt geen flauw idee*«, wetterte Fleur. »Keine Ahnung.«

Sie beharrte darauf, keine Tessa zu kennen. Es hörte sich an wie eine Lüge. Helen konnte es schier nicht fassen. Das Treffen war zu Ende, bevor es überhaupt begonnen hatte.

»Am Ende bist du auch nur eine Thalberg«, sagte Fleur erschöpft. »Ihr glaubt alle, die Welt dreht sich ausschließlich um euch.«

»Es tut mir so leid, Helen«, sagte Henriette zerknirscht, als Helen ernüchtert an den Tisch zurückkehrte. »Sie hat einen neuen Freund, ich dachte, sie ist über Thijs weg. Ich wollte sie bestimmt nicht vertreiben.«

Helen war sprachlos.

»Es ist so schade, dass sie so emotional reagiert. Aber wir haben es wenigstens versucht«, sagte Henriette.

»Machst du das absichtlich?«, fragte Helen.

»Was für Antworten können wir von einer Fleur erwarten?«, verteidigte sich Henriette. »Sie ist befangen, weil sie immer noch wütend auf mich und Thijs ist. Das hast du doch gerade gesehen.«

Wieso nur hatte Helen das starke Gefühl, dass ihre Mutter vor allem versuchte, ihre Schritte zu kontrollieren?

»Ich war nie fähig, mich mit den Geschehnissen rund um den Tod von Johannes auseinanderzusetzen. Die Geschichte mit Tessa war viel zu schmerzhaft. Ich war rasend, weil sie mir den Ehemann und euch den Vater genommen hat. Aber jetzt will ich dir helfen, sie zu finden. Lass uns zusammenarbeiten.«

Helen war verwirrt. Hatte ihre Mutter nicht gerade verhindert, dass Fleur mit ihr sprach?

»Ich verstehe überhaupt nicht, warum du mich so böse anblitzt«, sagte Henriette. »Ich bin ebenso wie du Opfer in der Geschichte. Dein Vater empfängt in meiner Abwesenheit Damenbesuch, und du bist auf mich sauer? Das ist doch eine verkehrte Welt.«

Helen seufzte.

»Was ich auch mache, es ist falsch«, sagte Henriette. Sie klang geradezu verzweifelt. »Ich verstehe es nicht. Ich weiß nicht, warum du so abweisend bist. Sag es mir. Ich kann mich ändern.«

Helen ließ sich nicht beeindrucken: »Warum hast du so ein Geheimnis aus Tessas Identität gemacht?«, wiederholte sie.

»Ich wollte euch nicht mit meinen Problemen belasten.«

»Aber die Probleme waren da, auch wenn man sie nicht ausspricht.«

»Ich wollte euch beschützen«, wiederholte Henriette ihr Mantra.

»Du hättest mit uns sprechen müssen«, sagte Helen. »Ich habe mich nach Papas Tod furchtbar alleine gefühlt.«

Vielleicht war es das erste Mal, dass sie dieses Gefühl wirklich aussprach.

»Ich war immer da für euch«, antwortete Henriette verschnupft.

»Du hast uns ins Internat gesteckt.«

»Weil ihr das so wolltet.«

»Eher dein damaliger Gatte!«

Mit Schaudern erinnerte Helen sich an den zweiten Mann ihrer Mutter, den Henriette kurz nach dem Tod des Vaters kennengelernt und bereits nach neun Monaten geheiratet hatte. Keines der vier Mädchen konnte den Immobilienheini leiden, der sich als Ersatzvater aufspielte.

»Bernhard hat sich wirklich um euch bemüht. Ihr habt ihn von Anfang an abgelehnt.«

»Wir hatten gerade unseren Vater verloren.«

»Er hat alles versucht, die Situation für euch einfacher zu machen.«

Helens Magen verkrampfte sich. Alles, was sie wollte, war, dass ihre Mutter anerkannte, dass nicht alles perfekt gelaufen war. Dass selbst Helen, die lange als die unkomplizierteste Schwester galt, ihr Päckchen zu tragen hatte.

Henriette legte beschwichtigend ihre Hand auf Helens Arm. »Du warst ein Kind, Helen. Es ist nicht deine Schuld, dass du die Dinge nicht richtig erfassen konntest.«

Ihre Mutter hatte auf alles eine Antwort: Ihr Repertoire ging von »Du erinnerst dich falsch« über »Du hast eine lebhafte Fantasie« bis zu einem empörten »Das stimmt nicht«.

»Vielleicht ist deine Wahrnehmung ein bisschen getrübt«, sagte Henriette voller Mitleid. »Kein Wunder bei all den Pillen, die du schluckst.«

Helen blickte ihre Mutter entgeistert an.

»Glaub mir, Helen, ich kenne dich besser als du dich selbst.«

»Warum kannst du dich nicht ein einziges Mal entschuldigen?«, platzte es aus Helen heraus.

»Ich entschuldige mich«, sagte Henriette und klang kein

bisschen schuldbewusst. »Ich entschuldige mich, aber ich habe mein Bestes gegeben. Jeden Tag. Mehr kann man nicht tun.«

Helen stand auf und ging, ohne sich ein einziges Mal nach ihrer Mutter umzudrehen. Sie hatte genug gehört. Sie lief und lief, bis sie an der *kinderboerderij* ein vertrautes Gesicht aufblitzen sah. Yella hatte die ganze Zeit ungeduldig auf sie gewartet. Sie konnte kaum erwarten, zu hören, was sie von Fleur erfahren hatte.

»Ich habe alles vermasselt«, sagte Helen traurig.

19. Krumme Linien

Ernüchtert liefen Yella und Helen zurück. Yella spürte, wie sehr ihre Schwester der erneute Kontakt mit ihrer Mutter belastete.

»Ich finde einfach kein Rezept, mit Mama umzugehen«, gestand Helen erschöpft.

Als sie im *Cultuurdorp* ankamen, hatten Amelie und Philomena gerade einen gemeinschaflichen Imbiss vorbereitet.

»Ich brauche eine Sendepause«, sagte Helen mit panischem Blick auf das Dutzend Bewohner, das sich an langen gemütlichen Tischen eingefunden hatte. Mit jedem Tag, den der Saisonstart näher rückte, herrschte mehr Betrieb auf dem Gelände. Stück für Stück kehrte das Leben in die *stacaravans* zurück. Yella hatte wirklich Glück gehabt, dass ihre Unterkunft noch frei gewesen war. Richtig wohl fühlte sie sich in dem gemieteten Wohnwagen jedoch nicht. Das leere Kinderstockbett und die verwaisten Spielsachen machten sie eher traurig. Sie vermisste Leo und Nick. David, das musste sie sich eingestehen, ein bisschen weniger. Sie verlor sich mal wieder in Gedanken an zu Hause. Die fröhlichen Gespräche bei der gemeinsamen Mahlzeit rauschten an ihr vorbei.

»Darf ich euch meine Entwürfe zeigen?«, unterbrach Paul.

Sofort wurde Platz geschaffen. Mit großer Geste rollte der Architekt ein Pergament aus, auf dem er wie in alten Zeiten seinen ersten Entwurf skizziert hatte.

»Ich hätte nie gedacht, dass der Umgang mit räumlicher Beschränkung so viel Spaß macht«, sagte er.

Yella, die einst gemeinsam mit Paul ein paar Semester Architektur studiert hatte, war froh über ein bisschen Ablenkung. Selbst nach Jahren erkannte sie sofort die Handschrift ihres ehemaligen Kommilitonen. Seine klaren Linien und minimalistischen Formen folgten einer reduzierten Ästhetik, die jegliche Schnörkel und jede Verspieltheit mied. Insgesamt wirkte das Haus wie ein streng funktionales Konstrukt. Beeindruckend minimalistisch, fand Yella. Sie hielt sich mit ihrer Einschätzung zurück. Schließlich ging es hier nicht um ihren Geschmack.

Amelie rang um Worte.

»Was meinst du?«, wandte sie sich an Philomena.

Die drehte und wendete entschlusslos den Entwurf in ihren Händen.

»Das ist …», hob Philomena zögernd an, »… interessant.«

»Interessant sagt sie immer dann zu mir, wenn ich ein neues Rezept ausprobiere«, erklärte Amelie.

»Sagt ruhig die Wahrheit«, ermutigte Paul ihre Schwester und ihre Freundin.

»Es sieht aus wie ein Bankenturm in Mini«, sagte Amelie. »Es ist alles so perfekt, so fertig.«

Paul lachte. »Das war der Sinn der Übung.«

»Es ist interessant, auf seine eigene Weise«, wiederholte Philomena.

Eine ungemütliche Stille breitete sich aus. Paul sah seine Auftraggeberinnen so erwartungsvoll an, dass sie sich genötigt sahen, weiterzusprechen.

»Wir hatten was Organischeres im Auge … etwas Spielerisches, das sich mehr … in die Umgebung einfügt … Verbindung hat … zur Natur …«, stammelte Amelie.

»Vielleicht muss man sich daran gewöhnen«, überlegte Philomena. »Wie bei der Liebe auf den zweiten Blick. Oder den dritten.«

Während sie eher bereit schien, sich auf das Konzept einzulassen, blieb Amelie skeptisch.

»Wir dachten an sanftere Formen«, nahm sie einen zweiten Anlauf. »Ich liebe krumme Linien, geheime Ecken und Regale, die sich wie von Zauberhand in Möbel verwandeln. Und um das Haus herum führt ein verwunschener Pfad direkt in den Wald.«

»Eben eine Prise Narnia«, ergänzte Philomena.

Der kühle rechteckige Kubus, den Paul entworfen hatte, war in etwa das Gegenteil von dem, was Amelie und Philomena vorschwebte.

»Dein Haus ist so erwachsen, so endgültig«, fasste Amelie zusammen.

Paul, das wusste Yella, hatte sich in seinem Leben schon mit vielen unterschiedlichen Auftraggebern und schwierigen Bauherren herumgeschlagen. Er war gewöhnt, Kritik blitzschnell umzusetzen.

»Wir könnten die rechteckigen Linien durchbrechen …«

»Und was bedeutet die Zahl hier unten?«, platzte Philomena in seine Überlegungen.

»Das ist eine erste Preisindikation«, erklärte Paul.

Amelie blickte staunend auf die Ziffern. Sie traute sich nicht wirklich, Kritik zu äußern.

Philomena war da schon deutlicher: »Ich dachte, es ist deine Kontonummer. So viele Stellen vor einem Komma habe ich noch nie gesehen. Jedenfalls nicht auf meinem Konto.«

»Wir wollten ein Tiny House und keinen Palast«, sagte Amelie.

»Gilt so was in Frankfurt als bezahlbar?«, fragte Philomena aufrichtig neugierig.

»Tiny heißt leider nicht billig«, erklärte Paul.

»Wir könnten eine Bank überfallen oder nach Erdgas buddeln«, schlug Philomena vor.

»Wir haben hier jede Menge altes Holz rumliegen«, sagte Amelie. »Und neulich habe ich Fenster gefunden. Wenn wir die verwenden könnten …«

Sie stockte. Ernüchterung machte sich breit. Die Welten und Vorstellungen von Paul auf der einen und Amelie und Philomena auf der anderen Seite lagen Lichtjahre voneinander entfernt.

»Was ist euer maximales Budget?«, fragte Paul.

»Minimal«, wich Amelie aus.

»Wir haben eine Menge gespart«, widersprach Philomena. »Und meine Eltern helfen uns auch.«

Paul blickte ratlos zwischen den beiden Frauen und seinem hypermodernen Entwurf hin und her.

»Vielleicht müssen wir verschieben«, beschied Amelie und schob das Papier weit von sich. »Baukosten, das weiß man ja auch, vermehren sich wie Kaninchen.«

»Ein zweiter Winter im Zelt? Niemals. Wir finden eine Lösung«, sagte Philomena fröhlich.

Yella hielt sich vorsorglich raus. Sie hatte keine Idee, wie man bei dieser Gemengelage zu einer praktikablen Lösung finden konnte. Sie kannte das aus ihrem eigenen beruflichen Alltag. Schwierig wurde es vor allem dann, wenn die Auftraggeber untereinander uneins waren.

»Das wird schon«, sagte Paul voller Überzeugung. »Ich finde, wir sind auf einem guten Weg.«

Er klang so, als meine er jedes Wort.

20. Umwege

»Ich hatte den Eindruck, Amelie macht einen Rückzieher«, sagte Paul.

Gemeinsam mit Helen ging er bei einem Glas Rotwein den Tag durch, der für sie beide von Rückschlägen gekennzeichnet war.

»Vielleicht bricht da Amelies alte Zweiflermentalität durch«, sagte Helen. »Sie kritisiert den Entwurf, weil sie sich in Wahrheit nicht sicher ist, ob sie sich wirklich dauerhaft niederlassen will.«

Wie hatte Amelie ihre Achillesferse umschrieben: »Ich bin nur gut darin, etwas zu werden, und sehr schlecht darin, etwas zu sein.«

War ihre Zwillingsschwester einmal mehr auf der Flucht vor Entscheidungen, die sie auf längere Zeit festlegten? War sie innerlich schon wieder in Aufbruchstimmung? Helen fragte sich, wie die unterschiedlichen Auffassungen je zur Deckungsgleichheit kommen sollten.

»Das wird schon«, sagte Paul fröhlich. »Umwege gehören dazu.«

Paul griff seinen Entwurf und zerriss ihn in der Luft. Helen liebte ihn für seine pragmatische und uneitle Art. Ohne sich mit Selbstzweifeln oder Ärger aufzuhalten, begann er noch einmal von vorne. Er sah es als seine vornehmste Aufgabe an, auch schwierigste Auftraggeber zu überzeugen. Helen beschloss, sich ein Beispiel an ihm zu nehmen. Bislang waren all ihre Bemühungen, Tessa ausfindig zu machen, fehlgeschlagen.

»Umwege gehören dazu«, wiederholte sie still für sich.

Als Helen morgens aufstand, fühlte sie sich wie zerschlagen. Auch Paul hatte in der Nacht eine Menge Zeichenpapier verbraucht, ohne zu einem zufriedenstellenden Ergebnis gekommen zu sein. Dafür hatte er eine lange Liste von Tiny Houses in den Niederlanden aufgesetzt, die er besichtigen wollte.

»Kommst du mit?«, fragte er.

Helen war unendlich erleichtert, eine perfekte Ausrede zu haben, den Morgen alleine mit Paul zu verbringen. Yella wollte sich sowieso noch mit Doro treffen. Nach dem merkwürdigen Auftritt ihrer Mutter und der fehlgeschlagenen Mission mit Fleur würde ihr ein bisschen räumlicher Abstand sicher helfen, ihre Gedanken zu sortieren und einen neuen Plan zu entwickeln. Sie verstand nicht, wie es Yella gelang, ständig und selbstverständlich unter Menschen zu sein. Sie brauchte eindeutig eine Atempause.

Helen und Paul waren bereits zwanzig Kilometer an der Küste Richtung Norden gefahren, als vor ihnen wie ein majestätischer Gigant das Stahlwerk von IJmuiden auftauchte. Bei günstigem Wetter konnte man von Bergen aus die Industrieanlage in der Ferne erahnen, aber Helen war noch nie hier gewesen. Der Geruch von Schwerindustrie erreichte ihre Nase. Kritisch beäugte Helen die Rauchschwaden, die sich in den Wolken verfingen. Auf einer Fläche von mehr als hundert Fußballfeldern erstreckte sich ein uneinnehmbares Bollwerk aus glänzendem

Stahl mit einem unbegreiflichen Labyrinth an Leitungen und dampfenden Schloten. Welche Emissionen hier wohl in den Himmel gejagt wurden? Helens Telefon klingelte. Ihre Mutter! Sie ignorierte das penetrante Geräusch. Als es verstummte, stellte sie ihr Handy auf lautlos. Der Morgen sollte nur ihnen beiden gehören.

Ein Stück weiter lockte ein Café mit grandiosem Blick auf die Mündung des *Nordzeekanals*, der den Amsterdamer Hafen mit dem Meer verband. Von der Terrasse aus beobachtete sie fasziniert, wie der Bug eines enormen Tankers das Wasser teilte und ihnen überraschend hohe Wellen ans Ufer schickte. In Gegenrichtung bog ein schwer beladenes Frachtschiff in den Kanal. Schlepper halfen dem Ozeanriesen beim Einfädeln in die enge Wasserstraße. Helen fragte sich, wie sich die Container, aufeinandergestapelt wie bunte Bauklötze, bei starkem Seegang wohl an Deck hielten. Die Kräfte, denen solche Transporte bei Sturm ausgesetzt waren, mussten enorm sein.

Während sie heißen Tee schlürfte und den beiliegenden Spekulatiuskeks knabberte, träumte Helen sich an Bord des Kreuzfahrtschiffes, das sich nach dem Aufenthalt in der Grachtenstadt zum nächsten Ziel aufmachte. Lautlos zog der schwimmende Luxusliner an ihr vorüber und gestattete einen klitzekleinen Blick auf die luxuriösen Decks. Dazwischen manövrierten kleinere Sportboote und Segeljachten. Dem geschäftigen Treiben auf dem Kanal zuzusehen, hatte etwas zutiefst Beruhigendes, vergleichbar höchstens mit der entspannenden Wirkung eines sachte knisternden Kaminfeuers. Sie hätte ewig so friedlich neben Paul sitzen können. Im Alltag sprachen sie so viel miteinander, dass sie jetzt problemlos schweigen konnten. Sie schauten in die gleiche Richtung, das allein zählte.

Jähes Telefonklingeln riss Helen aus ihrer meditativen Stille. Diesmal meldete sich Pauls Telefon.

»Deine Mutter«, sagte er mit verwirrtem Blick auf sein Display.

Fragend blickte er sie an.

»Du musst wissen, wie du mit ihr umgehst«, sagte Helen. »Ich bestimme nicht über dich.«

Paul haderte sichtlich mit sich, bevor er das Gespräch annahm und auf laut stellte.

»Hallo, Henriette«, begrüßte er seine Schwiegermutter.

»Hi, Mama«, rief Helen, um deutlich zu machen, dass sie mithörte.

»Wo seid ihr?«, fragte Henriette mit ihrem typisch zwingenden Unterton. »Ich bin bei eurem Bauwagen.«

Sofort stand Helen lebhaft ein Bild vor Augen, wie ihre Mutter in ihren Sachen herumschnüffelte.

»Ich dachte, ich schaue persönlich vorbei«, stammelte Henriette. »Ich glaube, mir sind gestern die Nerven durchgegangen.«

Helen horchte auf. Hatte ihre Mutter begriffen, dass sie zu weit gegangen war?

»Paul und ich wollen einen Ferienpark besichtigen«, sagte sie.

»Wundervoll«, schwärmte Henriette. »Ich liebe es, Häuser mit Paul anzusehen. Er hat mir den Blick für Architektur geöffnet.«

Paul verdrehte die Augen. Die Schmeicheleien seiner Schwiegermutter waren ihm unangenehm.

»Wenn es euch passt, komme ich gerne mit auf die Tour«, sagte Henriette.

»Wir sind schon unterwegs«, gab Helen zu.

»Ich verstehe natürlich, wenn du Paul für dich alleine willst …«, sagte Henriette mit brüchiger Stimme. »Ihr braucht ja auch mal Zeit füreinander.«

Dann legte sie einfach auf.

Helen seufzte. Der kurze Anruf hinterließ einen unangenehmen Nachgeschmack. Die Bedürftigkeit ihrer Mutter, die aus ihren Worten herausklang, irritierte sie. War das ihre Methode, sich klammheimlich in Helens Leben hineinzuschleichen? Jahrelang hatte Henriette in ihrem Leben mit Abwesenheit geglänzt, jetzt verfiel ihre Mutter in das gegenteilige Extrem und beanspruchte sie Tag und Nacht. Sie war wie eine Schlange, die ihr Beutetier im Ganzen verschluckte.

»Lass uns weiterfahren«, meinte Helen erschöpft.

In Velsen-Noord gingen sie an Bord einer Autofähre und überquerten gemeinsam mit zahlreichen Fahrrad- und Mofafahrern den Kanal. Die gelassene Stimmung war verflogen. Henriette saß unsichtbar zwischen ihnen im Wagen, während sie durch IJmuiden kreuzten. Von dort war es nicht mehr weit bis zu ihrem Ziel. Es war unmöglich, den Ferienpark zu verfehlen. Gleich neben dem Jachthafen, nur wenige Meter hinter dem Strand und den Dünen, erhob sich ein exzentrisches rostrotes Gebäude.

»Soll das ein Haus sein?«, fragte Helen und kniff verblüfft die Augen zusammen, um im Gegenlicht zu erkennen, ob sie richtig gesehen hatte.

Das industriell anmutende Bauwerk aus rotem Stahl ragte hoch über die Dünen hinaus. Die merkwürdig gestapelten Quader formten tatsächlich zwei Gestalten, die im Geschlechtsakt verbunden waren.

»Doggystyle«, kommentierte Paul trocken.

Ein Stück weiter lag ein begehbarer Frauentorso aus Polyester. Um diese auffälligen Orientierungspunkte herum verteilten sich 33 individuelle Parzellen. Neben Minihäuschen luden Tiny-Offices Menschen ein, denen im Homeoffice die Decke auf den Kopf fiel.

Paul begeisterten die exzentrischen Häuser, die ein Füllhorn an Ideen boten, wie man das Wohnen auf kleinstem Raum gestalterisch anpacken konnte. Die unkonventionellen geometrischen Formen inspirierten ihn ebenso wie die spielerischen Fensteranordnungen. Überall sah man Sonnenkollektoren, grüne Wände und Regentonnen. Der Ferienpark neben dem Jachthafen von IJmuiden hatte sich ganz nachhaltigen Baukonzepten verschrieben.

»Amelie und Philomena haben vollkommen recht«, sagte er ernüchtert. »Ich habe den Geschmack eines Frankfurter Bankers angenommen: stylish, langweilig, humorlos und noch dazu teuer.«

Ein junger Mann in T-Shirt, kurzer Hose und Sandalen, der bei diesem Projekt als Architekt mitgewirkt hatte, empfing Paul mit offener Herzlichkeit. Sein Gesprächspartner war mehr als kompetent. Der gelernte Zimmermann hatte zusätzlich Baubiologie studiert und widmete sich jetzt Nullenergiehäusern. Rein äußerlich waren die beiden ein ungleiches Paar, Paul stach in seinem hippen Anzug wie überall in Holland heraus. Dennoch fanden die beiden sofort eine gemeinsame Sprache.

Während Paul mit dem Architekten und den Bewohnern der

gemütlichen Kleinsthäuser über grünen Wasserstoff und Einrichtungstricks fachsimpelte, schlenderte Helen rastlos über das Gelände.

Henriettes merkwürdiger Anruf hing ihr nach. Wollte ihre Mutter wirklich Zeit mit ihr verbringen oder ging es ihr in Wirklichkeit vor allem darum, sie zu kontrollieren?

Helen hatte alles ausprobiert. Sie hatte versucht, Begegnungen aus dem Weg zu gehen, sie hatte den Kontakt ganz abgebrochen, jetzt wagte sie eine erneute Annäherung und kam auch keinen Schritt weiter. Ihre Mutter ließ sie einfach nicht los, und das ganz unabhängig davon, ob sie in Kontakt standen oder nicht. Wie konnte sie jemals mit sich selbst ins Reine kommen, wenn sie die Frau, die sie geboren und großgezogen hatte, so wenig verstand?

In ihr regte sich ein ungeheuerlicher Verdacht. War ihre Mutter wirklich so überstürzt nach Bergen gereist, um sich mit ihr zu versöhnen? Oder ging es ihr am Ende nur darum, zu verhindern, dass sie etwas über die Vergangenheit herausfand?

Henriette, davon war sie nach dem Auftritt im Café überzeugt, war Teil des Problems und nicht Teil der Lösung.

Unsere Mutter hat etwas zu verbergen, schrieb sie an Yella. *Und ich will herausfinden, was es ist.*

Sie hatte die ganze Zeit die falschen Fragen gestellt. Es ging ihr nicht mehr darum, herauszufinden, was die unbekannte Frau mit ihrem Vater verband. Viel wichtiger war, die Rolle ihrer Mutter in diesem Konflikt zu begreifen. Und dazu gab es nur einen einzigen Weg. Wenn sie jemals die Wahrheit finden wollte, musste sie sich auf Henriette Thalberg einlassen, auch wenn es sie an ihre eigenen Grenzen brachte.

21. Bekannte Unbekannte

Yella war zu früh dran. Bis zum Treffen mit Doro blieb genug Zeit für einen entspannten Schaufensterbummel. Viele der exklusiven Läden im Dorfkern von Bergen richteten sich an eine reiche Klientel, die auf der Suche nach einer exklusiven Inneneinrichtung, teuren Düften und einem neuen Markenoutfit war. Yella hatte sich so sehr an die Dynamik gewöhnt, sich ununterbrochen auf die Bedürfnisse anderer einzustellen, dass es ihr schwerfiel, die unverplante Zeit zu genießen. Anstatt sich selbst etwas Gutes zu tun, fahndete sie nach einem Mitbringsel für Leo und Nick.

Auf dem Weg zum Spielzeuggeschäft schweifte ihr Blick ab zu einer blutjungen Straßenmusikerin mit feuerrotem Haar, die sie auf unheimliche Weise an die nächtliche Besucherin erinnerte. Yella zweifelte ein bisschen an ihrem Verstand. Natürlich konnte sie rechnen. Natürlich wusste sie, dass die angebliche Affäre des Vaters Mitte vierzig sein musste. Mindestens! Eine zweite Frau mit leuchtend rotem Schopf passierte ihren Weg. Rote Haare, so realisierte sie erst jetzt, waren in Holland gar nicht mal so selten. Keine hatte diese auffälligen Augen, die ihre Mutter als stechend empfunden hatte. Keine der Frauen zeigte irgendein Zeichen des Wiedererkennens. Je mehr Gesichter an ihr vorbeischwebten, desto unsicherer wurde sie, ob ihre Erinnerung sie nicht doch trog.

In guten Zeiten hätte sie David Fotos aller »Verdächtigen« geschickt und sie hätten gemeinsam über ihren Tunnelblick gelacht. Seit dem Streit hatte er nichts mehr von sich hören lassen. Yella verzichtete bei Telefonaten mit ihren Söhnen bewusst darauf, Leo und Nick auszufragen. Um keinen Preis der Welt wollte sie die Kinder in ihre Beziehungsprobleme hineinziehen. Als Nick bei ihrem letzten Gespräch das Telefon an ihre Schwiegermutter weiterreichte, war es um ihre vornehme Zurückhaltung jedoch geschehen gewesen.

»Hast du was von David gehört?«, hatte sie gefragt und versucht, dabei locker und unverfänglich zu klingen.

»Ja«, sagte diese seufzend.

Ihre Stimme ließ keinen Zweifel zu. Oma Lila hatte mitbekommen, dass der Haussegen bei David und Yella gehörig schief hing. Ihre zugeknöpfte Antwort verdeutlichte auch ohne weitere Erläuterung, auf welcher Seite sie in der Auseinandersetzung stand.

»Ich hoffe so sehr, dass David endlich mal zur Ruhe kommt«, streute ihre Schwiegermutter Salz in die Wunde.

Yella nahm es Oma Lila nicht einmal übel, dass sie sich offen parteiisch hinter ihren Sohn stellte. Wie oft hatte sie auf dem Spielplatz Nick und Leo vehement verteidigt, auch wenn ihr insgeheim bewusst war, dass ihre Söhne bei den Raufereien am Sandkasten nicht immer Unschuldslämmer waren.

Yella spülte die Zweifel über ihren aktuellen Beziehungsstatus mit Aperol Spritz hinunter. Ungeduldig wartete sie in dem Café an der *Ruïnekerk* auf ihre große Schwester. Auf dem Handy war keine weitere Nachricht von Doro eingegangen.

Aus lauter Langeweile scrollte Yella weiter zu der Unterhaltung mit Frenkie, die sich seit Monaten auf WhatsApp entspann. Frenkie hatte den Anfang gemacht, indem er ihr acht Wochen nach ihrer letzten Begegnung in Bergen geschrieben hatte.

Hi, hatte da gestanden, einfach nur *Hi.*

Sie hatte erst nach Wochen reagiert. *Entschuldige, ich war gerade in der Küche beschäftigt: Alles gut bei dir?*

Oh, ich sehe deine Frage erst jetzt, kam seine Rückmeldung einen Monat später. *Mein Akku war leer. Fröhliche Weihachten noch.*

Sorry für die späte Antwort, schrieb sie Mitte März zurück. *Dir auch ein gutes neues Jahr. Irgendwelche guten Vorsätze?*

Alle schon gebrochen, schrieb er Anfang Mai.

Danach hörte sie überraschenderweise bereits Ende Mai von ihm:

Habe an dich gedacht.

Diesmal antwortete sie sofort.

Ach ja.

Kurzer Gedanke, ist schon wieder weg.

Verständlich.

Es war erstaunlich, welche Spannung sich zwischen kryptischen Worten und endlosen Pausen aufbauen konnte. In die Lücken passte alles, was vielleicht hätte sein können, wenn der Unfall nicht gewesen wäre. Sie teilten den Humor, so viel war sicher.

Yella tippte eine Nachricht an Frenkie, konnte jedoch keine Formulierung finden, die halbwegs unverfänglich klang. Hektisch löschte sie die halb fertige Nachricht. Sie zuckte zusammen, als sie bemerkte, dass Frenkie online war.

Mir geht es genauso, schrieb er.

Dummerweise hatte er ihre Aktivität bereits bemerkt. Yella schickte ein lachendes Emoji.

Seine Antwort kam prompt: *Zeit für einen Kaffee?*

Erschrocken legte sie das Handy zur Seite, als wäre es zu heiß in ihren Händen geworden. Sie stand vor einem Berg an Problemen und hatte wahrlich nicht das geringste Bedürfnis, zusätzliche Spieler auf das unübersichtliche Feld zu schicken.

Nach ein paar Minuten nahm sie das Telefon und das Gespräch wieder auf.

Mein Leben ist kompliziert genug, tippte sie.

Es dauerte eine Weile, bis Frenkie reagierte.

Strand Nord. 16 Uhr? Garantiertes Non-Date, schrieb er zurück.

Yella ließ die Frage in der Luft schweben. Frenkies Aufmerksamkeit schmeichelte ihr. Seine Einladung zündete ein regelrechtes Feuerwerk an widersprüchlichen Gedanken. Sie war bestimmt nicht auf der Suche nach einer Affäre. Aber wieso sollte sie sich nicht verabreden können? Auf freundschaftlicher Basis. Non-Date klang harmlos. Außerdem tat David doch auch, was er wollte.

Yella blieb Frenkie die Antwort schuldig. Denn ausgerechnet jetzt tauchte Doro auf. Ihr Auftritt war wie immer: atemberaubend.

22. Die Welt als Bühne

Yella staunte einmal mehr über ihre große Schwester. Doro brauchte keinen besonderen Anlass, um sich in Schale zu werfen. Mittelmaß als Konzept lag ihr fern. Sie wollte auffallen, und sie fiel auf.

Für die Verabredung zum Essen trug sie einen knöchellangen, schmal geschnittenen silbernen Plisseerock, dazu Cowboystiefel und ein übergroßes Herrensakko. Der glatt geföhnte weißblonde Pagenschnitt und ein schlichtes weißes Tanktop rundeten den Look ab. Yella kannte niemanden, der den Stilmix so perfekt beherrschte wie Doro. Was an anderen wie eine wandelnde Altkleidersammlung ausgesehen hätte, wirkte bei ihrer großen Schwester umwerfend stylish.

Zu ihrer Überraschung kam Doro nicht alleine. Das Kamerateam, das ihr bereits am Museum Kranenburgh begegnet war, folgte ihr auf Schritt und Tritt. Alle Köpfe wandten sich in ihre Richtung. Auf den Terrassen wurde hinter vorgehaltenen Händen getuschelt. Finger deuteten in Doros Richtung, jemand machte klammheimlich ein Foto. »Wer ist das?« stand in den Gesichtern geschrieben.

Wie oft hatte Yella sich gewünscht, so glamourös und weltgewandt zu sein wie ihre große Schwester. Doro gehörte zu der Sorte Mensch, die ein Lieblingsrestaurant in Florenz hatte, den Garten des Palais Royal in Paris den nahe gelegenen Tuilerien vorzog und sich laut wundern konnte, warum die Abfertigung des New Yorker Flughafens sich so gar nicht mit der in London messen konnte. Jetzt litt Yella stellvertretend an Atemnot, wenn sie ihrer Schwester beim Multitasken zusah. Doro lebte in einer Blase aus permanenter Betriebsamkeit. Das Leben auf der Überholspur hatte seinen Preis. Als Kostümbildnerin beherrschte sie wie keine andere die Kunst, die wahre Doro hinter einer glitzernden Fassade zu verstecken. Doch Yella registrierte nur allzu gut, wie blass ihre Schwester unter ihrem perfekten Make-up war.

»Manchmal komme ich bei meinem eigenen Tempo nicht mehr mit«, sagte Doro, als sie sich endlich setzte. »Wenn das so weitergeht, erlebe ich meinen Geburtstag nicht mehr.«

Yella musterte irritiert den Kameramann, der ungeniert weiterfilmte.

»Stört es dich, wenn Benno und Lucas ein paar Bilder machen?«, sagte Doro und wies auf das Zweierteam.

Es klang nicht wie eine Frage.

»Sie waren in Paris dabei und wollen bis zur Vernissage bleiben«, erklärte Doro. »Sie sind ganz wild darauf, auch ein paar private Momente einzufangen.«

Yella hatte keine Lust, als Statistin in Doros Erfolgsstory mitzuwirken. Diese undankbare Rolle hatte sie lange genug innegehabt. Der ganze Wirbel, den Doro veranstaltete, war ihr unheimlich. Für ihre große Schwester war alles Bühne und Theater.

»Und wie geht es dir wirklich?«, fragte Yella. »Jenseits des Lärms. Wenn du abends Zähne putzt und niemand applaudiert?«

Bei ihrem ersten Treffen war sie einer direkten Konfrontation ausgewichen. Jetzt schlug Yella einen schärferen Ton an.

Die Frage war Doro eindeutig zu privat. Sie bedeutete der Filmcrew, sie einen Moment mit Yella alleine zu lassen: »Vielleicht könnt ihr in der Zwischenzeit ein paar Schnittbilder vom Dorf machen.«

»Es ist viel«, sagte Doro ehrlich, als der Scheinwerfer ausging.

»Und der Umzug?«, fragte Yella und konnte nicht verhindern, dass sie ätzend klang.

Doros Atelier hatte ernste finanzielle Probleme, die sie damit zu lösen versuchte, dass sie mit ihrem Studio ins Elternhaus einzog. Als neue Besitzerin, und das natürlich, ohne die Schwestern finanziell zu entschädigen. Doro rutschte nervös auf dem Sitz hin und her.

»Henriette hat mir das Haus geradezu aufgedrängt«, sagte sie kampfeslustig. »Aber wir sind noch nicht so weit. Es gibt irgendein Problem mit der Bank.«

»Soll ich dich jetzt bedauern?«, fragte Yella.

»Und bei dir?«, lenkte ihre große Schwester ab. »Was machen die Kinder?«

Doros Telefon klingelte.

»Ich gehe nicht ran«, sagte sie. »Ich bin ganz Ohr.«

Yella hob versuchsweise an, von Leo und Nick zu erzählen, während das Telefon ihrer Schwester ununterbrochen weiterbimmelte. Doro beherrschte die Kunst, an zwei Orten gleichzeitig zu sein. Am Tisch saß nur noch ihre Hülle, ihr Kopf war schon längst anderswo.

»Du hörst nicht zu«, sagte Yella empört.

Vielleicht war es ein Riesenfehler gewesen, nach Bergen zu kommen.

»Doch, doch, ich höre zu. Leo und Nick …«

Ihr Blick verlor sich schon wieder, denn in der Entfernung braute sich irgendetwas zusammen. Irritiert sah Yella sich um. Am Rande des Zentrums parkte Ludwig seinen Lkw im absoluten Halteverbot. Er stieg aus und stürzte auf das Kamerateam zu. Sie deuteten zu ihrem Tisch.

Doro las in Ludwigs Miene, dass Ärger in der Luft lag. Sofort sprang sie auf und eilte ihm entgegen. Ihr Schwager redete ohne Punkt und Komma auf Doro ein. Yella beobachtete beunruhigt, wie das Gesicht ihrer Schwester weiß wurde und alle Energie aus ihr floss. Das Kamerateam hielt gnadenlos drauf.

»Was ist los?«, fragte Yella, als Doro an den Tisch zurückkehrte und ohne Umschweife nach ihrer Tasche griff.

»Ich muss nach Köln«, sagte sie.

»Was ist passiert?«

»Unsere Aushilfe hat angerufen. Das Atelier ist voller Polizei. Sie stellen das ganze Büro auf den Kopf.«

»Was suchen sie denn?«

»Genau das muss ich rausfinden«, sagte Doro.

23. Der Moment größten Glücks

Helen knetete nervös ihre Finger. Auf der Rückfahrt aus IJmuiden berichtete Paul aufgeregt von inspirierenden Gesprächen und neu gewonnenen Erkenntnissen. Helen gelang es kaum, sich auf seine Themen einzulassen.

»Vielleicht kannst du mich bei Mama absetzen«, sagte sie vorsichtig.

Paul sah sie besorgt von der Seite an.

»Ich bin lange genug weggelaufen«, sagte Helen.

Paul nickte einfach nur.

»Soll ich dich begleiten?«, fragte er, als sie ihr Ziel erreicht hatten.

Helen schüttelte den Kopf. »Es genügt, wenn ich weiß, dass du im *Cultuurdorp* auf mich wartest«, sagte sie.

Paul umarmte sie und drückte ihr zum Abschied einen liebevollen Kuss auf die Lippen.

Mit Blei in den Schuhen passierte Helen die Pforte vom Campingplatz. Mit jedem Schritt, den sie sich dem Stellplatz von Thijs und Henriette näherte, wuchs ihre Beklemmung. In der Ferne sah sie den Mann ihrer Mutter, der einen der Dauercamper bei der Instandhaltung seines *stacaravans* unterstützte. Offenbar einer seiner Gelegenheitsjobs, mit denen er Geld verdiente. Helen war erleichtert, dass Thijs bei ihrem Gespräch nicht anwesend sein würde. Sie sprach lieber alleine mit ihrer Mutter.

Henriette putzte gerade die Fenster ihres Wohnmobils. Ihre Augen wurden wässrig, als sie Helen erblickte.

»So kann es zwischen uns nicht weitergehen, Helen«, sagte sie mit brüchiger Stimme. »Ich habe die halbe Nacht wach gelegen. Das alles belastet mich.«

»Mich auch«, sagte Helen ehrlich.

»Ich bin so froh, dass du gekommen bist«, sagte Henriette und schloss Helen in die Arme.

Helen hielt die Luft an, als ein Schwall von Parfüm und Putzmittel sie einhüllte. Ihre Mutter schwor seit Jahrzehnten auf Mitsouko von Guerlain. Und auf den allerschärfsten Powerreiniger.

»Lass uns reden«, sagte Henriette und stellte den Putzeimer weg.

Sie forderte Helen mit einer Geste auf, am Campingtisch Platz zu nehmen. »Glaub mir, ich sehe andere so viel lieber lachen als weinen. Konflikte halte ich nur schwer aus«, sagte sie.

Helen versuchte, einfach mal hinzunehmen, dass das Selbstbild ihrer Mutter in vielen Punkten nicht mit ihrem eigenen Erleben übereinstimmte.

Henriette verschwand im Camper und kam mit ihrer Brieftasche heraus. Einen Moment lang befürchtete Helen, sie könne ihr Geld zustecken. Aber dann holte sie ein abgegriffenes Foto heraus.

»Das Bild habe ich über vierzig Jahre mit mir herumgetragen«, erzählte sie.

Verdutzt nahm Helen das ihr unbekannte Foto ihrer Eltern, die Arm in Arm vor einem schneeweißen Leuchtturm posierten, an sich.

»Dort oben haben wir den ersten Tag unserer Flitterwochen

verbracht«, erzählte Henriette. »Ganz romantisch, hoch über dem Meer. Johannes hatte alles organisiert.«

Das verliebte Paar auf dem Foto strahlte eine Nähe und Verbundenheit aus, die Helen zutiefst rührte. Wann hatte sie ihre Eltern je so innig erlebt?

»Wir dinierten bei Kerzenschein, und dann zog ein enormes Unwetter auf«, erzählte sie. »Der Wind fegte um den Turm herum, das Meer tobte, von fern grollte der Donner durch die dicken Mauern. Der ganze Horizont war voller Blitze.«

Henriettes Augen leuchteten.

»Wir dachten, wir sind geborene Glückskinder und kein Sturm der Welt kann uns je auseinandertreiben.« Sie schluckte schwer. »Vielleicht war das unsere glücklichste Stunde.«

Helen konnte sich die Szene lebhaft vorstellen. An einem sicheren Ort mitten im Sturm, das musste beeindruckend gewesen sein.

Ihre Mutter rang um Fassung: »Und dann stiegen wir den Turm hinab und landeten in der Realität«, erklärte sie.

Helen hatte ihre Mutter noch nie so emotional über ihren Vater sprechen hören.

»Wir fingen auf Wolke sieben an, von dort ging es unvermeidlich nach unten«, wiederholte sie noch einmal.

Henriette benötigte eine kurze Pause, bevor sie fähig war, weiterzuerzählen: »Am nächsten Tag verschwand Johannes in die Buchhandlung, kaufte sich ein meteorologisches Buch, Papier und Stifte. Er wollte diesen einen magischen Moment für immer auf Papier bannen. So hat es angefangen.«

»Und dann hat Papa das Seminar bei Remco gemacht«, mischte Helen sich ein. »Und auf der Exkursion seid ihr Thijs begegnet.«

Henriette überging ihren Hinweis. Tränen schossen in ihre Augen.

»Ich habe deinen Vater sehr geliebt«, verteidigte sie sich.

Die Frischverheirateten auf dem Bild hatten tatsächlich kein Auge für den Fotografen, sondern nur füreinander. Das Glück strahlte aus ihren Augen.

»Du kannst es behalten«, sagte Henriette.

Helen nickte stumm. Sie würde die einzigartige Aufnahme in Ehren halten. Auf merkwürdige Weise vereinte das Bild Anfang und Ende der gemeinsamen Geschichte ihrer Eltern. Die Liebe und der drohende Sturm am Himmel, der am Ende alles zerstörte.

Helen hatte die Faszination ihres Vaters für Wolken und seine Malkurse immer als anstrengend wahrgenommen. Nun erfasste sie deutlicher, wofür sein endloses Bemühen stand. Für den Wunsch, das flüchtige Leben und die Liebe festzuhalten. Ihr fiel der Gutschein für die Masterclass ein, den sie von Amelie bekommen hatte. Vielleicht lohnte es sich doch, den Workshop zu besuchen?

»Thijs will das nicht hören«, begann Henriette, »aber mir bleibt nicht mehr viel Zeit. Lasst uns etwas gemeinsam unternehmen, wir alle zusammen. Wir müssen neue und positive Erinnerungen schaffen, solange es noch geht. Das ist besser als jede Familientherapie.«

Helen entschied sich, auf den Vorschlag einzugehen. Ihre Mutter war tatsächlich im Begriff, sich zu öffnen. Sie wollte diese zarte Entwicklung nicht schon im Keim ersticken.

»Ein Ausflug?«, fragte sie. »Mit der ganzen Familie?«

Die Schwestern unter einen Hut zu bekommen, war nie einfach. Und wo sollte das Ganze überhaupt stattfinden?

»Hast du einen Vorschlag?«, fragte Henriette, nur um in der Folge alle Ideen von Helen abzuschmettern.

»Bloß kein Essen«, sagte sie. »Da hängt man in einer festen Sitzordnung und redet höchstens mit den unmittelbaren Nachbarn.«

Henriette verschwand wieder im Camper und kam einen Moment später mit einem Stapel Prospektmaterial zurück.

»Ich habe schon mal recherchiert«, sagte sie.

Die Menge an Möglichkeiten überwältigte Helen.

»Ich will etwas mit euch erleben«, sagte Henriette. »Wir haben früher in Holland immer so viel unternommen.«

Helen erinnerte sich vor allem daran, dass die vier Schwestern viel Zeit alleine verbracht hatten. Henriette liebte es, sich mit den Freundinnen vom Campingplatz, allen voran Louise van Beek, zu treffen, und ihr Vater ging seinen künstlerischen Neigungen nach.

Ihre Mutter fasste ihr Schweigen sofort als Kritik auf.

»Gibt es in deinem Kopf gar keine schönen Erinnerungen an deine Kindheit?«, fragte sie verschnupft.

»Unser Ausflug nach München«, sagte Helen ehrlich. »Als ich mit Papa im Deutschen Museum war.«

Das Bild, wie sie zu zweit die Chemieabteilung durchkämmt hatten, stand ihr lebhaft vor Augen. All die Knöpfe, all die Versuche, die man selbst durchführen konnte: Vielleicht war ihre Liebe zu den Naturwissenschaften dort erwacht?

Ihre Mutter schien nicht glücklich zu sein über ihre Antwort. »Ich habe das Gefühl, bei dir nichts richtig machen zu können«, sagte sie.

Offenbar hatte sie gehofft, einen prominenteren Platz in ihren Kindheitserinnerungen einzunehmen.

Henriette hob einen Prospekt hoch. »Das ist ein ganz besonderer historischer Ort. Auch eine Art Mitmachmuseum«, sagte sie. »Ich war in den Flitterwochen mit Johannes dort. Er fand es großartig.«

Nach Jahren erbitternden Schweigens grub sie jetzt erstaunlicherweise eine Anekdote nach der anderen aus. Helen hatte endlich das Gefühl, dass sie auf einem guten Weg miteinander waren.

»Ich trommle die Familie zusammen«, versprach sie.

»Wir schaffen gemeinsam neue Erinnerungen«, wiederholte Henriette zufrieden. »Es kann ja nicht angehen, dass die Toten wichtiger sind als die Lebenden.«

24. Die Botschaft des Universums

Strand-Nord? 16 Uhr? Ein garantiertes Non-Date? Yella war einfach zu neugierig, um Frenkies mysteriöse Einladung auszuschlagen. Nach dem fruchtlosen Treffen mit Doro sehnte sie sich nach frischem Wind um die Nase.

Frenkie empfing sie mit Plastiksack und Müllgreifer.

»Unser Segelklub lädt einmal im Monat zum Strandräumen«, sagte er. »Vielleicht hast du ja Lust, zu helfen.«

»Ein Non-Date!« Yella lachte. »Rekrutiert ihr auf diese Weise Freiwillige?«

»Wir nutzen jeden Trick«, erklärte Frenkie mit einem frechen Blinzeln in den Augen.

Gierig sog Yella die salzige Luft ein. Nachdem es in der Nacht heftig gestürmt hatte, schwappte die Brandung heute nur noch sachte an Land. Am Strand patrouillierten Dutzende Unterstützer. Das Meer hatte jede Menge Müll für sie im Spülsaum hinterlassen: Styropor, Fischernetze, Verpackungen, leere Dosen, Plastikkanister. Zwischen dem Unrat durchkämmten zwei Schatzsucher den Sand mit einem Metalldetektor.

»Die gehören nicht zu uns«, erklärte Frenkie mit Blick auf die beiden Männer. »Das sind professionelle *jutter.*«

Jutten, das wusste Yella noch von früher, war das niederländische Wort für Strandräuberei. Früher suchten die Bewohner der

Nordseeküste aus purer Not nach wertvoller Fracht von gestrandeten Schiffen. Sie hofften darauf, etwas zu finden, was sich verwerten oder verkaufen ließ. Vor allem auf den niederländischen Inseln in der Nordsee war Strandräuberei ein lukratives Geschäft.

Das Gefühl, etwas Nützliches mit ihrer Zeit anzustellen, gefiel Yella. Außerdem war es eine gute Gelegenheit, Frenkie nach der geheimnisvollen Affäre ihres Vaters zu befragen, die neuerdings einen Namen bekommen hatte.

»Eine Tessa kenne ich nicht«, nahm Frenkie ihr den Wind aus den Segeln, nachdem er einen Blick auf Yellas Zeichnung geworfen hatte. »Jedenfalls keine Tessa, die deinem Phantombild entspricht.«

Sie war nur ein klein wenig enttäuscht und widmete sich voller Hingabe ihrer neuen Aufgabe. Frenkies Anwesenheit verlieh selbst dem Aufsammeln von Müll eine besondere Spannung. Die heimlichen Blicke, das verstohlene Blinzeln, ein verschämtes Wegschauen, wenn sich ihre Blicke aus Versehen trafen: Wie lange hatte sie dieses Prickeln nicht mehr verspürt? Es schmeichelte ihr, dass sie jemand auf diese Weise betrachtete. Yella war heilfroh, mit einer Plastiktüte und großen gelben Plastikhandschuhen ausgerüstet zu sein. Der Müllgreifer in der Hand vermittelte ihr die Gewissheit, nicht auf emotionalen Abwegen unterwegs zu sein.

»Milou und ich sind geschieden. Schon fast ein Jahr«, erzählte Frenkie, als könne er ihre Gedanken lesen. »An dem Abend, an dem wir uns getroffen haben, kamen wir gerade vom Anwalt.«

»Ich habe nichts von Spannungen gemerkt«, sagte Yella überrascht. »Im Gegenteil.«

»Wir reißen uns für unsere Tochter zusammen«, sagte Frenkie. »Leider klappt das nicht immer so gut.«

Frenkie war ihr fremd und vertraut zugleich. Sie unterhielten sich so ungezwungen miteinander, als wäre keine Zeit verstrichen seit ihren Tagen als verliebte Teenager.

»Zieht ihr deswegen um?«, fragte Yella.

»Unter anderem.«

Yella kommentierte das nicht weiter, und sie fragte nicht nach. Es fühlte sich falsch an, allzu sehr in Frenkies persönliche Angelegenheiten einzudringen.

»Ich bin unterwegs«, sagte er, während er im Sand herumstocherte. »Ich weiß nur noch nicht so genau, wohin.«

»Kenne ich«, sagte Yella ehrlich. »Manchmal wünsche ich mir, das Universum würde mir einen klaren Auftrag übermitteln.«

Im Moment schickte das Universum ihnen vor allem Müll.

»Am Ende hat es einfach nicht gepasst«, erzählte Frenkie. »Milou ist mit Geld groß geworden, ich mit nichts. Das ist nicht meine Welt: Charity, Aktien, Kunst, Immobilien. Und wenn man mal Zeit hat, sitzt man mit sogenannten Freunden bei Champagner zusammen, schlürft Austern und tauscht sich über das Für und Wider verschiedener Alarmanlagen aus.«

Milous Mutter Louise war in den alten Bergen-Sommern Henriettes beste Freundin gewesen. Auf dem Campingplatz formten die beiden über Jahre hinweg ein unzertrennliches Duo. Für Louise und ihre wohlsituierte Familie war der Urlaub im Zelt reines Abenteuer, für die Familie Thalberg genau das, was sie sich leisten konnten. Seit die Thalbergs einmal zu Besuch in Louises Amsterdamer Residenz an der Gracht gewesen waren, träumte ihre Mutter von einem ähnlich luxuriösen

Lebensstil. Nicht zuletzt deswegen hatte Henriette im letzten Familienurlaub darauf bestanden, endlich ein richtiges Ferienhaus zu buchen.

»Irgendwie haben sie nach dem Tod meines Vaters den Kontakt verloren«, sagte Yella.

»Die beiden haben sich zerstritten«, sagte Frenkie. »Milou hat neulich so was angedeutet.«

»Ach ja?«

»Es ging wohl um Geld«, wusste Frenkie. »Meine Schwiegermutter hatte deiner Mutter anscheinend Geld geliehen.«

»Sie waren ständig zusammen unterwegs«, überlegte Yella. »Nach Amsterdam zum Shoppen, zu Veranstaltungen … Vielleicht hat sie was ausgelegt und dann kam der Unfall.«

»Es klang, als ginge es um eine größere Summe.«

Yella konnte sich keinen Reim darauf machen.

»Nach dem Tod unseres Vaters hatten wir nichts mehr. Unsere Großeltern wollten uns sogar aus dem Haus schmeißen.«

»Noch so eine reiche Familie«, sagte Frenkie. »Sie tun großzügig, aber am Ende rechnen sie dir jeden Cent vor, den sie für dich ausgegeben haben. Vermutlich wird man anders auch nicht reich.«

Er rammte seinen Greifer in eine verrostete Cola-Dose und spießte sie förmlich auf, bevor er sie im Müllsack ablegte.

»Meine Mutter fand die van Beeks großartig«, erinnerte sich Yella.

»Ich habe mich auch blenden lassen«, gab Frenkie zu. »Jetzt versuche ich vor allem, mich darauf zu besinnen, was ich selbst einmal werden wollte. Außer Papa. Das bin ich nämlich gerne.«

Frenkie und Yella standen offenbar an einem ähnlichen Punkt im Leben. Nachdenklich stocherte sie mit ihrer Müllzange im Seetang herum, als ein glitzerndes Stück Glas ihre Aufmerksamkeit weckte. War das eine versiegelte Flasche? Das eigenartige Fundstück lag halb vergraben zwischen Unrat, Algen, Muscheln und Steinen, umgeben von Sand, der noch feucht war von der letzten Flut.

»Ist das eine Flaschenpost?«, fragte Frenkie.

Er bückte sich.

»Das ist sie, die Antwort auf all unsere Fragen«, witzelte Yella.

»Eine Botschaft des Universums, das Zeichen, auf das wir gewartet haben?«, fragte Frenkie belustigt.

Sie knieten sich nebeneinander in den Sand und gruben das rätselhafte Objekt vorsichtig aus. Yella spürte eine unglaubliche Aufregung, als sie das Gewicht der Flasche in ihren Händen spürte.

Was für ein besonderer Fund. Die Wachsschicht, die den Korken versiegelte, war mit Algen und winzigen Schneckenhäusern überwachsen. Innen befand sich tatsächlich eine zusammengerollte Nachricht.

»Nick und Leo wären begeistert«, sagte sie.

Wann immer etwas Aufregendes passierte, wollte Yella das Erlebnis am liebsten mit ihren Söhnen teilen. Als ob Abenteuer, die sie alleine erlebte, nur die Hälfte wert waren.

»Als Kind habe ich immer davon geträumt, eine Schatzkarte zu finden«, erzählte Yella. »Am liebsten mit dem Hinweis auf eine versteckte Tür, die in eine andere Welt führt.«

Wer weiß, vielleicht barg diese Flasche wirklich ein Geheimnis, das ihr Leben für immer verändern würde? Aber wie ließ sich der Glasbehälter öffnen?

Frenkie suchte den Strand nach einem scharfen Gegenstand ab, mit dem er Wachs und Korken vorsichtig lösen konnte.

Ein Stück Treibholz war nicht spitz, Muscheln nicht stabil genug. Einer der *strandjutter*, angelockt von einem siebten Sinn oder der Hoffnung auf fette Beute, bot Yella sein Taschenmesser an. Sein Kollege dokumentierte mit seiner Handykamera, wie sie den Verschluss vorsichtig lösten. Yella hielt den Atem an, als der Korken langsam hochkam. Behutsam fischte sie mit einem langen Draht nach dem Schreiben, das am Flaschenboden festklebte. Es dauerte eine halbe Ewigkeit, bis Yella das eng gewickelte Papier nach oben bugsieren und herausziehen konnte.

Gänsehaut breitete sich über ihren Körper aus. Mit zitternden Händen zog Yella die geheimnisvolle Botschaft auseinander. Eine Flaschenpost aus der Vergangenheit! Der erste Eindruck war ernüchternd.

»Ich hatte auf einen Text gehofft, der mit Feder und Tinte geschrieben ist«, sagte Yella.

Stattdessen hielt sie einen schnöden Computerausdruck in Händen, dessen Schrift durch das Eindringen von Wasser und Sand schon leicht verblasst war.

»*Du hast meine Ruhe gestört, jetzt wirst du dafür bezahlen*«, las Yella.

Sie lachte laut auf.

»Da hatte jemand einen schlechten Tag«, sagte Frenkie. »Zum Glück leben wir nicht im Märchen.«

Yella nickte. In Wahrheit war sie sich nicht ganz sicher, ob nicht die pure Berührung mit einer Nachricht, die solch negative Energie verströmte, ihren Tag nachhaltig durcheinanderbringen konnte.

»Und wie geht es weiter?«, fragte Frenkie. »Jetzt will ich den Rest auch hören.«

»Das Leben hat mir übel mitgespielt«, las Yella, *»aber jetzt wird mein Unglück zu deinem Schicksal werden. Meine Schmerzen werden dich wie ein Schatten verfolgen, bis ein anderer so dumm ist, dein Leid freiwillig auf sich zu nehmen. Bereite dich vor: Du wirst alles, was dir lieb ist, verlieren.«*

»Klingt nach einem Zwölfjährigen, der zu viele Seeräuber-Horrorstorys gelesen hat«, meinte Frenkie.

Yella rollte mit betretener Miene das Schreiben zusammen. Der *strandjutter* ließ enttäuscht seine Handykamera sinken.

»Schade, dass meine Schwester Helen die Flasche nicht gefunden hat«, sagte Yella. »Die ist Naturwissenschaftlerin und glaubt kein bisschen an Verwünschungen.«

»Komm, wir werfen das Ding zurück ins Meer«, befand Frenkie.

Yella schüttelte energisch den Kopf.

»Dann findet jemand anderes die Nachricht. Jemand, der an so einen Schwachsinn glaubt.«

Frenkie nickte ernst.

»Ich nehme sie mit zu Amelie«, befand Yella. »Die weiß am allerbesten, wie man schlechtes Karma neutralisiert.«

Die angenehm prickelnde Stimmung war verflogen. Yella war auf dem Boden der Tatsachen aufgeschlagen.

»Ich muss weiter«, sagte sie zu Frenkie.

Sie trennten sich, ohne irgendetwas zu verabreden.

25. Jenseits von Gut und Böse

Helen stand gemeinsam mit Paul am Herd in Amelies Jurte und bereitete einen großen Topf Spaghetti zu. Sie empfand sich selbst als einen ruhigen und überlegten Menschen, doch jede Begegnung mit ihrer Mutter weckte unglaublich viele widerstreitende Gefühle in ihr und warf sie völlig aus der Bahn. In ihrem Kopf schwirrten noch immer die Ermahnungen ihrer Mutter herum: »Das ist doch nicht normal, dauernd bohren zu müssen, Helen. Man muss die Vergangenheit auch mal ruhen lassen, Helen. Es ist wichtig, die negativen Erinnerungen zu überschreiben.«

»Mama will etwas gemeinsam mit uns allen unternehmen? Das ist doch ein guter Anfang«, meinte Amelie, die damit beschäftigt war, mit Yella die Flaschenpost zu untersuchen.

Ihr Urteil über den Strandfund fiel überraschend nüchtern aus: »Jemand, der so bösartig ist, verdient keine Aufmerksamkeit.«

Yella legte die Flasche zur Seite.

»Ein Ausflug klingt doch großartig«, pflichtete sie Amelie bei. »Ich will mich in der Woche in Holland so gut wie möglich amüsieren.«

Helen quälte die Frage, ob sie nicht überkritisch auf ihre Mutter reagierte. Sie hatte das Gefühl, dass Henriette so viel Bodennebel verbreitete, dass die entscheidenden Fragen aus dem Fokus gerieten. War der Ausflug nur ein weiteres Ablenkungsmanöver? Oder war sie tatsächlich paranoid?

»Interessiert dich wirklich kein bisschen, in welcher Verbindung Mama mit dieser rothaarigen Frau steht?«, fragte Helen ihre Zwillingsschwester.

Amelie schüttelte energisch den Kopf. »Ich bin mit Mama im Reinen«, sagte sie. »Ich komme gut mit ihr aus.«

»Weil du sie nie hinterfragst«, sagte Helen.

»Du redest wie ein Verschwörungstheoretiker. Man kann auch alles kaputt analysieren«, sagte Amelie.

»Man kann auch zu früh aufgeben«, entgegnete Helen.

Amelie umarmte sie einfach. »Loslassen, Helen«, sagte sie. »Ich habe aufgehört, irgendetwas von Mama zu erwarten. Das hilft mir ungemein.«

»Meine Freundin kandidiert für einen Heiligenschein«, mischte Philomena sich ein.

»Bislang vergeblich«, sagte Amelie und grinste.

Nach einer Reihe toxischer Beziehungen hatte ihre Schwester eine wundervoll lebensfrohe Partnerin gefunden. Es war wirklich erstaunlich, wie gut die beiden sich verstanden.

»Ich sehe das genauso«, stimmte jetzt auch Paul in das Lied ein. »Ein bisschen Normalität tut allen Familien gut.«

»Wir alle haben zu viel Meinungen«, ergänzte Amelie. »Wenn wir ein bisschen weniger urteilen und ein bisschen mehr lieben, wird alles einfacher.«

Helen spürte deutlich den Vorwurf, der in den Worten ihrer Schwester mitschwang. Aber mit Kalendersprüchen kam Helen nicht weiter. Sie spürte den Druck von allen Seiten. Doro wollte den Nachlass regeln, Amelie den Familienzwist ein für alle Mal beilegen.

»Solange wir die Welt in Gut und Böse einteilen, wird das nichts«, sagte Amelie.

Helen blickte Hilfe suchend zu Yella, die merkwürdig abwesend wirkte. Sie war schon wieder mit ihrem Handy zugange.

»Wir ändern Mama nicht mehr«, sagte Yella. »Sie ist, wie sie ist.«

Sie seufzte. Selbst Yella liebäugelte seit Neuestem mit einem pragmatischen Ansatz. Helen musste sich eingestehen, dass ihre Schwester längst nicht mehr so fanatisch mit der Vergangenheit beschäftigt war wie sie selbst. Seit Yella das Porträt in die Runde geschickt hatte, schien eine Last von ihr abgefallen zu sein. Helen hatte zunehmend das Gefühl, in ihrer Suche nach der Wahrheit alleine unterwegs zu sein. Waren es tatsächlich ihre kritischen Nachfragen, die das Klima vergifteten? Vielleicht war sie wirklich die wahre Unruhestifterin in der Familie?

26. Fragen über Fragen

Yella hing an ihrem Handy. Ihr Leben war an jeder Front unübersichtlich. Überall brannten Buschfeuer, und sie wusste nicht, wo sie zuerst löschen sollte. Wie paralysiert richtete sie ihren Blick auf das Herzchen, das unter einem Post von Amelie prangte. Ihre Schwester hatte einen Beitrag der *strandjutter* über die Flaschenpost auf ihrem Instagram-Account geteilt. Ausgerechnet David hatte ein Emoji mit Herzchenaugen für ein Foto dagelassen, das Yella an Frenkies Seite zeigte. Sie starrte das Emoji an. Dieser blöde Smiley war tatsächlich das erste Lebenszeichen von ihm, das sie nach dem Streit erreichte. Was um alles in der Welt wollte David damit zum Ausdruck bringen? Was gefiel ihm so sehr an dem Foto, dass er sich genötigt sah, einen Kommentar dazulassen? Yella? Dass sie an die Nordsee gefahren war? Dass sie sich mit einem anderen traf? Dachte er, das sei ein Freifahrtschein für ihn? Auf einmal brach der Ärger in ihr aus.

Yella nahm die Flaschenpost auf. »Ich bring das Ding zum Container«, sagte sie, dankbar für die gute Ausrede, die Jurte zu verlassen.

Draußen sprach sie eine wütende Sprachnachricht für David ein. »Deine Herzchen kannst du dir echt sparen!«

Es nervte sie unendlich, dass er sich ihr auf solch kindische Weise entzog. Es erinnerte sie an das Terrorregime ihrer Mutter, die auf schlechte Noten nie direkt reagierte, sondern schmallippig ankündigte, man würde am Wochenende »in Ruhe« darüber sprechen. Das angekündigte Donnerwetter in Kombination mit inquisitorischen Fragen war schlimmer als jede spontane Reaktion.

Es blieb still in ihrem gemeinsamen Chatfenster. Ihre Mitteilung dümpelte mit einem einzigen weißen Häkchen versehen ungehört in seinem Postfach.

Ihre Gedanken liefen Amok. Sie hatte keine Ahnung, wie es mit ihnen weitergehen würde. Wollte sie, dass alles beim Alten blieb, oder wollte sie, dass sich alles ändert? Mal war sie wild entschlossen, ihren Weg fortan alleine fortzusetzen, fünf Minuten später überwog wieder die Angst vor einer möglichen Trennung. Sie liebte David. Sie wollte ihren Jungen ein warmes Nest bieten. Doch welchen Preis war sie bereit, dafür zu bezahlen? Sie fühlte sich wie dieser überforderte Hundesitter, der ihr so oft im Park in Berlin begegnete. Tapfer kämpfte er jeden Tag aufs Neue mit seinem Rudel Hunde, die alle in verschiedene Richtungen zogen und so lange um ihn herumtobten, bis sich die Leinen rettungslos verknotet hatten.

Was tat David gerade? Wie ging es ihm mit ihrer zeitlichen Trennung? Dachte er manchmal an sie? Tat es ihm leid? Wälzte er sich nachts im Bett, weil er ohne ihre vertraute Nähe nicht schlafen konnte? Yella sah David schon in einem Schloss einsam an einer viel zu langen Tafel dinieren. Und gleichzeitig war da diese unüberhörbare Stimme, die ihr sagte, dass er gar nicht alleine gefahren war.

Es reichte ihr. Wenn David sich nicht bei ihr meldete, wusste sie, wo sie Antworten bekam. In einer plötzlichen Aufwallung rief sie im *Gwendolyns* an.

»Ich möchte gerne Elena sprechen«, flötete sie.

Es versetzte ihr einen Stich, als sie hörte, dass die Künstlerin sich überraschend freigenommen hatte.

»Sie kommt erst nächste Woche wieder«, sagte der Kollege.

Yella ging wieder auf Instagram. Elenas Profil war neuerdings auf privat gestellt. Ihr Blick fiel auf die Flaschenpost. Wie lautete der Text noch mal? *Bereite dich vor: Du wirst alles, was dir lieb ist, verlieren.*

Zeit, sich endgültig von dem elenden Ding zu verabschieden. Sie war gerade an der Recyclingstation angekommen, als ihr Telefon klingelte. »David! Endlich!«, dachte sie. Doch auf dem Display leuchtete Doros Name.

27. Alles weg

»Ich konnte mich nicht früher melden«, flüsterte Doro. »Wir haben echt Probleme.«

Ihre Schwester schaltete die Kamera ein. Yella erkannte sofort die raumhohen Stahlregale im Hintergrund. Doro war in ihrem Atelier angekommen. In der Halle lagerte die Kostümbildnerin das Material, das sie für ihre Entwürfe brauchte: Stoffe, Latex, Felle, Schaumgummi, Garn, Kleber, Farbe. Yella kannte Doros Kölner Atelier als einen lebendigen Ameisenhaufen, in dem immer ein halbes Dutzend Mitarbeiter nähte, bügelte und malte, während Musik durch die Halle dröhnte. Jetzt herrschte eine gespenstische Stille.

»Was ist passiert?«, fragte Yella, während sie mit der Flaschenpost Richtung Glascontainer wanderte.

»Sie stellen alles auf den Kopf«, sagte Doro.

Sie drehte das Handy so, dass Yella mitverfolgen konnte, was sich bei ihr abspielte. Ein Uniformierter rumorte im hinteren Teil des Ateliers, in dem sich Ludwigs Büro befand. Ihr Schwager überreichte zwei Polizistinnen mehrere Ordner.

»Sie haben einen Durchsuchungsbefehl«, sagte Doro.

»Was habt ihr angestellt?«, fragte Yella entsetzt.

»Einer unserer Gläubiger hat Anzeige erstattet«, flüsterte Doro weiter. »Die Staatsanwaltschaft hat ein Ermittlungsverfahren gegen uns eingeleitet.«

Der Uniformierte schleppte einen Computer an ihr vorbei.

»Sie müssen das Gebäude verlassen«, bellte er sie an. »Sonst müssen wir sie mitnehmen.«

Yella hatte von Doros finanziellen Schwierigkeiten gewusst. Offenbar hatte sich die Situation in den Monaten, in denen sie keinen Kontakt gehabt hatten, dramatisch zugespitzt.

»Das darf nicht wahr sein«, sagte Doro geschockt. »Das überlebe ich nicht.«

Yella verstand sie nur zu gut. Das Atelier war das Herzstück von Doros Identität. Mit dem ersten selbst verdienten Geld hatte ihre große Schwester ein winziges Studio auf einem Industriegelände angemietet. Jedes Mal, wenn in dem Komplex irgendein Raum frei wurde, mietete Doro ihn vorsorglich an, so überzeugt war sie gewesen, dass es für sie immer nur bergauf ging. Neben den eigentlichen Atelierräumen befanden sich in der Halle auch ihre Bibliothek, die zu Recherche und Inspiration diente, und ihr eigener Fundus. Sie hatte eine imposante Sammlung an Kleidung, Masken, Perücken, Taschen und anderen Accessoires zusammengetragen, die alle auf den großen Auftritt warteten. Es war typisch Doro, dass sie Jäger und Sammler in einer Person war. Kein Wunder, dass sie nie zur Ruhe kam. Und das sollte jetzt alles verloren sein?

»Es gibt noch eine Möglichkeit, aber dafür …«, sagte Doro.

Zeit für Erklärungen hatte sie anscheinend nicht. Doro legte mitten im Satz auf, ohne sie einzuweihen. Yella schüttelte den Kopf. In puncto dramatischer Abgang hatte ihre große Schwester sich gerade selbst übertroffen.

Eine halbe Stunde später meldete Doro sich ein zweites Mal per FaceTime.

»Ludwig wird noch immer vernommen«, sagte sie aufgelöst. »Ich brauche etwas Konkretes, um zu beweisen, dass ich eine größere Zahlung erwarte. Irgendetwas auf Papier.«

Yella erkannte verblüfft, dass Doro am Haus der Mutter eingetroffen war. Der Vorgarten wirkte ungepflegt und verwildert, aber der Ersatzschlüssel lag noch immer dort, wo Henriette ihn seit Jahrzehnten versteckte. Unter der Klingel stand alleine Henriettes Name. Die Villa war ihr nach dem erbitterten Erbstreit mit den Eltern von Johannes Thalberg überschrieben worden. Ihre Schwester stemmte sich gegen die Tür, hinter der sich ungelesene Post, Zeitungen und Werbeprospekte stapelten. Doro nahm alles flüchtig in Augenschein.

»Da sind Rechnungen dabei«, sagte sie überrascht.

Irgendetwas stimmte hier nicht, so viel war deutlich. Yella war stillschweigend davon ausgegangen, dass Doro sich in Henriettes langen Abwesenheiten um das Haus und die Post kümmerte.

»Schau mal hier«, sagte Doro erschrocken.

Sie filmte in die Diele hinein. Der monumentale Barockschrank, in dem früher Jacken, Schals, Handschuhe und Mützen der vier Mädchen untergebracht waren, war spurlos verschwunden. Ebenso wie die Wandleuchte aus Murano-Glas.

Misstrauisch öffnete Doro die Tür zum Wohnzimmer und hielt entsetzt inne.

»Du meine Güte«, sagte sie. Und dann »Wow.«

»Was ist?«, fragte Yella alarmiert.

Mit zittriger Hand filmte Doro. Dort, wo ursprünglich Möbel standen, allesamt teure Antiquitäten, klafften Lücken. In Henriettes Wohnung befand sich nichts mehr an seinem ursprünglichen Platz. Das chinesische Geschirr, die Gemälde an den Wänden, die persischen Teppiche, der Schmuck im Schlafzimmer, die Designermode im Kleiderschrank: Alles war verschwunden. Yella schnappte nach Luft. Henriette hatte mit keiner Silbe erwähnt, dass sie angefangen hatte, das Haus zu räumen.

»Es scheint, als hätte unsere Mutter alles, was sich zu Geld machen ließ, verkauft«, mutmaßte Doro.

Yella musste sich eingestehen, dass sie nie hinterfragt hatte, wie ihre Mutter ihre ausgedehnten Reisen eigentlich finanzierte.

»Vielleicht gibt es noch ganz andere Gründe, warum Henriette die Überschreibung des Hauses hinauszögert«, sagte Doro.

Für eine Frau, der möglicherweise eine hohe Strafe drohte, klang sie überraschend ruhig.

»Ich bin morgen zurück in Bergen«, sagte Doro. »Bis dahin sag niemandem etwas. Das will ich selbst übernehmen.«

Es klang wie eine Kampfansage.

28. Erinnerungen schaffen

Helen begann den Tag mit gemischten Gefühlen. Seit der Hochzeit von Henriette und Thijs hatte die Familie Thalberg nichts mehr gemeinsam unternommen. Und nichts war seitdem einfacher geworden. Konnte man wirklich gute Erinnerungen auf schlechte stapeln? War es gesund, so zu tun, als wäre der Familienfrieden wiederhergestellt? Fake it till you make it? Galt das auch für Familien auf der Suche nach Glück?

»Wir machen uns einfach einen schönen Tag«, munterte Paul Helen auf.

Sie nickte. Leicht würde es nicht werden, aber sie hoffte trotzdem, dass gemeinsame Erlebnisse ein Klima von Wärme und Vertrauen auf beiden Seiten schaffen konnten. Vielleicht führte die neue Nähe endlich dazu, dass ihre Mutter noch mehr über die traumatische Affäre ihres Ehemanns preisgab. So schwer es ihr auch fiel: Sie wollte einen Schritt auf Henriette zugehen, in der Hoffnung, dass ihre Mutter ihr dann auch entgegenkam.

Henriette strahlte, als sie sich beim Fahrradverleih neben der *Ruïnekerk* im Ortskern von Bergen versammelten.

»Es tut so gut, alle wieder zusammenzuhaben«, sagte sie. »Wie schön, dass wir keinen Grund mehr haben, zu streiten.«

Selbst Doro hatte sich angekündigt. »Sie kommt direkt zum Museum«, wusste Yella.

Helen hatte tatsächlich die ganze Familie mobilisiert.

»Das Organisationstalent hast du eindeutig von mir geerbt«, lobte Henriette und tätschelte Helens Wange.

Helen hielt mühsam an sich. Ihre Mutter schaffte es, selbst Komplimente so zu verpacken, dass sie schwer verdaulich waren. Zum Glück ging ihre Verstimmung im allgemeinen Trubel am Fahrradverleih unter.

Philomena und Amelie waren mit ihren eigenen Rädern gekommen, Lucy hatte sich ein Tandem gewünscht und in Thijs den richtigen Partner gefunden. Für Yella, Helen und Paul musste noch das passende Modell gefunden werden. Selbst Henriette ließ es sich nicht nehmen, die Strecke mit dem Fahrrad zurückzulegen.

Helen staunte über die Energie ihrer Mutter: Vor zwei Jahren hatte sie ihrer Familie auf dramatische Weise mitgeteilt, dass sie todkrank wäre. Wie konnte sie so schnell und vollständig genesen?

»Ich fühle mich fast so fit wie früher«, erklärte Henriette, die erriet, was in Helen vorging. »Meine Ärzte haben ein Wunder an mir verrichtet.«

In Zweiergruppen radelten sie auf ihren identischen Leihrädern nebeneinander auf gut ausgebauten Radwegen Richtung Broek op Langedijk, wo ihr Ziel lag.

»Die acht Kilometer schaffe ich locker«, verkündete Henriette.

Thijs übernahm mit dem Tandem die Führung. Während er im Gegenwind strampelte, hatte Lucy ihre Füße gemütlich auf dem Fahrradrahmen abgestellt. Gnädig überließ sie dem Mann ihrer Oma die Tretarbeit. Sie hatte sich ohnehin erst angeschlossen, nachdem Philomena ihr erzählt hatte, dass eine wichtige Szene aus dem Blockbuster »Spiderman« in dem Nachbardorf spielte. Jetzt googelte sie auf dem Handy nach dem betreffenden Filmausschnitt, um die Aufnahmen für TikTok nachzustellen. Diesmal mit sich selbst in der Hauptrolle.

Amelie trat neben Yella in die Pedale. Sie war einfach nur glücklich darüber, die Familie wieder vereint zu wissen. Sie hatte sich ihre eigene Version zurechtgebastelt, warum die letzten Jahre so schwierig gewesen waren.

»Mamas Krankheit hatte Auswirkungen auf uns alle«, sagte sie.

Sie ergriff jedes Mal so leidenschaftlich Partei für Henriette, dass sich ständig Helens schlechtes Gewissen meldete. Es wollte ihr einfach nicht gelingen, die Zweifel an der Aufrichtigkeit ihrer Mutter über Bord zu werfen.

Helen ließ sich absichtlich zurückfallen. Die Weite der Landschaft lud dazu ein, das Tempo zu drosseln und die Augen schweifen zu lassen. In der flachen, weiten Polderlandschaft rund um Bergen atmete es sich freier. Wie ein samtiger Teppich breitete sich das Grün saftiger Wiesen aus, bis es im blauen Himmel aufging. Kanäle durchzogen die Landschaft wie silberne Bänder. Als Lebensader und Schutzschild zugleich zeugten sie vom ewigen Ringen der Niederländer mit dem Wasser, das von jeher drohte das Land zu verschlucken. Am Horizont erhob sich eine Windmühle, deren Flügel sich lautlos drehten. Weiß getünchte Bauernhöfe duckten sich vor dem Wind. Die Wolken über ihr sprangen auseinander, als hätte man sie bei einem verbotenen Tête-à-Tête ertappt. Ab und an grüßten sie schwarz-weiße Rinder, die der radelnden

Großfamilie dampfend und gemütlich grasend mit nassen Augen hinterhersahen.

Helen staunte immer wieder, wie viel es in Nordholland zu entdecken gab. Ihr heutiges Ziel, das Reich der tausend Inseln, lag nur acht Kilometer von Bergen entfernt. Das ursprünglich sumpfige Gebiet war einst durch Menschenhand trockengelegt worden, um Land für Ackerbau zu schaffen. Entstanden waren auf diese Weise unendlich viele winzige Inseln, verbunden durch ein unübersichtliches Netzwerk von Kanälen. Früher wurde hier das Gemüse nicht nur angebaut, sondern nach der Ernte sofort via Boot zu einer Verkaufshalle transportiert und direkt versteigert. Das Spektakuläre an diesem Handelsplatz, dem eigentlichen Ziel ihres Ausflugs, war, dass er sich auf dem Wasser befand. Das Hauptgebäude der *Broekerveiling*, ein beeindruckender weißer Holzbau mit rotem Ziegeldach und verspielten Giebeln, schwebte auf 1900 Pfählen über dem Kanal. Helen konnte sich beim besten Willen nicht vorstellen, wie so eine Auktionshalle, noch dazu die älteste schwimmende Gemüseversteigerung der Welt, von innen aussehen sollte.

Während sie ihr Fahrrad ankettete, lief ihre Familie bereits über die hölzerne Brücke, die das ausgestreckte Gebäude mit dem Festland verband. Aus der Ferne beobachtete sie, wie Henriette sich bei ihrem Lieblingsschwiegersohn Paul unterhakte und auf ihn einredete. Als sie sich näherte, hörte sie ungewollt einen Teil der Unterhaltung mit.

»Ich habe Helen Zeit gegeben, um mit ihren Emotionen klarzukommen«, sagte ihre Mutter. »Ich habe sie in Ruhe gelassen, so wie sie sich das gewünscht hat, und jetzt wirft sie mir genau das vor.«

»Es geht ihr vor allem darum, den Unfall …«, begann Paul.

Henriette ließ ihn gar nicht erst aussprechen.

»Sie will einfach nicht verstehen, dass ich nicht bereit bin, Johannes' Affäre Raum in meinem Leben zu geben«, fiel sie ihm ins Wort. »Manchmal habe ich den Eindruck, sie gibt mir die Schuld an dem Unfall.«

Paul wagte einen vorsichtigen Vorstoß: »Ich glaube, es würde helfen, wenn du …«

Auch diesmal gelang es ihm nicht, seinen Gedanken zu Ende zu bringen.

»Es geht gar nicht um mich«, unterbrach sie ihn erneut. »Es tut mir vor allem leid für Helen. Ich weiß, dass sie gar nicht so widerborstig ist, wie sie sich jetzt gibt.«

»Ich bin direkt hinter euch«, rief Helen. »Ich höre jedes Wort.«

Ihre Mutter drehte sich um und schenkte ihr einen mitleidigen Blick.

»Ich wünsche mir so sehr, du könntest das Leben leichter nehmen. Das Unerbittliche hast du nicht von mir. Kein Wunder, wenn Paul Zweifel hat«, sagte sie, ließ ihren Schwiegersohn los und drängte Richtung Kasse.

»Ich lade euch alle ein«, rief sie.

»Was hast du ihr erzählt?«, fragte Helen, als Henriette außer Hörweite war.

Paul lachte. Statt einer Antwort küsste er sie einfach.

»Nichts«, sagte er. »Sie wollte Tipps von mir, wie sie mit dir umgehen soll.«

»Ernsthaft?«

»Ich habe gesagt, dass es dir gut geht.«

Helen ließ sich mit der matten Ausflucht nicht abspeisen.

»Irgendwas musst du doch gesagt haben. Was meint sie mit Zweifel?«

»Du kennst sie doch«, sagte Paul. »Sie hat mal wieder gefragt, wann wir heiraten. In ihrem Universum zählt eine Frau nur dann etwas, wenn sie einen Mann an ihrer Seite hat. Am besten einen Versorger.«

»Ich kann mich prima selbst versorgen«, sagte Helen irritiert.

Paul beruhigte Helen und nahm sie in den Arm: »Wir müssen wissen, wie es um unsere Beziehung steht, das ist das Wichtigste.«

»Unerbittlich? Bin ich unerbittlich?«, fragte Helen nachdenklich.

»Eher gründlich«, sagte Paul. »Genau deswegen liebe ich dich.«

Das Abschießen verbaler Granaten war Henriettes Spezialität. Diesmal hatte sie eine tickende Zeitbombe zwischen ihr und Paul hinterlassen. Wenn das so weiterging, zog die schwelende Dauerauseinandersetzung mit ihrer Mutter noch ihre Beziehung in Mitleidenschaft.

29. Der Letzte kocht

Helen sah sich neugierig um. Das Herzstück des Museums bildete die über 130 Jahre alte Versteigerungshalle. Der Saal mit der kunstvoll gewölbten Decke und dem hölzernen Gestühl erinnerte sie an den Hörsaal in der Uni. Das Spektakuläre waren jedoch nicht die riesigen Fensterfronten, der eindrucksvolle Dachstuhl oder die kunstvoll gestalteten Sitzbänke, das Sensationelle war, dass sich ein Kanal mitten durch den Saal zog und die schwimmende Halle in eine rechte und eine linke Hälfte teilte. Helen hatte noch nie ein Gebäude gesehen, durch das man mit einem Boot fahren konnte.

»Ein Drive-Through«, erkannte Paul.

Das geerntete Gemüse wurde mit charakteristischen flachen Booten in die Halle hineintransportiert, dort versteigert und anschließend auf die gleiche Weise herausgeschifft.

»Wir können alle mitmachen«, verkündete Henriette begeistert. »Als wären wir Gemüsehändler von anno dazumal.«

Erwartungsvoll verteilten die Thalbergs sich zu beiden Seiten des Kanals. Um den Charme vergangener Zeiten einzufangen, war die Auktionatorin, im normalen Leben vermutlich Studentin, in westfriesische Folklore gekleidet: langer Rock, eine hochgeschlossene Bluse mit Stehkragen und langen Puffärmeln, beides in dunklem Blümchenmuster. Auf dem Kopf trug sie eine dieser typischen schneeweißen geflügelten Holländerhauben aus Spitze und Tüll, auf der ein eigentümlich geformter Strohhut saß, der Helen an einen Entenschnabel erinnerte.

»Ihr seid jetzt alle Gemüsehändler. Ihr wollt neue Ware für euren Laden kaufen«, erklärte die Auktionatorin.

Sie wies auf die imposante Versteigerungsuhr aus dem Jahr 1903, die über dem rückwärtigen Tor angebracht war, durch das die Boote den Saal wieder verlassen würden. Neugierig untersuchte Helen den großen braunen Klingelknopf vor sich, der das wichtigste Utensil war, um an der Versteigerung teilzunehmen. Gab man bei Kunstauktionen sein Gebot mit einem hochgehobenen Nummernschild zu erkennen, musste man hier via Knopfdruck sein Kaufinteresse signalisieren. Die Schalterbetätigung stoppte die Uhr, die nicht Stunden und Minuten anzeigte, sondern den fälligen Betrag pro Einheit oder Menge andeutete. Im Gegensatz zu einer herkömmlichen Versteigerung, wo das Gebot in die Höhe getrieben wurde, setzte diese Art der Auktion mit dem höchsten Preis ein.

»Merke: Zu früh die Uhr stoppen kostet Geld und Gewinn, zögerst du zu lange, schnappt ein anderer dir die Ware weg«, erklärte die Auktionatorin. »Es geht um das perfekte Timing.«

Als ob Timing etwas wäre, das die Familie Thalberg beherrschte. Helen bedauerte sehr, dass ihre kleinen Neffen nicht dabei waren. Irgendwie konnte sie nachvollziehen, dass es sich für Yella manchmal wie Verschwendung anfühlte, aufregende Dinge nicht mit Leo und Nick teilen zu können.

»Heute Abend gibt es Veggieplatte«, sagte Philomena.

»Wer nichts beisteuert, muss kochen«, ergänzte Henriette.

Helen stöhnte. Musste alles in der Familie Thalberg zum Wettbewerb erkoren werden? Schon als Kind hatte sie die allergrößte Mühe, wenn es darum ging, das letzte Stück Obst zu ergattern oder den Rest Kuchen für sich zu reklamieren. Auch bei Gesellschaftsspielen, die Spontaneität und besondere Reaktionsgeschwindigkeit erforderten, zog Helen regelmäßig den Kürzeren.

Sie musste sich also anstrengen. Ihr Finger lag ganz nah bei ihrer Klingel mit der Nummer 55.

Ein Pärchen, gekleidet in eine Bauerntracht aus dem letzten Jahrhundert, navigierte den ersten Gemüsekahn in die Halle. Sie übergaben der Auktionatorin einen Kohlkopf. Früher wurden natürlich große Mengen Gemüse verhandelt, jetzt ging es in dem Museum nur noch um den symbolischen Akt.

»Kohl, frisch vom Feld«, verkündete die Auktionatorin und startete die Versteigerungsuhr.

Helen starrte wie paralysiert auf den Zeiger, der sich rasend schnell gegen den Uhrzeigersinn drehte, wodurch der aufgerufene Betrag kontinuierlich sank. Der Erste, der den Knopf drückte, bekam den Zuschlag. Während Helen noch kalkulierte, welcher Preis für einen Kohlkopf angemessen war, klang das Klingelzeichen neben ihr. Amelie hatte das Gemüse ersteigert, während die Uhr noch eine astronomische Summe anzeigte.

»Ich bin raus aus der Küche«, jubelte sie.

Sofort brach Protest unter den Schwestern aus.

»5 Euro für einen einzigen Kohlkopf, das gilt nicht«, beschwerte sich Yella.

»Niemand zahlt 5 Euro für einen Kohl«, bestätigte Helen.

»Ich schon, wenn ich mal nicht kochen muss«, sagte Amelie.

Bei dem Beutel Paprika erging es Helen nicht besser. Was kosteten die Schoten im Moment bei REWE? Sie überlegte noch, als Thijs bereits zuschlug. Bei den Karotten beschloss sie, ihre Taktik zu ändern. Statt den Preis im Auge zu behalten, beobachtete sie nun die Konkurrenz. Ihr Blick verfing sich in dem von Yella. Ihre Schwester war gerade im Begriff, für das Gemüse zu drücken, als Lucy sie in die Seite rammte. Auf dem Anzeigebord leuchtete die Nummer 31 auf.

»Gewonnen!«, rief Lucy begeistert.

»Das war unfair«, beschwerte sich Yella.

»Im Gegenteil«, rief Lucy. »Ich rette euch. Ich kann nämlich kein bisschen kochen.«

Es war zum Verzweifeln. In einer Familie, in der der Konkurrenzkampf blühte, führte jeder auch noch so unwichtige Wettbewerb unabdingbar zu Streit. Statt Teambuilding und Selbsthilfe für zerrüttete Familien zu fördern, mündete die einfachste Übung in Disharmonie.

»Mein Buzzer funktioniert nicht«, rief Henriette empört, als die nächsten Runden an Philomena und Paul gingen. »Ich habe zweimal gedrückt und nichts passiert.«

Henriette wechselte empört ihren Platz. Skeptisch geworden, testete Helen ihre eigene Klingel. Vielleicht funktionierte die auch nicht? Ein schrilles Geläut erklang.

»Was haben wir denn da?«, rief die Auktionatorin, die die neue Versteigerungsrunde noch gar nicht eingeläutet hatte, begeistert. »Nummer 55 hat gerade für teures Geld heiße Luft ersteigert.«

Helen hob entschuldigend die Arme und grinste schief, aber die Auktionatorin hatte sie bereits auf dem Kieker. Sie schoss auf Helen zu und hielt ihr das Mikrofon geradewegs ins Gesicht.

»Und du bist?«

»Helen«, grummelte Helen ins Mikro.

»Meine Damen und Herren: einen donnernden Applaus für Helen, die den Mut hatte, die Klingel auch dann zu betätigen, wenn es nichts zu ersteigern gibt. Was wolltest du uns denn erzählen?«

Sie kam sich vor, als wäre sie aus Versehen in der ersten Reihe bei einer Comedyshow gelandet. Ihre Familie amüsierte sich köstlich. Helen ein bisschen weniger.

»Wir können gerne weitermachen«, stammelte sie.

Helen wäre am liebsten unter ihren Sitz gerutscht. Sie hasste es, im Rampenlicht zu stehen.

Die Auktionatorin zeigte kein Mitleid mit ihr: »Getroffen hast du schon mal, Helen, am Timing musst du noch ein klitzekleines bisschen arbeiten.«

»Danke für den Tipp«, murmelte sie.

»So wie Helen hat sich früher so mancher Händler in die Pleite gedrückt«, erklärte die Auktionatorin.

Sie hob einen Bund Lauchzwiebel in die Höhe: »Versuchen wir es noch mal«, rief sie. »Und Helen: nicht zu früh.«

Henriette lachte laut auf, ihre Familie feixte. Diesmal schlug Yella zu. In der letzten Runde, in der es um einen Beutel Tomaten ging, rangen nur noch Henriette und Helen um den Platz am Herd. Helen sah sich bereits den Abend in der Küche stehen, um wie Aschenputtel ganz alleine Gemüse für die gesamte Mannschaft zu putzen.

»Unsere Helen wird die Gemüsekönigin«, rief die Auktionatorin. »Helen, bist du bereit?«

Helen starrte auf die Versteigerungsuhr. Ihr Zeigefinger ruhte bereits auf ihrem Knopf. Der provokante Blick, den ihre Mutter ihr schenkte, ging ihr durch Mark und Bein. War das normal, dass man sich so in Konkurrenz zu den Kindern sah?

»Zwei Euro neunzig, siebzig, fünfzig. Ein Euro neunzig …«, zählte die Auktionatorin runter.

Helen drückte. Die Nummer 1 leuchtete auf.

»Wir haben eine Siegerin«, rief die Auktionatorin und wies über die Köpfe aller Beteiligten hinweg. Helen und Henriettes Köpfe fuhren gleichzeitig um. Wer hat ihnen die Ware weggeschnappt? In der letzten Reihe, auf Platz 1, hatte Doro Platz genommen. Sie hatte ihre weißblonden Haare zurückgekämmt und trug einen dunklen Anzug, der ihr eine unnahbare Strenge verlieh. Sie blickte ihre Mutter herausfordernd an. Was auch immer sie aus Köln mitgebracht hatte: Gute Nachrichten waren es offenbar nicht.

Henriette überging Doros eigenartigen Auftritt.

»Und jetzt machen wir eine Rundfahrt«, verkündete sie. »Diese Inseln sind so romantisch.«

Sie trieb die Familie hektisch zum Anlegesteg. Die beiden Verliererinnen durften unter Gejohle als Erste in eines der schwankenden Ruderboote steigen, mit denen sie die Welt der tausend winzigen Inseln erkunden würden.

»Ich kann leider nicht beim Kochen helfen«, flüsterte ihre Mutter Helen zu, als sie Platz genommen hatte. »Die Hitze in der Küche bekommt mir einfach nicht. Das Feld überlasse ich gerne euch Jüngeren. Ihr kocht ja auch ganz anders.«

Ihre Mutter änderte tatsächlich die Regeln, nur um nicht geschlagen das Feld verlassen zu müssen?

»Das mit dem Kochen war natürlich nur ein Spaß, um ein bisschen Pep in die Versteigerung zu bringen«, ergänzte Henriette.

Helen hielt sich nicht weiter damit auf. Viel interessanter war die Frage, was ihre große Schwester vorhatte. Henriette und Helen saßen bereits, als Doro mit einem großen Satz das Boot enterte.

»Wir beide müssen reden«, sagte sie zu ihrer Mutter.

Helen wollte schon aufstehen.

»Es ist gut, wenn du dabei bist«, hielt Doro sie zurück. »Das geht auch dich etwas an.«

Sie ergriff die Ruder und legte energisch ab.

Am Ufer blieb der Rest der Familie mit betretenen Blicken zurück. Amelie verzog das Gesicht. Bis jetzt verlief der gemütliche Familientag so gar nicht nach Plan.

»Was sollen wir jetzt machen?«, fragte Amelie.

Philomena reagierte gelassen: »*We zien wel waar het schip strandt*«, zitierte sie eine typisch niederländische Redensart, die den Schiffbruch bereits implizierte. »Mal sehen, wo das Schiff strandet.«

Thijs schien unbeeindruckt: »Wir nehmen einfach ein anderes Boot«, sagte er.

Er ließ sich die Laune nicht verderben und wirkte wie immer ausgelassen und fröhlich, als ob er kein Wässerchen trüben könnte. Philomenas Humor und Thijs' Tatendrang verfehlten diesmal ihre Wirkung. Eine dunkle Wolke schob sich vor die Sonne.

»Fahrt ihr ruhig«, sagte Yella. »Ich muss noch was erledigen.«

30. Besuch bei Papa

Yella versuchte schon den ganzen Morgen, ihre Söhne zu erreichen. Während der Rest der Familie ein zweites Boot bestieg, blieb sie am Ufer zurück, um in aller Ruhe mit den Kindern zu telefonieren.

In der Ferne entbrannte zwischen Leo und Nick der Kampf um das Smartphone. Ihre kleinen Stimmen überschlugen sich, während sie abwechselnd von ihrem Besuch im Freizeitpark erzählten.

»Wusstest du, dass es Dinos gibt, die Federn haben?«

»Und der eine, der hatte einen Hals so lang wie der von einer Giraffe.«

»Und sie waren so laut wie Flugzeuge.«

»Morgen besuchen wir Papa.«

»Opa hat Dino-Nuggets gekauft.«

»Und mit Oma haben wir Rieseneier angemalt. Wie an Ostern.«

Wie bitte? Hatte sie das richtig gehört? Noch mal zurück im Text.

»Ihr fahrt zu Papa?«, fragte Yella erstaunt nach.

»Er hat uns eingeladen«, sagte Nick begeistert. »Ich habe ein Ei für ihn bemalt.«

»Kommst du auch?«, fragte Nick.

»Das nächste Mal«, sagte Yella tapfer. »Ganz bestimmt.«

Was war das für eine Aktion? Ein Versuch, die Kinder schon mal auf seine Seite zu ziehen? Yella stammte aus einer komplizierten Familie. War David gerade im Begriff, ein ähnliches Chaos heraufzubeschwören? Sie schloss die Augen. Noch schmerzhafter als die Frage, was aus ihr und David wurde, war die Frage, wie es mit ihnen als Familie weitergehen sollte.

»Weißt du auch, wo ihr Papa besucht?«, fragte sie vorsichtig.

Yella fühlte sich plötzlich ganz schwach. Sie hatte sich so sehr vorgenommen, die Kinder aus ihren Beziehungsproblemen herauszuhalten. Jetzt konnte sie der Versuchung, nachzuhaken, einfach nicht widerstehen. Sie bekam sofort Gelegenheit, ihr vorschnelles Handeln zu bereuen.

»Weißt du, wohin wir fahren, Leo?«, brüllte Nick.

»Irgendein Schloss«, wusste Leo.

»Warte Mama, ich hol Oma«, sagte Nick.

Eine Sekunde später nahm ihre Schwiegermutter das Telefon auf. Yella wäre am liebsten im Boden versunken. Sie wusste, dass es ein Fehler gewesen war, ihre Kinder als Informanten einzusetzen.

»Du musst dir keine Sorgen machen, Yella«, sagte ihre Schwiegermutter merkwürdig milde. »Den Jungen geht es großartig. Und ihr beiden klärt das nächste Woche. Keine Beziehung ist einfach.«

Sie beendete das Gespräch, ohne ihre eigentliche Frage zu beantworten. Trotzdem fühlte sie sich irgendwie getröstet. Ihre Schwiegereltern waren seit über vierzig Jahren verheiratet. Sie mussten es wissen. Aber was, wenn es Yella und David nicht gelang, sich zusammenzuraufen? Was, wenn ihre Trennung endgültig war? Ihr wurde schwindelig bei dem Gedanken, wie man zwei derart ineinander verwobene Leben auseinanderdividierte. Alles, was ihr tägliches Leben ausmachte, gehörte ihr nur zu fünfzig Prozent. Der Mietvertrag für die Wohnung, der wacklige Schlafzimmerschrank, der schöne Esstisch, das Sofa, das Sparkonto. Aber die materiellen Dinge waren ganz und gar unwichtig. Am Ende ging es nur um Leo und Nick. Ihr wurde schlecht bei dem Gedanken, die beiden nur noch die Hälfte der Zeit sehen zu können.

Erschöpft blickte sie sich um. Von der Brücke konnte sie einen Teil des Naturgebietes überschauen. Das äußere Idyll mit dem Endlos-Schachbrett an Inseln und Kanälen stand in jähem Gegensatz zu Yellas aufgewühltem Inneren. Die Boote mit ihrer Familie schaukelten friedvoll auf dem Wasser. Doro war mit Helen und Henriette schon weit weg, dahinter schwankte mit großem Abstand das zweite Boot. Die Stimmen ihrer Familienmitglieder verloren sich immer mehr, bis nur noch das sanfte Plätschern des Wassers unter ihr, das Zwitschern der Vögel und das gemütliche Gemurmel der Blätter im ewigen Wind zu hören waren. Doch irgendetwas stimmte nicht. Yella nahm das erste Boot genauer ins Visier. Es wirkte schon sehr merkwürdig, mit welchem Tempo Doro die Ruder ins Wasser klatschte. Was um alles in der Welt ging dort vor sich?

31. Gestrandet

Im ersten Boot herrschte dicke Luft.

»Und auf diesen Miniinseln wurde früher überall das Gemüse angebaut?«, fragte Helen.

Weder Doro noch Henriette reagierten auf ihren zaghaften Versuch, die Stimmung aufzulockern. Small Talk war leider noch nie ihre Stärke gewesen. Doro schenkte weder der traumhaften Kulisse mit den historischen Brücken noch dem anheimelnden Geruch nach Gräsern, Blumen und feuchter Erde Beachtung. Während sie das Boot in hohem Tempo entlang schilfgesäumter Inseln manövrierte, richtete Doro ihren Blick unverwandt auf ihre Mutter. Henriette rutschte ungemütlich auf der hölzernen Sitzbank hin und her.

»Schön ist es hier«, unternahm Helen einen zweiten Versuch.

Die alberne Plattitüde änderte nichts an der frostigen Atmosphäre. Doro ruderte, als habe sie auf Insel 641 einen wichtigen Termin.

»Warum ist Ludwig eigentlich nicht mitgekommen?«, fragte Henriette nervös.

Doros Miene verhieß nichts Gutes. Ihre Worte noch weniger.

»Er ist in Köln geblieben«, sagte sie. »Er wird heute verhört.«

»Verhört?«

»Die Ermittlungen sind in vollem Gange: Steuerhinterziehung, Insolvenzverschleppung, Betrug. Sie recherchieren in alle Richtungen.«

»Ist da was dran?«, fragte Helen erschrocken.

Doro schenkte ihr keine Aufmerksamkeit. Mit finsterer Miene fixierte sie ihre Mutter.

»Ich habe dich gewarnt, Ludwig deine Finanzen zu überlassen«, sagte Henriette. »Er hat den Betrieb seit Jahren nicht mehr unter Kontrolle.«

»Wir haben unsere Gläubiger monatelang hingehalten, weil du uns die Villa versprochen hast. Du zögerst seit einem Jahr die Unterschrift raus.«

»An mir liegt es nicht«, sagte Henriette leicht pikiert mit Blick auf Helen. »Du kennst meine Beweggründe, das Erbe neu zu regeln.«

»Wir hätten unsere Finanzkrise von Anfang an anders angepackt, wenn du uns nicht deine Unterstützung zugesagt hättest.«

Ohne Rücksicht auf Verluste steuerte Doro das Boot viel zu nah am Ufer entlang. Aus einem Gebüsch flog panisch ein Vogel auf. Henriette gelang es grade noch, einem Ast auszuweichen. Sie sah sich ängstlich um. Ihre älteste Tochter war ihr auf einmal unheimlich.

»Soll ich übernehmen?«, fragte Helen.

Doro ruderte einfach weiter. Die beschauliche Bootstour zwischen den unzähligen Inseln, die Stück für Stück von Menschenhand als Ackerland geschaffen und bewirtschaftet worden waren, konnte die erhitzten Gemüter nicht beruhigen. Der gemeinsame Ausflug sollte ein Neuanfang werden, stattdessen befand Doro sich auf Kollisionskurs.

»Ich brauche das Geld sofort«, sagte sie.

»Wir sitzen auf einem Kahn im Nirgendwo«, sagte Henriette.

»Ich brauche eine verbindliche Überweisung«, insistierte Doro. »Jetzt.«

»Es tut mir wirklich leid für dich, Doro«, sagte ihre Mutter. »Vielleicht kannst du auf deine Schwester einwirken.«

»Ich habe mit der Verteilung des Erbes nichts zu tun, und ich will damit auch nichts zu tun haben«, wiederholte Helen ihren Standpunkt, bevor Henriette wieder auf die Idee kam, ihr den schwarzen Peter zuzuschieben.

Doro manövrierte das Boot hektisch an einer Landzunge vorbei. Eine nasse Welle schwappte über den Rand des Bootes auf ihre Mutter.

»Pass doch auf«, rief Henriette empört.

»Im schlimmsten Fall droht Ludwig Gefängnis«, sagte Doro.

»Du sagst das so, als wäre es meine Schuld«, sagte Henriette. »Du kannst mich nicht dafür verantwortlich machen, was bei euch seit Jahren schiefläuft.«

»Du hast immer eine andere Ausrede«, sagte Doro empört.

»Ich möchte zurück«, wütete Henriette. »Jetzt sofort. Dreh um!«

»Du wirst nie unterschreiben«, schloss Doro. Mit brachialer Kraft ruderte sie immer schneller.

»So lasse ich mich nicht von dir behandeln«, sagte Henriette.

»Macht dir das Spaß, wenn wir alle um dich herumtanzen?«, fragte Doro.

»Hört beide auf«, sagte Helen energisch. »So kommen wir nicht weiter.«

Doch Henriette holte bereits zum Gegenschlag aus. »Ich habe mich von dir über den Tisch ziehen lassen. Du hast mich gedrängt, dir das Haus zu überschreiben. Ohne Rücksicht auf deine Schwestern.«

Doro ließ keine Ausflüchte mehr gelten: »Du hast mir das Angebot gemacht.«

»Weil du mich unter Druck gesetzt hast.«

»Lass mich raus«, rief Henriette. »Ich gehe zu Fuß zurück.«

Helen blickte suchend auf den eingeschweißten Plan mit der Route. »Das sind alles Inseln, da kommst du nicht weiter.«

»Du hast mir den Vorschlag unterbreitet«, sagte Doro hart. »Und ich sollte dir dafür im Gegenzug monatlich einen Betrag überweisen.«

Sie würde ihre Mutter nicht mehr vom Haken lassen.

»Weil ich nicht wusste, was auf dem Spiel steht. Helen hat den Kontakt mit mir abgebrochen wegen deiner törichten Idee.«

»Es ging mir nie um Geld«, mischte Helen sich ein.

Henriette riss ihr die Landkarte aus der Hand, um sich selbst davon zu überzeugen, ob es tatsächlich keinen Landweg gab, auf dem sie zurücklaufen könnte. Nervös drehte sie das Papier in der Hand und versuchte vergeblich, sich zu orientieren.

»Es liegt nicht an Helen«, sagte Doro. »Es liegt an dir.«

»So ein Unsinn«, befand Henriette.

Doro steuerte geradewegs in eine Böschung. Das Boot kam so abrupt zum Stillstand, dass Henriette das Gleichgewicht verlor. Der Plan glitt aus ihren Händen und landete im Wasser.

Helen hielt den Atem an. Sie hatte Doro und ihre Mutter immer als eine unverbrüchliche Einheit wahrgenommen. Sie hätte nie gedacht, dass ihre große Schwester dieselben Kämpfe mit ihrer Mutter ausfocht wie sie. Nur Amelie, die Henriettes sprunghafte Entscheidungen gnädig ausblendete, entging harschen mütterlichen Attacken. Sobald man wagte, ihr zu widersprechen oder sie gar zur Rechenschaft zu ziehen, traf einen die volle Breitseite ihrer Kritik. Ging es Henriette wirklich um ihre Töchter? War es ihr je um ihre Kinder gegangen?

»Vielleicht habe ich dich einfach zu sehr verwöhnt«, sagte Henriette zu Doro. »Jetzt denkst du, dir steht alles ganz alleine zu.«

Helen kannte die Taktik ihrer Mutter inzwischen sehr genau. Henriette verdrehte so lange die Kausalitäten, bis man am Ende nicht mehr wusste, was oben und unten, geschweige denn die Wahrheit war.

Das Boot steckte genauso fest wie das Gespräch. Sie kamen keinen Zentimeter weiter. Helen stieg aus und versuchte ächzend, den im Gestrüpp verhakten Kahn zurück ins Wasser zu schieben, während die Auseinandersetzung munter weitertobte.

»Ich habe dir immer den Rücken frei gehalten«, sagte Doro. »Ich habe dir in allen Lebenslagen zugehört, wenn du mal wieder am Boden lagst.«

»Du übertreibst, Doro«, sagte Henriette. »Wie immer.«

»Ich habe sogar für dich gelogen.«

»Hat Helen dich angesteckt mit ihren Verschwörungstheorien?«

»Ich habe deine Affären gedeckt. Ich war immer auf deiner Seite.«

»Du überschätzt dich, Doro. Das war schon immer dein Problem«, sagte Henriette schneidend. »Seit du Paris erobert hast, hältst du dich anscheinend für die Allergrößte.«

Das Boot machte einen enormen Satz und schoss hinaus aufs Wasser. Helen blieb verblüfft am Ufer zurück.

»Wartet auf mich«, schrie sie.

Das Boot schwankte gefährlich. Doro warf provokant ein Ruder über Bord.

»Bist du verrückt geworden?«, fragte Henriette.

Seelenruhig und wie in Zeitlupe, ohne den Blick auch nur eine Sekunde von ihrer Mutter abzuwenden, beförderte Doro auch das zweite Ruder ins Wasser. Dann stand sie auf.

»Und? Was soll das werden?«, fragte Henriette verärgert.

»Ich steige aus.«

»Setz dich hin, Doro!«, befahl Henriette.

»Manchmal muss man ins kalte Wasser springen, wenn man will, dass sich etwas ändert«, sagte Doro.

Henriette lachte laut auf. »Tu nicht so dramatisch«, sagte sie. »Wir sind nicht im Kino.«

Doro blinzelte ihre Mutter herausfordernd an. Das Boot drohte jede Sekunde zu kentern.

Henriette blickte sich panisch um. Helen konnte ihr nicht helfen, andere Boote waren viel zu weit entfernt.

»Ich habe genug von deinem ewigen Theater«, sagte sie.

»Danke, gleichfalls«, antwortete Doro.

Und dann tat ihre große Schwester das Unerwartete. Sie sprang einfach ins Wasser. In voller Montur.

»Und hinterher beschweren, wenn du baden gehst«, wetterte Henriette.

Doro schwamm gelassen von dannen, als wäre sie nur für diesen Langstreckenwettbewerb hergekommen.

»Merk dir eins: Ich bin für deinen Mist nicht verantwortlich«, rief Henriette Doro wütend hinterher.

Ihre Stimme verklang. Es dauerte ein paar Sekunden, bis sie realisierte, in welch prekärer Situation sie gelandet war. Das Boot mit Henriette dümpelte weit weg vom rettenden Ufer steuerungslos zwischen den Inseln umher.

32. Eine von uns

Yella glaubte ihren Augen nicht zu trauen, als ihr eine pudelnasse Doro entgegenkam, begleitet von einem hilfsbereiten Bauern, der sie aufgefischt hatte. Ihre große Schwester sah aus wie Aphrodite, die gerade dem Wasser entstiegen war. Lucy, die inzwischen realisiert hatte, dass das Broek op Langedijk in »Spiderman« komplett erfunden und im Studio nachgebaut worden war, bekam doch noch ein spektakuläres Video für TikTok. Es hatte auch Vorteile, eine Mutter mit Hang zum großen Auftritt zu haben.

»Manchmal muss man ein sinkendes Boot verlassen, auch wenn der Ausstieg etwas unbequem ist«, sagte Doro, als wäre ein Hechtsprung in einen Kanal die normalste Sache der Welt.

Yella seufzte. Die Familienzusammenführung war endgültig ins Wasser gefallen.

Nach Doros Bad löste sich die Gruppe in Rekordzeit auf. Das zweite Boot rettete Henriette aus ihrer misslichen Lage und sammelte Helen von ihrer einsamen Insel ein.

»Bist du jetzt zufrieden?«, herrschte Henriette Helen an. »Alles war gut, bevor du angefangen hast, einen Keil zwischen alle zu treiben.«

Helen lachte einfach nur auf. Inzwischen kannte sie das zur Genüge. Ihre Mutter würde immer einen Schuldigen finden.

»Irgendwann muss es doch einmal gut sein«, sagte Henriette kampfeslustig.

Nachdem sie alle mehr oder weniger glücklich an Land zurückgekehrt waren, verließ ihre Mutter ohne ein weiteres Wort gemeinsam mit Thijs das Terrain mit einem Taxi.

»Das gilt nicht«, sagte Philomena trocken. »Sie war dran mit Kochen.«

»Ich würde das gerne übernehmen«, sagte die tropfnasse Doro kleinlaut. »Wenn euch das recht ist.«

Auf dem Gelände vom *Cultuurdorp* entzündete Amelie das Lagerfeuer. Wie früher auf dem Campingplatz grillten sie Gemüsespieße und stocherten mit Stöcken in der Glut nach reichlich verbrannten Kartoffeln, die nach Kindheit schmeckten.

Während Doro in trockene Klamotten schlüpfte, hatte Helen den Schwestern Wort für Wort berichtet, was zwischen Doro und ihrer Mutter vorgefallen war.

»Die Wahrheit liegt wohl irgendwo dazwischen«, sagte Amelie.

»Kann es sein, dass Mama ernsthafte finanzielle Probleme hat?«, fragte Helen.

»Sie konnte nie wirklich gut mit Geld umgehen«, meinte Yella.

Sie berichtete ihrerseits, was sie von Frenkie über die Schulden und das Zerwürfnis mit Louise van Beek erfahren hatte. Und von dem leer geräumten Haus ihrer Mutter.

»Möbel, Kleidung, teure Reisen: Sie hat jahrelang auf großem Fuß gelebt«, erinnerte sich Helen.

Doro gesellte sich frisch geduscht zu ihnen, gehüllt in Amelies warme Jacke, eine Jeans und einen einfachen Pullover. Das

Wasser des Kanals hatte ihre Frisur ruiniert und das sorgfältig aufgetragene Make-up abgewaschen. Helen mochte diesen Anblick. Die Doro, die sich hier am Lagerfeuer wärmte, war keine Opernfigur mehr, die auf einer Bühne stand und alle Aufmerksamkeit für sich reklamierte. Sie wirkte eher wie das junge Mädchen, das sie einmal gewesen war.

Im Hintergrund schaukelte Lucy in einer Hängematte und schnitt ihr Video zu der Musik von BTS. Philomena lief die ganze Zeit hin und her, organisierte neues Holz, frische Getränke und zog schließlich Paul energisch mit sich: »Ich glaube, die vier brauchen uns gerade nicht«, verkündete sie verschwörerisch.

Die Sommerschwestern waren zum ersten Mal seit langer Zeit unter sich. Am Horizont verabschiedete sich der Tag. Die untergehende Sonne zauberte mit einem magischen Farbenspektakel Glanz auf sorgenvolle Gesichter.

Sie aßen und tranken schweigend Amelies Kräutertee, während das Lagerfeuer knisterte. Jede der Schwestern war versunken in ihre eigenen Gedanken. Keine hatte mehr die Kraft, weiter zu streiten. Noch nicht einmal Doro.

»Was auch immer passiert: Wir wickeln das Atelier ab«, durchbrach ihre große Schwester die drückende Stille. »Wir hätten längst Insolvenz anmelden müssen.«

Sie alle verstanden, wie schwierig dieser Schritt für Doro sein musste.

»Vielleicht hat es ja was Gutes«, sagte sie. »Ich komme endlich raus aus diesem Höher-weiter-schneller-Modus.«

Doro erzählte ehrlich davon, wie sehr sie in den letzten Jahren mit ihrer mentalen Gesundheit gekämpft hatte.

»Erfolg ist eine Droge«, sagte sie. »Man braucht immer mehr davon, um überhaupt noch was zu spüren. Je mehr ich gefeiert wurde, desto mehr habe ich mich verloren.«

Helen staunte über die schonungslose Ehrlichkeit ihrer Schwester. Als ob mit der Schminke auch alle Masken gefallen wären.

»Es gab Momente, in denen ich glaubte, Farben schmecken zu können, ich hörte Haare wachsen und konnte mich problemlos mit der Atelierkatze verständigen. Und dann gab es die dunklen Momente, da begriff ich nichts mehr. Am wenigsten mich selbst.«

Doro wirkte auf einmal fragil und verletzlich.

»Aber eins weiß ich sicher«, sagte sie. »Ich möchte so gerne wieder eine der Sommerschwestern sein.«

Doro sah Yella, Amelie und Helen unsicher an, als erwarte sie das finale Urteil.

»Du bist immer eine von uns gewesen«, sagte Amelie.

Doro schüttelte energisch den Kopf. »Alles Böse, was ihr gedacht habt, stimmt. Ich wollte euch mit dem Erbe über den Tisch ziehen. Ich dachte, ich sterbe, wenn ich das Atelier verliere.«

Doro war ihrer Mutter in manchem ähnlich, aber sie konnte eines wie keine andere: sich entschuldigen. Meist riss der nächste Plan ihre guten Vorsätze wieder ein, aber diese neue Doro klang anders.

»Ich kann euch helfen bei der Suche nach der Wahrheit«, sagte Doro. »Ich glaube, ich kenne Henriette noch einmal aus einer anderen Perspektive.«

Helen nickte stumm. Als Älteste des Quartetts und Vertraute der Mutter hatte Doro mit Sicherheit viel mehr mitbekommen als die jüngeren Schwestern.

»Erzähl«, sagte Yella neugierig.

»Worte sind nicht so mein Medium«, sagte Doro. »Aber ich habe etwas anderes probiert. Darf ich euch was zeigen?«

33. Nächtliche Tänze

Die Sommerschwestern liefen gespannt durch das ausgestorbene Bergen. Doro ging schnellen Schrittes voraus, Yella folgte Seite an Seite mit Helen. Amelie war bereits ein Stück zurückgefallen, als wäre sie nicht sicher, ob ihr dieses nächtliche Abenteuer gefiel.

Der Ort entwickelte im Dunkeln eine besondere Magie. Während in den Cafés an der *Ruïnekerk* noch gefeiert wurde, herrschte in den Nebenstraßen gespenstische Leere. Der Wind fuhr durch die düsteren Bäume und wisperte ihnen seine geheimen Botschaften zu. Ab und an zwängte sich der Mond durch die Wolken und warf ihre Schatten auf das Kopfsteinpflaster.

Es war bereits nach elf Uhr, als das Quartett am Museum Kranenburgh eintraf.

»Der Sicherheitsmann ist ein Freund von mir«, sagte Doro.

»Wir können doch morgen herkommen«, schlug Amelie vor, der das Unternehmen ziemlich suspekt war.

Aber Doro machte es dringend: »Ich will nichts mehr aufschieben«, sagte sie. »Wer weiß, ob ich morgen noch auf freiem Fuß bin?«

Doro verhandelte mit dem Sicherheitsdienst, der aufgeregt herumtelefonierte, bevor er sie einließ.

»Ich habe ihm glaubhaft versichert, dass ich noch ein paar Details ändern muss«, sagte Doro.

Ihre Stimme verhallte. Seltsam gespannt betrat Yella mit ihren Schwestern die Ausstellung. Die Stille im nächtlich verlassenen Museum war fast tastbar. Das Brummen der Klimaanlage hing in den Räumen wie das leise Grollen eines fernen Gewitters. Ein Hauch von Putzmittel zog in Yellas Nase, während sie in seltsamer Ergriffenheit die Räume durchquerte. Bei Nacht wirkten die Kunstwerke, die Yella bereits am Vortag passiert hatte, wie verzaubert. Vielleicht lag hier die Pforte zu Narnia? Der Geruch, jedes noch so leise Geräusch, jede Bewegung wurden im Halbdunkel intensiver. Fast erwartete Yella, hinter der nächsten Ecke einer lebendig gewordenen Skulptur zu begegnen, die von der Magie der Nacht zum Leben erweckt wurde.

Aus dem Dämmerlicht heraus begrüßte sie ein Foto von Louise van Beek und ihrer Tochter Milou, die als Leihgeber und Unterstützer der Ausstellung besonders gewürdigt wurden.

Das Echo quietschender Schritte auf glatt poliertem Parkett klang nach, während sie die verlassenen Säle eilig durchquerten.

Über der Tür zu Doros Saal leuchtete blutrot der nun vollständige Titel ihrer Installation: *If you can't get rid of the skeletons in the closet, then learn to dance with them.* Wenn du die Leichen im Keller nicht loswerden kannst, dann lerne, mit ihnen zu tanzen.

»Mein Ziel war es, unsere Familiengeschichte im Jetzt fühlbar zu machen«, sagte Doro und verschwand in einem Kabuff. Ihre Stimme hallte in dem hohen Raum.

Yella sah sich staunend um. Die überlebensgroßen Puppen, jetzt fertig zusammengesetzt, waren als düstere Silhouetten bereits zu erahnen. Amelie, besonders empfänglich für Stimmungen, rutschte näher an ihre Zwillingsschwester heran.

»Ich finde es jetzt schon gruselig«, sagte sie.

Yella kannte den Rohzustand der Installation und hatte dennoch nicht die geringste Vorstellung, was sie erwartete.

»Ich habe mich an der Idee einer Familienaufstellung orientiert«, erklärte Doro.

Yella hatte davon schon gehört. Familienaufstellungen waren eine therapeutische Methode, die darauf abzielte, verborgene familiäre Bindungen aufzudecken und Störungen innerhalb des Familiensystems sichtbar zu machen. Jemand formuliert in der Gruppentherapie eine Frage und wählt dann unter den Anwesenden Personen aus, die die Familienmitglieder repräsentieren. Dann positioniert man die Stellvertreter im Raum. Yella hatte nie ganz verstanden, wie man damit unsichtbare Verstrickungen und Konflikte erkennen oder sogar lösen konnte. Aber Freunde von ihr schwörten darauf. Sie erzählten, dass die Repräsentanten tatsächlich eine körperliche und emotionale Reaktion zeigten. Man konnte sie unter therapeutischer Anleitung befragen und damit Erkenntnisse über versteckte Muster gewinnen.

»Ich habe die Puppen ganz intuitiv im Raum verteilt«, erklärte Doro. »Ohne Plan, einfach, wie ich es spürte.«

Leises Surren kündigte das Anlaufen des ersten Projektors an. Er projizierte ein Gesicht auf eine der Puppen. Yella fuhr zusammen, als sie auf einmal einer überlebensgroßen jungen Henriette gegenüberstand. Das monströse Kleid aus Plastikabfall glänzte, als ob sachtes Mondlicht den Raum erhellte. Yella erkannte die Entwürfe für die Oper, deren Entstehung sie im letzten Sommer begleitet hatte.

»Mama sieht traurig aus«, flüsterte Amelie ergriffen. »Und wunderschön.«

Die Schwestern unterschieden sich deutlich in ihrer Herangehensweise an die eigene Geschichte. Amelie versuchte, sich auf das Heute zu konzentrieren, Yella und Helen interessierten sich im Moment vor allem für alle Vorgänge rund um den Unfall, Doro hatte noch weiter zurückgegriffen.

»Die Fotos der Erwachsenen sind auf der Hochzeit unserer Eltern entstanden«, erklärte sie.

Der zweite Projektor sprang an und danach alle anderen. Das Licht erweckte die überdimensionalen Puppen aus ihrem Schlaf und mit ihnen die Toten. Yella schluckte schwer, als sie ihren Vater entdeckte. Er war so groß, dass sie automatisch zum Kind schrumpfte und zu ihm aufsehen musste. Neben der blutjungen Henriette und ihrem frisch Angetrauten hatte Doro beide Großelternpaare in ihrer Aufstellung verewigt. In ihren durchscheinenden Kleidern aus recyceltem Plastik tanzten sie wie Geister um die atemberaubend junge Henriette herum.

»Was war deine Frage für die Aufstellung?«, wollte Helen wissen, der die Skepsis im Gesicht stand.

»Ich dachte immer, ich habe ein besonderes Band mit unserer Mutter«, sagte Doro. »Jetzt wollte ich erforschen, was meine wirkliche Rolle in der Familie ist.«

Yella staunte über die Wunderwelt, die ihre große Schwester erschaffen hatte, indem sie ihren Blick auf die Familie, ihre Version der Vergangenheit, ihre Wahrheit sichtbar gemacht hatte.

»Ihr könnt euch durch die Puppen bewegen, ihren Platz einnehmen und euch so in jede einzelne Person einfühlen«, erklärte Doro.

Yella trat vorsichtig in eine Welt vor ihrer Zeit. Es war schwer in Worte zu fassen, wie eine Familienaufstellung funktionierte, und das hier war natürlich nur eine künstlerische Anlehnung an die therapeutische Methode. Auf jeden Fall ging es darum, Gefühle, Energien und Beziehungen im Raum spürbar zu machen.

Yella näherte sich behutsam der virtuellen Henriette und stellte sich neben sie. Ungreifbares Flüstern und Raunen vibrierten durch den Raum. Die Puppen erzählten eine Geschichte, ohne etwas aussprechen zu müssen. Yella hätte nie für möglich gehalten, dass man tatsächlich etwas fühlte. Ihr war, als schlüpfe sie in die Haut ihrer Mutter.

Mit einem Schlag begriff Yella, wie isoliert und einsam die junge Henriette Thalberg sich in ihrer Ehe gefühlt hatte. Die Ablehnung, die von Johannes' Eltern ausging, ließ sie erschaudern, ebenso wie die Kälte von Henriettes eigenem Elternhaus. Vor allem aber spürte sie, wie wenig sie Johannes erreichen konnte. Für einen Moment gelang es ihr, sich in die Nöte ihrer Mutter hineinzuversetzen. Ihre eigenen Eltern waren abwesend, die Eltern von Johannes beäugten sie misstrauisch und standen zwischen ihr und ihrem Mann.

Eins war klar: In eine solche Familie einzuheiraten war eine einzige Katastrophe. Henriette und Johannes standen als junges Ehepaar von allen Seiten unter Druck.

»Die Thalbergs haben bis zuletzt versucht, die Hochzeit zu verhindern«, flüsterte Doro ihr zu und bestätigte damit nur das, was sie eben am eigenen Leib erfahren hatte.

Yella spürte eindrucksvoll, welchen Fliehkräften sie ausgesetzt war, wenn sie die Position ihrer Mutter einnahm. Die Ehe stand unter einem unguten Stern.

Yella floh aus dem Konfliktfeld. Erst jetzt, als sie sich freier im Raum bewegte, nahm sie wahr, dass auf den Rücken ihrer

Mutter eine zweite Figur projiziert war. Überrascht erkannte sie ihre älteste Schwester. Vom Blickpunkt der Puppen-Doro aus entdeckte sie, irgendwo weit weg im Raum, fast unsichtbar, Miniversionen von Helen, Amelie und sich selbst.

Sie umkreiste die Puppe der Mutter und fühlte förmlich, wie eingeschränkt ihr Blickwinkel war. Wenn man den Standort von Henriette einnahm, konnte man keine der Töchter sehen, umgekehrt konnte Doro durch die Verstrickung mit ihrer Mutter den Vater nicht wahrnehmen.

»Vielleicht wäre ich besser mit Johannes ausgekommen, wenn ich nicht in die Details ihrer Ehe eingeweiht gewesen wäre«, sagte Doro.

Rückhaltlos packte sie aus, was sie wusste.

»Ich glaube, unsere Mutter war nach der Geburt der Zwillinge depressiv«, sagte sie. »›Ich werde nicht alt‹, hat sie mir mitgeteilt. Als ob es eine feststehende Gewissheit war. Da war ich gerade mal sieben.«

Yella hörte diese Geschichte zum ersten Mal.

»Ich habe mir mein ganzes Leben Sorgen um Henriette gemacht«, berichtete Doro weiter. »Jeden einzelnen Tag. Ich war ihre Verbündete. Ich weiß nicht, wie oft sie bei mir im Zimmer übernachtet hat.«

»Um dich zu trösten?«, fragte Helen.

»Eher umgekehrt«, sagte Doro. »Henriette hat das Leben oft als Last empfunden.«

»Und sie war dir eine Last«, erkannte Helen und blickte auf die Doro-Figur, die so unabdingbar mit ihrer Mutter verbunden war.

»Als kleines Mädchen fühlte ich mich geschmeichelt, wenn sie sich bei mir ausweinte. Weil sie mich so ernst nahm.«

Yella schüttelte energisch den Kopf: »Kein Kind sollte so eine Rolle übernehmen.«

»Damals fand ich mich toll und supererwachsen«, fuhr Doro fort. »Heute sehe ich das anders. Zu viel Verantwortung auf kleinen Schultern.«

Amelie, die sich bislang zurückgehalten hatte, meldete sich energisch mit einer anderen Perspektive zu Wort: »Irgendwann müssen Henriette und Johannes mal sehr verliebt gewesen sein«, sagte sie. »Sonst gäbe es uns nicht.«

»Die Ehe unserer Eltern war eine Katastrophe«, widersprach Doro. »Sie stritten ständig. Vor allem um Geld. Sein Gehalt, das nach Henriettes Einschätzung immer zu wenig war, das Geld, das seine Eltern ihm vorenthielten, Geld, das sie nicht hatten, Geld, das Henriette zu viel ausgegeben hatte, Geld, das sie sparen mussten.«

Yella erinnerte sich an Frenkies Aussagen. Hatte Henriette Geld geliehen, weil es hinten und vorne und ganz sicher nicht für eine teure Villa Vlinder reichte, in der sie den letzten Urlaub als Familie verbrachten?

Amelie verließ den Raum. »Das ist nicht auszuhalten«, sagte sie. »Hier drinnen kann kein Mensch atmen.«

In ihren Augen standen Tränen.

»Wusstet ihr, dass die Firma Thalberg mit den Keramikkugeln reich geworden ist, die man in künstliche Hüftgelenke einsetzt?«, erzählte Doro.

Keine der Schwestern hatte sich besonders für den Beruf des Vaters interessiert. Johannes Thalberg sprach nie über seine Arbeit.

»Es war eine Enttäuschung für ihn, dass ich mich nur für Glitter und kein bisschen für künstliche Hüftgelenke interessiert habe. Henriette dagegen sah mich schon immer auf der Bühne. Ich wollte einfach diese rasend tolle Tochter sein …«

War das der Grund, dass Doro ihre Mutter immer wieder auf die roten Teppiche einlud? Mit ihr gemeinsam Interviews gab? Um ihrer Mutter ein gutes Gefühl zu vermitteln? Um sie glücklich zu machen?

»Ich dachte, ich bin nur dann liebenswert«, gab Doro zu, »wenn ich für sie im Rampenlicht stehe.«

Von der anderen Seite des Raums mischte sich Helen ein.

»Und die Affäre?«, fragte sie. »Wo ist die rothaarige Frau?«

»Ich habe wirklich versucht, sie einzubauen«, gab Doro zu. »Sie passte nirgendwo rein. Als ob sie nicht in unsere Familie gehört.«

»Hast du sie je kennengelernt?«, fragte Yella.

»Ich habe sie ein paarmal gesehen. Und einmal hat sie mich angesprochen. Bei der *Braderie* auf dem Marktplatz. Sie trug eine blutige Schürze, wie in einem Horrorfilm.«

»Das erfindest du«, meinte Helen, die Doros Neigung zu hemmungslosen Übertreibungen nicht leiden konnte.

»Henriette ist dazwischengegangen. Sie hat mir verboten, mit Tessa zu sprechen. Sie hat mich aufgefordert, ihr sofort Bescheid zu geben, wenn sie in unserer Nähe auftaucht. Und sie nahm mir das Versprechen ab, euch nichts zu verraten. Sie wollte euch keine Angst einjagen.«

»Und dann hast du Mama angerufen, als Tessa im Sturm in der Villa Vlinder auftauchte?«, fragte Yella.

»Es gab so viele Dämonen in Henriettes Leben«, antwortete Doro, »und ich war ihre Vertraute, ihre Klagemauer, ihre Schulter, ihre beste Freundin, ihre Spionin …«

»… die Lieblingstochter«, lachte Yella.

»Warum hat Mama nie den Mut gehabt, ihren eigenen Weg zu gehen?«, fragte Helen. »Wenn sie schon so unglücklich war.«

»Ich verstehe das«, sagte Yella. »Mit Kindern akzeptiert man manchmal ungute Situationen, in denen man eigentlich schreiend davonlaufen möchte.«

»Ich glaube«, sagte Helen, »Johannes wollte uns mehr als sie.«

Amelies Kopf erschien in der Tür.

»Seid ihr endlich fertig?«, fragte sie. »Können wir jetzt nach Hause?«

»Noch lange nicht«, rief Doro. »Jetzt kommt der Clou. Der Witz an so einer Aufstellung ist, dass man in einem zweiten Schritt einen neuen Standort wählen kann«, erklärte sie. »Du kannst dich bewegen und versuchen, einen Platz zu finden, an dem du dich wohlfühlst.«

Diese Vorstellung gefiel selbst Amelie. Behutsam tastete sie sich durch den Raum, auf der Suche nach einem Punkt, an dem sie zur Ruhe kommen konnte. Auch Yella fand den Gedanken faszinierend. An welchem Ort in der Konstellation war sie den wenigsten Spannungen ausgesetzt? Sie pirschte sich langsam an ihren Vaters heran. Bei jedem Schritt spürte sie in sich hinein, ob sich das Vorhaben richtig anfühlte. Je näher sie seiner Puppe kam, desto stärker spürte sie Widerstand. Sie bog instinktiv ab und landete überraschenderweise bei den Großeltern Thalberg. Es war verblüffend. Wenn sie Johannes' Eltern aus Henriettes Perspektive wahrnahm, spürte sie nur Ablehnung. Aber wenn man wagte, aus dem Schatten der Henriette-Figur zu treten und auf die gestrengen Großeltern zuzugehen, strahlte von ihnen eine unglaubliche Wärme ab. Überrascht stellte sie fest, dass sie mit ihrer Empfindung nicht alleine war. Neben ihr suchten Amelie und Helen im Dunstkreis der Großeltern Schutz.

»Sie wollten uns aus dem Haus jagen«, sagte Yella irritiert. »Sie konnten uns echt nicht leiden.«

»Wir können sie leider nicht mehr fragen«, sagte Helen.

Die Großeltern hatten den Tod ihres einzigen Sohnes nie verwunden. Sie waren seit vielen Jahre tot.

»Mein Anwalt versucht gerade, über das Nachlassgericht an das Testament von Opa und Oma Thalberg zu kommen«, sagte Doro.

»Wie bitte?«

»Unser Vater hat in der elterlichen Firma gearbeitet, wir kommen aus einer reichen Familie. Wieso war Geld immer ein Thema bei uns? Wieso musste Henriette sich Geld leihen?«, fragte Doro.

»Lasst uns gehen«, sagte Helen erschöpft.

Doro hatte es auf magische Weise geschafft, ihre Augen zu öffnen. Wenn Yella ehrlich war, hatte sie immer einen Anflug von Missgunst in sich verspürt, wenn es um Doros künstlerische Arbeit ging. Warum schaffte ihre große Schwester es, Karriere zu machen, und sie nicht? In diesem Fall war sie sich sicher: So etwas hätte niemand anderes hinbekommen.

»Das ist großartig, Doro«, gab sie zu. Diesmal ganz ohne Neid. Amelie und Helen waren ähnlich überwältigt.

»Danke«, sagte Yella.

Helen pflichtete ihr bei.

»Ohne Yella hätte ich es nicht geschafft«, gab Doro zu. »Sie hat mich durch meine dunkelste Zeit geschleppt. Und manchmal hat sie bessere Ideen als ich.«

Yella sah sie gerührt an.

»Ich dachte immer, ich könnte alles am allerbesten, aber andere machen es einfach anders. Das ist vielleicht auch eine Erkenntnis, die erst mit dem Alter kommt.«

Als sie sich zum Gehen wandten, nahm Yella wahr, dass es im Dunkel, ohne Licht, ganz in der Ecke, eine weitere Projektion gab, die nur in schwachen Umrissen zu erkennen war. Man musste schon ganz nahe herangehen, um zu erkennen, wer im Abseits wartete: Thijs.

»Wo ich den genau einordnen soll …«, gab Doro zu. »Keine Ahnung.«

34. Zu Hause

Es war weit nach Mitternacht, als die Schwestern sich verabschiedeten. Während Helen Richtung Bauwagen schlenderte, versuchte sie, im Kopf zu ordnen, was sie Neues erfahren hatte. Das Bild ihrer Großeltern war geprägt gewesen von dem, was ihre Mutter ihnen über ihr Verhältnis erzählt hatte. Aber war das die Wahrheit gewesen? Konnte sie diesem Moment, in dem sie Schutz bei ihnen gesucht hatte, irgendeine Bedeutung zumessen? Interessant war, dass sie zum ersten Mal vollständig realisierte, dass Doros Bindung mit ihrer Mutter eine durchaus toxische Komponente enthielt. Und was war mit dem beinahe unsichtbaren Thijs? Welche Rolle spielte er im Leben ihrer Eltern?

Als sie die Tür zum Bauwagen öffnete, fand sie Paul an dem winzigen Tisch über seine Arbeit gebeugt. Sie war gerührt, dass er auf sie gewartet hatte.

»Ich hätte nie gedacht, dass man in so einer Art Aufstellung wirklich etwas spürt«, sagte Helen.

Wenn sie eins gelernt hatte an diesem Abend: Es gab tatsächlich mehr zwischen Himmel und Erde als sich naturwissenschaftlich erfassen und erklären ließ. Der Tag war überwältigend gewesen. Sie war erstaunt darüber, wie anstrengend es sein konnte, einfach nur zu fühlen. Die Eindrücke hatten sie einfach umgehauen. Vielleicht hielt Doro so ein Tempo aus, sie selbst brauchte immer wieder Ruhephasen. Zu viele Menschen, zu viele Informationen, zu viel von allem.

Draußen rauschte der Wind und rüttelte am Bauwagen. Das Fenster vibrierte leicht. Überall um sie herum Farben, Rüschen, Muster, Krimskrams. Hier drinnen war alles bunt und laut, so ganz anders als in ihrem minimalistischen Zuhause in Frankfurt. Helen verabscheute jede Form von Unordnung. Bei der Arbeit, in ihrer Wohnung, vor allem aber in ihrem Kopf. Der vertraute Anblick von Paul, der unermüdlich an seinem Entwurf feilte, tröstete sie.

»Ich bin froh, dass wir keine Kinder haben«, murmelte sie, während sie unter die hysterisch geblümte Bettdecke schlüpfte. »Eine Familie wie unsere ist eine Zumutung. So etwas darf man niemandem antun.«

Paul löschte das Licht, kroch neben sie und umarmte sie fest.

»Ich bin deine Familie«, sagte er.

Helen kuschelte sich in seine Arme. Sie war noch nie so froh gewesen, ihn an ihrer Seite zu wissen. Paul war ihr Anker, ihr Ruhepol, ihr Spiegel. Sie würde ihn nie wieder loslassen.

35. Schlechtes Karma

Zu Tode erschöpft kehrte Yella in ihr Airbnb auf dem Gelände des *Cultuurdorps* zurück. Sie schlief wie ein Stein und war immer noch müde, als das frühe Sonnenlicht sie weckte.

Ihr Blick fiel sofort auf die Flaschenpost in ihrem Zimmer. Wie merkwürdig! Hatte sie die nicht bei der Recyclingstation abgestellt? Natürlich glaubte sie nicht an Karma, alte Mythen und eine magisch wiederkehrende Flaschenpost. Aber irgendwie ließ sie die düstere Nachricht nicht los. Noch im Schlafanzug machte sie sich auf den Weg zum Müll und platzierte das unheimliche Ding vorsichtig in der Altglastonne. Wer weiß, welchen Zauber sie heraufbeschwörte, wenn sie das Glas brach?

Zufrieden schlenderte sie zurück. In der Ferne erkannte sie Paul und Helen, die auf der Veranda ihres Bauwagens Kaffee tranken. Helen beugte sich über eine Zeitung, Paul lehnte sich von hinten über sie und las mit. Auch ihre Schwester Amelie war schon im Einsatz und säuberte die Jurte von außen. Der gestrige Tag war für die Sommerschwestern lang und anstrengend gewesen. Alle hatten sich in ihre eigenen vier Wände zurückgezogen, so als müssten sie sich vergewissern, dass es in all dem Chaos noch ein normales Leben gab.

Als Yella nach ihrer ausführlichen Runde über das Gelände wieder ihren Wohnwagen betrat, stand die Flaschenpost am selben Fleck wie zuvor. Yella hatte Philomena im Verdacht, doch die wies jede Verantwortung von sich.

»Ich denke, es ist das Universum«, sagte Amelie nachdenklich. »So eine Verwünschung kann schon mal an einem kleben.«

Yella erinnerte sich an den Text. Vielleicht brauchte es wirklich jemanden, der den Fluch freiwillig auf sich nahm.

Es gab nur eine Möglichkeit, zu überprüfen, ob tatsächlich eine negative Energie von ihrem Fundstück ausging.

Yella rief Frenkie an. »Bei mir geht es drunter und drüber«, gab sie zu. »Merkst du was von der Wirkung der Flaschenpost?«

Frenkie erging es ähnlich.

»Ich wollte längst umziehen«, stöhnte er. »Aber ich bin immer noch dabei, mein neues Haus zu entrümpeln. Ich finde, Menschen sollten nichts hinterlassen. Keine Geheimnisse, aber noch weniger Gegenstände. Man muss sich zu Lebzeiten von seinen Besitztümern verabschieden.«

»Das habe ich gerade versucht«, stöhnte Yella. »Unsere Flaschenpost ist eher ein Bumerang.«

Frenkie hatte eine Theorie, wie man den unheilvollen Fluch bannen konnte.

»Wir haben die Flaschenpost gemeinsam entdeckt, vielleicht müssen wir sie auch gemeinsam wieder loswerden«, sagte er.

Yella stahl sich davon, ohne den Schwestern zu eröffnen, was sie vorhatte. Die Verabredungen mit Frenkie gefielen ihr mehr, als sie vor sich selbst und vor anderen zugeben wollte. Sie dachte an das Streitgespräch mit David zurück. Was schadete schon ein harmloser Flirt? Es war ja nicht mal ein richtiger Flirt. Es war einfach ein Treffen mit einem alten Freund. Notwehr geradezu, wenn sie über die Flaschenpost nachdachte.

Nach dem gestrigen Tag war es sehr heilsam, Zeit ganz ohne ihre Familie zu verbringen. Frenkie holte sie mit seiner Vespa am Eingang vom *Cultuurdorp* ab.

»Ich kenne jemanden, der unsere Flaschenpost liebend gerne haben möchte«, verkündete er.

Er reichte Yella einen zweiten Helm. Ohne Zögern stülpte sie ihn über und schwang sich hinter Frenkie auf den Sitz. Ihr Weg führte Richtung Norden. Wie lange war sie nicht mehr mit einem Motorroller unterwegs gewesen? Es fühlte sich eigenartig an, Frenkie körperlich so nahe zu sein. Seltsam und vertraut und irgendwie aufregend.

So ließ sich die holländische Landschaft zwischen Dünen, Wald und Polder am direktesten erleben. Sie sog den erdigen Geruch der kühlen Tannen ein und spürte auf den freien Strecken die Sonne auf der Haut. Der Duft frisch gemähten Grases mischte sich mit dem von Salz, das vom Meer herüberwehte. Sie war fast ein bisschen enttäuscht, als die Spazierfahrt bereits nach zwanzig Minuten an einem einsamen Dünenhäuschen endete.

»*Juuls Juttersmuseum*«, las Yella. Der Name, gefertigt aus Tausenden angeschwemmten Feuerzeugen, prangte am Eingang eines verwunschenen Holzhauses. Von ihrem Platz am Lattenzaun aus begrüßten sie skurrile Treibholzungeheuer: exzentrische Fischskulpturen aus glänzenden Scherben, eine Eule aus verrostetem Metallabfall, Schildkröten mit Schuppenpanzern aus bunten Plastikdeckeln. Ein Künstler hatte das Nordseeschwemmgut in fantastische Kreaturen verwandelt.

Neugierig traten Yella und Frenkie ein. Im Vorgarten erwartete sie ein kunterbuntes Sammelsurium an Schwimmwesten, alten Bojen, Rettungsreifen, Fischereizubehör, Netzen und Bruchstücken von Booten. Die vielfältige Sammlung erzählte von gescheiterten Abenteuern, verlorenen Schätzen und der rauen Wirklichkeit des Meeres, das einem Hab und Gut entreißen konnte. Jeder Gegenstand barg eine einzigartige Geschichte, die sie sich selbst zusammenreimen mussten. Das gesamte Ensemble bildete ein faszinierendes Mosaik, das Besuchern eindrücklich von der Macht der Naturgewalten erzählte.

»*Welkom in de wereld van schipbreuk.* Willkommen in der Welt des Schiffbruchs«, begrüßte sie eine ältere Dame.

Ihr schwarzer Pagenkopf wippte aufgeregt, während sie ihre riesige Brille aufsetzte, um ihre Besucher in Augenschein zu nehmen. Zu ihrer weiten schwarzen Hose und dem schwarzen Rollkragenpullover trug sie glänzende schwarze Budapester-Herrenschuhe. Ihre Erscheinung erinnerte Yella eher an die Kunstsammlerinnen, die in Berlin am Wochenende von Galerie zu Galerie wanderten, als an eine Nordseepflanze. Oder an Edna aus den *Incredibles,* einem Film, den ihre Jungs liebten. Der Gedanke an Leo und Nick war immer bittersüß.

»Sie ist eine Koryphäe im Bereich Flaschenpost«, stellte Frenkie die Besitzerin des privat geführten Museums vor.

»Na ja«, sagte die Dame, die auf den Namen Juul hörte. »Ich habe wenig Konkurrenz.«

Sie freute sich sichtlich, dass sich jemand für ihre Expertise interessierte, und lud sie mit einer tiefen rauchigen Stimme in ihre Wunderwelt ein.

»Eine Flaschenpost«, so dozierte sie, »findet man nicht, sie findet einen.«

Die spannendsten Exemplare stellte sie in *Juuls Juttersmuseum* aus. Beeindruckende 543 dieser Nachrichten hatten bereits den Weg zu ihr gefunden. Die skurrilsten oder emotionalsten Prachtstücke erhielten einen Ehrenplatz in speziellen Vitrinen.

»Ich liebe die Rätsel, die sich hinter den kryptischen Nachrichten verbergen«, erzählte sie. »Menschen vertrauen ihre geheimsten Gedanken und Nöte den Wellen an.«

Neugierig überflog Yella ein paar der Texte. Ein Kind war auf der Suche nach einem neuen Freund am anderen Ende der Welt, ein Dichter übereignete seine Reime dem Meer, zwei Teenies entledigten sich der Whiskeyflasche, die sie heimlich ausgetrunken hatten, ein Paar gelobte ewige Treue. In den unterschiedlichen Flaschen aus verschiedenen Epochen ruhten bewegende Botschaften, die von bedingungsloser Liebe und unstillbarer Sehnsucht handelten, von glücklichen Momenten, tiefer Verzweiflung und dem ewigen Wunsch nach Verbindung und Freundschaft.

»Jeder, der eine Flasche ins Meer wirft, hofft, dass eine verwandte Seele sie eines Tages herausfischt«, wusste die Kuratorin dieser kuriosen Sammlung zu berichten.

Während Yella und Frenkie die Zimmer durchschritten, erzählte sie vom Wind und den Gewalten, die die Briefe über die Ozeane transportierten. In ihren vier Wänden reichten sich Naturwissenschaft und Magie die Hand.

»213 der Nachrichten habe ich bereits enträtselt«, erzählte sie stolz und wies auf einen Ordner mit Zeitungsausschnitten. Im Lauf der Zeit hatte sie sich zu einer Expertin entwickelt, wenn es darum ging, Fundstücke zu verorten und zu datieren.

In vielen Fällen hatte sie Kontakt mit den Absendern aufgenommen.

»Mit manchen schreibe ich bereits seit Jahren. Es sind echte Freunde geworden«, erzählte sie stolz.

In ihrem Büro hing eine imposante Meereskarte, auf denen Fundorte und Kontakte akribisch mit verschiedenfarbigen Flaggen vermerkt wurden. Sie nahm Yellas und Frenkies Fund in Empfang und platzierte die Flasche auf ihrem Schreibtisch. Mit einer Lupe inspizierte sie eingehend das Äußere, dann erst entrollte sie das Papier und las aufmerksam.

»Das ist ein Fall für meinen Giftschrank«, beschied sie nach einigem Nachdenken.

Mit einer dramatischen Geste schob sie einen schweren schwarzen Samtvorhang zur Seite und führte Yella und Frenkie in einen düsteren Nebenraum.

»Hass und Unglück färben ab«, flüsterte sie, als könne eine laute Stimme die bösen Geister in den Flaschen wecken.

Juul platzierte die Flasche in einer Stellage, in der, geheimnisvoll ausgeleuchtet, düstere Fundstücke ausgestellt wurden. In dem Kabuff, das mit einer Triggerwarnung geschützt war, fanden sich Abschiedsbriefe, eine Urne mit der Asche eines Verstorbenen, Verwünschungen und Todesdrohungen.

»Hier verwahre ich alle Exponate, die negatives Karma verbreiten«, erklärte sie.

Das Prunkstück der Sammlung war ein Mittelfinger, der in einem Apothekerglas beeindruckende 800 Seemeilen gereist war. Er war aus Wachs und mit dem Namen eines Mörders beschrieben, was das Objekt noch gruseliger machte.

Während Frenkie fasziniert zuhörte, was die Dame über den Serientäter wusste, war Yella bei einem anderen Objekt hängen geblieben. Hinter dem milchigen Glas einer Cola-Flasche befand sich ein Streifen Fotos aus einem Automaten. Sie schob ihr Gesicht näher heran. Auf den Bildern … das war doch? Konnte das wahr sein? Das war ganz und gar unmöglich! Oder nicht?

Frenkie schaute über ihre Schulter. Er sprach aus, was Yella dachte: »Die Frau ähnelt deiner Zeichnung«, sagte er.

Yella lenkte ihr Handylicht auf die Flasche und blickte ungläubig in das strahlende Antlitz der rothaarigen Frau. Sie war erleichtert, einen Zeugen an ihrer Seite zu wissen, der bestätigte, dass ihre Einbildungskraft ihr keinen Streich spielte.

»Die habe ich selbst nach Sturm Ira in Bergen aus dem Seetang gefischt«, erzählte die Dame mit Blick auf die Beschriftung. »Die Flasche lag höchstens ein paar Tage im Wasser. Wenn Leute nichts von Wetter und Strömung verstehen, spucken Sturm und Gezeiten eine Flaschenpost direkt wieder an Land.«

Yella konnte es kaum fassen. Sturm Ira? Der Sturm, der ihren Vater auf dem Gewissen hatte? Juul holte vorsichtig mit einer Pinzette den Fotostreifen aus der Flasche. Yella atmete schwer. Die Frau auf den Bildern war eindeutig ihre Tessa. Sie hielt den ersten tastbaren Beweis in Händen, dass diese Frau wirklich existierte. Die Tessa auf diesen Fotos unterschied sich deutlich von derjenigen, der sie in der Nacht begegnet war. Sie hatte sich gemeinsam mit ihrem Freund in eine Fotokabine gequetscht. Das oberste Foto zeigte Tessa alleine, auf dem zweiten hielt sie ihren Verlobungsring in die Kamera, auf dem dritten küsste sich das Paar, ihre Gesichter unerkennbar in der leidenschaftlichen Umarmung. Auf dem vierten Bild lachte das Paar frontal in die Kamera, ihre Köpfe innig aneinandergeschmiegt. Tessas Verlobter hielt einen Zettel mit einer liegenden Acht und einem Datum in die Kameralinse. Dezember 2001. Während Tessa eindeutig zu erkennen war, verschwand das Gesicht des Mannes unter wütenden Kugelschreiberstrichen. Auf dem Boden der Flasche lag der dazugehörige Ring.

»Die Frau hat ihrem Verlobten im wahrsten Sinne des Wortes das Gesicht ausgekratzt und den Ring ins Meer geschmissen«, erklärte Juul. »Kein teures Stück. Dafür mit einer interessanten Inschrift.«

»TNT. 52.617182, 4.620369«, las Yella.

»Vielleicht der Ort, an dem die beiden sich zum ersten Mal begegnet sind?«, überlegte Frenkie.

»Die Zahlen sind tatsächlich Koordinaten«, bestätigte Juul. »Nur die Buchstaben passen nicht so recht dazu.«

Yella drehte und wendete den Fotostreifen in ihren Händen. Es war unmöglich zu bestimmen, ob der Mann neben Tessa ihr Vater war. Hatte er der damals ungefähr Dreißigjährigen die Ehe versprochen? War er im Begriff, seine Familie für die Geliebte zu verlassen? Wie hatte sich Helen ausgedrückt: »Die Sturmnacht ist ein Rätsel, umgeben von einem Mysterium, das in einem Geheimnis steckt.«

Jetzt hatte sie endlich einen Zugangscode gefunden.

»TNT. 52.617182, 4.620369«, wiederholte sie ehrfürchtig.

»Lass uns hinfahren«, schlug er vor. »Sofort.«

Yella schüttelte stumm den Kopf.

Frenkie verstand: »Ich hatte gehofft, eine Ausrede zu finden, mich vor dem Ausräumen des Hauses zu drücken«, sagte er.

»Das ist eine Sache zwischen mir und meinen Schwestern«, sagte Yella.

36. Flexibel für immer

Helen schaukelte in der Hängematte auf dem Gelände des *Cultuurdorps* und studierte die Fachzeitschriften, für die sie im normalen Laboralltag nie die Zeit fand. Der Tag verstrich in angenehmer Trägheit, während sie Artikel wie *Biokatalytische Ansätze für nachhaltige Pharmasynthesen* oder *Green Nanotechnologies in der Pharmaindustrie* verschlang. Helen hatte sich für einen Platz in einer internen Arbeitsgruppe beworben, die sich damit beschäftigte, Prozesse in der Arzneimittelherstellung klimaneutral zu gestalten. Nach ihrem Urlaub standen die ersten Auswahlgespräche auf dem Programm. Es tat ihr gut, einen Moment lang nur voraus- und nicht mehr zurückzuschauen. Der Versuch, ein neues Vertrauensverhältnis zu ihrer Mutter aufzubauen, hatte bislang keine Früchte getragen. Seit dem Ausflug hatte Henriette sich nicht mehr gemeldet.

Ein Stück weiter skizzierte Paul im Schatten einer Linde unermüdlich neue Modelle, umgeben von seinem gefiederten Fanklub, der ihm im wahrsten Sinne des Wortes zu Füßen lag. Die missglückte erste Präsentation hatte seinen Ehrgeiz so angestachelt, dass er seine Herangehensweise von Grund auf infrage gestellt hatte. Aufgeben war für ihn keine Option. Genauso wenig wie Freizeit.

»Ich würde ja gerne an den Strand«, sagte er. »Aber leider ...«

Helen lachte. Sie wusste, dass Paul Spaziergängen ohne konkretes Ziel wenig abgewinnen konnte. Auch am Strand zu liegen war für ihn eher Strafe als Vergnügen. Lieber saß er da schon am Schreibtisch.

»Außerdem habe ich Amelie und Philomena ein neues Konzept versprochen«, entschuldigte er sich. »Bei beschränkten finanziellen Mitteln hilft nur Kreativität.«

Philomena und Amelie gruben unterdessen Seite an Seite in ihrem Gemüsegarten. Immer wieder klang lautes Lachen herüber. Helen beneidete ihre Zwillingsschwester um die Fähigkeit, ganz unbeschwert im Hier und Jetzt zu sein. Und das, obwohl sie wusste, dass sie selbst nie so improvisiert leben könnte wie Amelie. Als Philomena mit einer Fuhre Unkraut an Paul vorbeifuhr, warf sie einen Blick auf den neuesten Entwurf.

»Wir wohnen bald in einer Wurst«, rief sie Amelie zu.

»Eine Wurst, die man in Scheiben teilen kann«, bestätigte Paul.

Neugierig geworden, verließ Amelie ihre Bohnenanzucht. Helen ließ den Artikel über *Cradle-to-Cradle-Konzepte in der Pharmaforschung* sinken und gesellte sich zu ihnen. Zu dritt beugten sie sich über das Modell.

»Das Haus besteht aus verschiedenen Modulen«, erläuterte Paul. »Jeder Ring ist eigenständig und verfügt über spezifische Anschlüsse für Küche, Bad, Wohnbereich und Schlafzimmer. Das System umfasst flexible Verbindungselemente und Schnittstellen, mit denen die Module verbunden werden.«

Er strahlte. Philomenas Gesicht war ein einziges Fragezeichen. Es fiel ihr schwer, sich unter Pauls abstrakten Worten etwas Konkretes vorzustellen.

»Das sind lauter einzelne Bausteine. Die Ringe werden in

einer Fabrik vorgefertigt, von A nach B transportiert und dann vor Ort montiert.«

Jetzt hatte er ihr Interesse geweckt.

»Ihr könnt mit dem kleinsten Modell beginnen«, erklärte Paul. »Wenn die Familie wächst, könnt ihr einfach anbauen.«

Amelie und Philomena tauschten einen verschwörerischen Blick aus. Der Gedanke war ihnen offenbar nicht fremd.

»Wie Riesen-Lego«, sagte Philomena. »Man baut einfach weiter und um.«

»Oder man reißt das Haus wieder auseinander«, sagte Amelie, die sich gerne ein Hintertürchen offenhielt.

»Wenn ihr euch trennt, teilt ihr das Haus in zwei Hälften und ergänzt die fehlenden Module.«

»Kommt gar nicht infrage«, erklärte Philomena.

Helen war einmal mehr von ihrem Freund beeindruckt. Paul hatte es tatsächlich geschafft, unvereinbare Vorstellungen in einen kohärenten Bauplan umzumünzen. Er hatte Amelies Entscheidungsschwäche nicht als Hindernis behandelt, sondern zur Grundlage seiner Idee erkoren.

Auf Amelies Gesicht erschien ein breites Grinsen. Der Entwurf übertraf ihre kühnsten Erwartungen: Sie bekam ein festes Zuhause, das sie nicht auf Ewigkeit band. Dieses Tiny House war leicht und dennoch bodenständig, ein organisches Konstrukt, das die Möglichkeit bot, mit ihnen zu wachsen und sich zu verändern.

»Ihr könnt eure Behausung sogar an einen anderen Standort mitnehmen, wenn ihr genug von Holland habt.«

»Jetzt noch im Lotto gewinnen«, seufzte Philomena. »Bei deinen Preisen können wir uns vermutlich nicht mal eine Scheibe von der Hauswurst leisten.«

Doch selbst über das Problem Kosten hatte Paul neu nachgedacht.

»Wir müssen einfach ein bisschen Geld umverteilen«, sagte er. »Wir schaffen es von Frankfurt hierher.«

»Also doch Banküberfall«, meinte Philomena.

»Wir machen das Projekt so attraktiv, dass andere darin investieren wollen.«

»In uns?«, fragte Amelie.

»Es macht keinen Sinn, wenn einer alleine bezahlt. Wir kreieren etwas, was sich seriell herstellen lässt.«

»Niemand will ein Haus von der Stange«, wandte Amelie ein.

»Das Haus lässt sich endlos umwandeln: in eine mobile Saftbar, ein Gartenbüro, ein Kunststudio, eine Messeeinheit …«

Paul schwebte ein flexibles Grundmodell vor, das er zukünftig auch für andere Kunden anpassen konnte: der Grundstein für seine eigene Produktreihe. Durch das modulare Design konnten die Tiny Houses flexibel angepasst und erweitert werden, je nach den individuellen Bedürfnissen und Vorlieben der zukünftigen Besitzer.

»Und wir wohnen im Musterhaus«, begriff Philomena.

»Haus Zero«, nickte Paul. »Ihr seid die Versuchskaninchen.«

Während Paul sich mit Amelie und Philomena über die Details austauschte, schlenderte Helen zurück zu ihrer Hängematte, in der nicht nur ihre Zeitschriften warteten, sondern auch ihr Handy. Sechs verpasste Anrufe von Yella, las sie. Und eine Sprachnachricht.

»Halt dich bereit«, rief ihre Schwester atemlos. »Ich habe was rausgefunden.«

37. Parkplatz gesucht

Helen lief zu ihrem Auto.

Amelie hatte abgelehnt, sie zu begleiten: »Ich bin mehr an meiner Zukunft interessiert«, sagte sie.

Sie wollte viel lieber weiter mit Paul Pläne schmieden. Zu faszinierend waren die Aussichten, vor dem nächsten Winter ein eigenes Haus beziehen zu können.

Auch Doro hatte dankend abgewinkt. »Pressetermine«, sagte sie. »Den ganzen Tag. Und der Anwalt wartet auch auf Rückruf.«

Am Auto angekommen, wurde Helen unfreiwillig Zeugin, wie Frenkie ihre Schwester beim *Cultuurdorp* absetzte. Die beiden legten einen peinlich verstolperten Abschied hin. Yella streckte Frenkie die Hand entgegen, während er gleichzeitig zum holländischen Dreifachkuss auf die Wange ausholte. Das Ergebnis wirkte eher komisch als innig.

»Wir können uns ja mal wieder verabreden«, sagte Frenkie mit unsicherem Seitenblick auf Helen. »Jetzt, wo wir das schlechte Karma abgeschüttelt haben.«

Er trat verlegen von einem Fuß auf den anderen.

»Vielleicht ein gemeinsames Essen«, schlug er vor.

Yella schüttelte energisch den Kopf. »Erst mal aufräumen«, sagte sie.

Und damit meinte sie vor allem ihr eigenes Leben.

»Da gibt es nichts zu verstehen«, sagte Yella, als Frenkie verschwunden war.

Helen verkniff sich jeden Kommentar. Wenn Yella Rat brauchte, würde sie fragen. Der Rest ging sie nichts an.

»TNT. 52.617182, 4.620369«, las Yella vor.

Die Aufregung färbte ihre Wangen rot. Zu dem Zeitpunkt, an dem die Ziffern in den Ring graviert worden waren, stellten sie eine Art Geheimschrift dar. Dank Google Maps brauchte es heute nur ein paar Sekunden, die versteckte Botschaft zu entschlüsseln. Die beiden starrten auf Yellas Handy.

»Vielleicht ist das der Grund, warum wir in Bergen nie eine Spur der Frau gefunden haben«, sagte Yella.

Die Koordinaten verwiesen auf einen Platz in Egmond aan Zee, dem acht Kilometer entfernten Nachbardorf.

Yella zoomte neugierig heran.

Helen sah über ihre Schulter. »Das ist ein Parkplatz«, stellte sie verblüfft fest.

»Viel unromantischer geht es kaum«, meinte Yella.

»Und TNT steht für Trinitrotoluol, einen Sprengstoff«, wusste Helen.

»Eine explosive Mischung, so viel ist sicher«, sinnierte Yella.

Rund um die angegebene geografische Position lagen der Boulevard Zuid, die Strandstraße von Egmond aan Zee, ein Eiscafé und jede Menge Restaurants. Aber der Marker wies eindeutig auf einen Parkplatz. Google Maps hielt keine weiteren Enthüllungen für sie bereit.

»Wenn sie sich beim Einparken begegnet sind, werden wir über zwanzig Jahre später wohl kaum eine Spur davon finden«, gab Helen zu bedenken.

»Lass uns trotzdem hinfahren«, sagte Yella.

Yella und Helen hatten ein paar Kilometer Zeit, ausführlich darüber zu spekulieren, was sie in Egmond erwarten würde. Der Herenweg, der die beiden Küstenorte verband, lag malerisch zwischen den Dünen zur Rechten und Feldern zur Linken. In Egmond aan den Hoef bogen sie am Supermarkt Richtung Strand ab.

Egmond aan Zee war so ganz anders als Bergen, weniger mondän, weniger chic, weniger verwunschen: ein Familienbadeort, der, wie man den Autokennzeichen unschwer entnehmen konnte, rasend beliebt bei deutschen Touristen war. Sie umfuhren das Zentrum in einer ausgedehnten Rechtskurve.

Helen erstarrte, als sie die Strandpromenade erreichten. Vor ihnen am Boulevard erhob sich ein strahlend weiß gekalkter Leuchtturm. Sie erkannte die Szenerie sofort. Hier war das verliebte Porträt aus den Flitterwochen ihrer Eltern entstanden, das Henriette seit Jahrzehnten mit sich herumgetragen hatte. Sie las es als Zeichen, dass sie am richtigen Ort angekommen waren.

»Lass uns zu Fuß weiter«, schlug sie vor und steuerte den Wagen in eine Parkbucht.

Neugierig nahmen sie den Leuchtturm in Augenschein. Fast dreißig Meter hoch ragte das Bauwerk in den Himmel.

»Dort oben haben unsere Eltern in den Flitterwochen einen unvergesslichen Abend erlebt«, sagte Helen und wies zur obersten Etage mit ihrem 360-Grad-Panoramablick auf die Welt. Die fünf Fenster darunter ließen darauf schließen, dass der Turm über mehrere Stockwerke verfügte. Während Helen noch das alte Foto mit der gegenwärtigen Situation verglich, widmete Yella sich der Informationstafel.

»Der Turm ist einem Leutnant gewidmet: Jan van Speijk«, las sie vor.

»Und was hat der Tolles getan?«, fragte Helen.

»Er hat sich vor 200 Jahren mit seinem Kanonenboot in die Luft gesprengt, bevor er in die Hände des Feindes fiel«, erklärte Yella.

»Großartiger Hintergrund für ein romantisches Dinner«, sagte Helen ernüchtert.

»Einer der glücklichsten Momente unseres Lebens«, so hatte Henriette das Festmahl umschrieben.

Leider war der Leuchtturm, wie das Schild enthüllte, nur freitags und samstags geöffnet, und das auch nur im Juli und August.

»Unser Vater muss einen Kontakt im Dorf gehabt haben, um dort oben essen zu können.«

Die Aufregung, endlich auf der richtigen Spur zu sein, stand ihnen beiden ins Gesicht geschrieben.

»Wie gut, dass wir hergekommen sind«, sagte Yella.

Als sie über die Düne vom Leuchtturm hinunter ins Zentrum des Dorfes liefen, konnten sie einen ersten Blick auf den Parkplatz werfen. Helen lachte laut auf.

Dort, wo man normalerweise sein Auto abstellen konnte, herrschte buntes Treiben. Der Parkplatz, der unmittelbar am Meer lag, war umfunktioniert zur Volksfestfläche.

»Sie könnte Schaustellerin gewesen sein, immer auf der Durchreise«, sagte Helen. »Vielleicht erinnert sich deswegen keiner.«

Ob sie hier nach so vielen Jahren noch eine Spur von Tessa fanden? Yella und Helen mischten sich neugierig unter Urlauber und Einheimische. Bunte Lichter flackerten träge in den grauen Tag. Am frühen Nachmittag waren Fahrgeschäfte und Gassen halb leer.

»*Oh, oh, oh, signorita, Dit is 't momento*«, tönte vom Karussell ein niederländischer Karnevalshit über den Platz. Die Musik mischte sich mit den Ansagen vom Autoscooter, wo sich zwei einsame Wagen auf Kollisionskurs befanden. Dahinter drehte sich mit Minimalbesetzung ein Riesenrad mit der Aufschrift »I Love Egmond«.

Während Helen jeden einzelnen Schausteller und jeden Budenbesitzer genauestens in Augenschein nahm, blieb Yellas Blick an einem Elternpaar hängen, das sich daran abarbeitete, seine drei Töchter gleichzeitig zufriedenzustellen. Die größere weinte bittere Tränen, weil sie an der Losbude statt des glitzernden Regenbogen-Einhorns nur einen aufblasbaren Strandball gewonnen hatte, die zweite wollte unbedingt noch mal Karussell fahren, und die dritte zog ungeduldig zum Stand mit den *oliebollen*. Touristen machte es nichts aus, dass diese in Fett ausgebackenen Leckereien von Niederländern gewöhnlich zu Silvester verzehrt wurden.

»*Girls wanna have fun*«, plärrte aus den Lautsprechern des Karussells.

Yella lächelte der entnervten Mutter verschwörerisch zu, als sie jemand unsanft zur Seite drängte. Eine junge Frau schleppte zwei Plastiksäcke Brötchen an ihnen vorbei. Yella wollte sich schon beschweren, als sie das leuchtend rote Haar bemerkte.

»Sie ist viel zu jung«, sagte Helen, der die junge Frau ebenfalls aufgefallen war.

Verstohlen folgten sie ihr auf ihrem Weg durch die Stände. Hinter der Losbude bestieg die Unbekannte einen Imbisswagen. Der Wind trug den Geruch von Fisch und Frittierfett zu ihnen herüber. Die blau-weiß gestreifte Markise diente zugleich als Menükarte: *kibbeling, Hollandse nieuwe haring, warme gebakken vis.*

»Weißt du noch, Doro hatte eine Schürze erwähnt …«, sagte Helen.

Hinter der Theke stand ein hagerer Mann mit einem langen Filetiermesser und weißer Schutzkleidung. Die junge Frau, die ihrer Tessa erschreckend ähnlich sah, nahm den Platz an seiner Seite ein.

Kibbeling, knusprig ausgebackener Kabeljau, erfreute sich allergrößter Beliebtheit. Fröhlich schwatzte der Mann mit seinen Kunden, während die Verkäuferin neben ihm Fischbrötchen zubereitete. Auf der engen Verkaufsfläche tänzelte das Duo gekonnt umeinander. Trotz des enormen Altersunterschiedes waren die beiden ein perfekt aufeinander eingespieltes Team.

Fasziniert beobachteten sie aus der Ferne die junge Frau, die in rasender Geschwindigkeit einen Kunden nach dem anderen bediente.

»Wie alt ist sie wohl?«, fragte Helen.

»Anfang zwanzig«, schätzte Yella.

Keine von ihnen traute sich, den schockierenden Verdacht auszusprechen, der sich aus dieser Beobachtung ableiten ließ. Yella nahm heimlich ein paar Fotos für die Chatgruppe der Schwestern auf. Als sie das Handy wieder herunternahm, registrierte sie ertappt, dass ihre Anwesenheit nicht unbemerkt geblieben war. Aus dem Verkaufsstand sah der Fischhändler erschrocken zu ihnen herüber, dann zu seiner Mitarbeiterin. So als würde er sich vergewissern, ob die junge Frau sie schon bemerkt hatte. Interpretierte sie den Blick richtig?

»Hat er uns erkannt?«, fragte auch Yella.

»Wir kaufen ein Fischbrötchen«, schlug Helen vor.

Vorsichtig näherten sie sich dem Imbiss. Doch bevor sie überhaupt die Gelegenheit bekamen, eine Bestellung aufzugeben, wurden sie abrupt gestoppt. Der Fischhändler stellte sich ihnen buchstäblich in den Weg und zog sie energisch aus dem Sichtfeld seines Imbisses.

»Lassen Sie uns einfach in Frieden«, bat er. Seine Stimme klang eher müde als aggressiv. »Meine Enkelin Roos weiß nichts von der Vergangenheit. Sie müssen sie in Ruhe lassen.«

»Wir sind eigentlich auf der Suche nach Tessa«, sagte Yella so vorsichtig wie möglich.

Der Fischhändler schüttelte panisch den Kopf. »Meine Tochter braucht niemanden, der sie an den Unfall erinnert.«

Helen atmete scharf ein. Seine Worte waren der ultimative Beweis, dass sie tatsächlich an der richtigen Adresse waren. Sie konnte nur mühsam ihre Aufregung verbergen.

»Wir kommen bestimmt nicht mit Vorwürfen«, sagte sie. Ihr Herz pochte wie wild.

»Meiner Tochter geht es wieder gut«, sagte der Mann. »Sie hat Jahre mit ihren Schuldgefühlen gekämpft. Wir dachten, wir verlieren sie.«

Die Luft blieb ihm weg, seine Lippen zitterten.

»Bitte lassen Sie uns in Ruhe«, wiederholte er, den Tränen nahe.

Er schwankte, als würde er jeden Moment zusammenbrechen. Die Dame von der Losbude kam angerannt, um ihn zu stützen. In Windeseile bildete sich eine Menschenmenge. Seine Schaustellerkollegen schirmten den Fischhändler geradezu ab. Yella und Helen ernteten ein paar böse Blicke.

Wieder einmal wurden die Schwestern schmerzhaft auf die Tatsache hingewiesen, dass der Unfall ihres Vaters tiefe Narben auch in anderen Leben verursacht hatte. Sie hatten Tessas Familie gefunden. Aber was jetzt? Der Imbiss lag verwaist da. Die junge Frau war verschwunden.

38. Geordneter Rückzug

Was war der logische nächste Schritt? Betroffen wärmten Helen und Yella sich am Strand mit einem Glas Tee auf. Hinter ihnen tönten die Geräusche der Kirmes, vor ihnen lag das Meer, um sie herum vergnügten sich Urlauber am Strand. In ihnen beiden tobte eine raue See.

Sie hatten eine Antwort auf die Frage gefunden, warum es so schwierig gewesen war, die rothaarige Frau zu identifizieren. Tessa war wohl mit dem Fischladen der Familie von Ort zu Ort gezogen und vermutlich immer nur kurz zu Gast in Bergen gewesen. Hatte Doro nicht angedeutet, ihr auf einem der typischen Straßenmärkte begegnet zu sein, auf denen immer zahlreiche Essensstände vertreten waren? Offenbar stimmte ihre Erinnerung mit dem Bild von der blutigen Schürze. Alles passte zusammen, und trotzdem ergab sich kein klares Bild.

»Wie weit dürfen wir gehen?«, fragte Helen.

Sollten sie noch einmal bei der Fischerfamilie nachhaken? Hatten sie das Recht, auf der Suche nach Antworten Tessas Familie mit in den Abgrund der Vergangenheit zu reißen?

Helen griff nach ihrem Handy. Mit dem Namen des Imbisses war der Rest ein Kinderspiel. Über die Website des Fischhandels fanden sie den Nachnamen, dann den Facebook-Account. Unter den Followern gab es drei Tessas. Eine trug im Profilbild einen rot leuchtenden Pferdeschwanz.

Gemeinsam beugten sie sich über den Account. Die Bilder beseitigten den letzten Zweifel. Die Ähnlichkeit dieser Tessa mit der jungen Frau war trotz des Altersunterschieds unverkennbar. Die Tochter des Fischhändlers, die in der Sturmnacht in den Armen von Johannes Thalberg gelegen hatte, lebte mittlerweile auf Sizilien, wo sie gemeinsam mit ihrem italienischen Mann ein kleines Hotel führte. Ihre Tessa war jetzt um die fünfzig, und ihre blauen Augen, die ihre Mutter als stechend empfunden hatte, strahlten. Sie hatte zwei Söhne im Teenageralter, bei denen sich, ebenso wie bei ihrer Schwester, die roten Haare der Mutter durchgesetzt hatten.

»Starke Gene«, sagte Helen.

Roos' Instagram-Account erzählte den Rest. Im letzten Sommer war sie bei Tessa zu Besuch gewesen. Sie nannte ihre Mutter beim Vornamen, was auch immer das zu bedeuten hatte.

»Die Frau hat genug gelitten«, hatte Henriette betont.

Tessas Vater stieß in das gleiche Horn.

Yellas Finger schwebten unschlüssig über dem Icon, das die Nachrichtenfunktion auf Tessas Facebook-Seite öffnete. Helen schüttelte den Kopf.

»Wir wissen nicht, was unsere Fragen auslösen«, sagte sie. »Es klang, als ob die Frau nach dem Tod unseres Vaters ernsthafte psychische Probleme hatte.«

Einen Moment starrte Helen ratlos auf das Meer. Seit den Ferien ihrer Kindheit hatte sich so vieles verändert. Nur der Blick auf die Landschaft war der gleiche geblieben. Obwohl: Die Windräder vor der Küste hatte es vor zwanzig Jahren noch nicht in der Nordsee gegeben. Automatisch fiel Helen Thijs ein, dessen Arbeitsplatz weit draußen auf dem Meer gelegen hatte.

Es war zum Verzweifeln. Sie hatten den Schlüssel zur Vergangenheit gefunden und nun wagten sie nicht, den letzten Schritt zu gehen. Nach dem Desaster vom Fischstand traute sich keine der Schwestern, die Frau zu kontaktieren. »Wir hätten sie fast verloren«, hatte ihr Vater über die Zeit nach dem Unfall gesagt.

»Wir haben kein Recht, das Leben anderer Menschen durcheinanderzuwirbeln. Ich will nicht dafür verantwortlich sein, wenn bei Tessa alte Traumata aufbrechen«, sagte Yella.

In Helen meldete sich die Stimme ihrer Mutter zu Wort. »Irgendwann muss es doch mal gut sein.«

»Und jetzt?«, fragte Yella hilflos.

»Fahren wir nach Hause und denken nach«, sagte Helen.

»Manchmal wünschte ich, wir hätten nie angefangen mit dem Suchen«, sagte Yella.

Helen nickte. Zum ersten Mal konnte sie wirklich nachempfinden, warum ihre Mutter sich dafür entschieden hatte, den Deckmantel des Schweigens über dem letzten Holland-Sommer auszubreiten. Es war viel zu schmerzhaft, sich mit dem Unfall auseinanderzusetzen. Für alle Beteiligten.

»Meine Enkelin weiß nichts über die Vergangenheit«, hatte der Mann vom Fischstand gesagt. Die unangenehmen Wahrheiten hatten bei beiden Thalbergs ein Erdbeben verursacht, aber eine andere Familie in ihre Probleme hineinzuziehen, erschien wie ein moralisches Verbrechen. Ernüchtert verließen sie den Strand.

Als sie zum Auto zurückkehrten, erlebten sie eine Überraschung. Am Auto lehnte lässig die junge rothaarige Frau.

»Mein Opa hält mich für dumm«, sagte Roos. »Aber ich

weiß alles. Und ich bin längst nicht so empfindlich wie meine Mutter.«

Die junge Frau trat unglaublich selbstbewusst auf. War das ein Trick, ihnen Informationen zu entlocken? Helen verständigte sich mit einem Blick mit Yella. Die schüttelte fast unmerklich den Kopf.

Roos trumpfte mit ihrem Wissen auf: »Meine Mutter hatte eine posttraumatische Belastungsstörung. Sie fühlte sich schuldig an einem Verkehrsunfall mit einem Toten. Dabei war sie nicht einmal mit im Auto. Sie war jahrelang in Kliniken. Rein, raus, rein, raus …«

Helen und Yella wagten nicht, irgendeinen Kommentar abzugeben.

»Ich bin in einer psychiatrischen Klinik geboren«, sagte sie. »Und dann zu meinen Großeltern gekommen. Krass, oder?«

Ihre unruhigen Augen verrieten ihre Nervosität. Roos zog eine Show ab. Ein Grund mehr, sich zurückzuhalten.

»Meine Großeltern sind superlieb, aber viel zu vorsichtig. Ich kann mit dem Shit dealen. Sie nicht.«

»Deine Mutter heißt Tessa, oder?«, wagte Yella einen winzigen Vorstoß.

»Mutter? Eher große Schwester«, sagte Roos lachend. »Wir haben nie zusammengewohnt. Als sie mich nach Italien holen wollte, hab ich Nein gesagt. Zwei kleine Brüder? Ohne mich. Ich bin fast 22, da braucht man echt keine kleinen Geschwister.«

Helen glaubte fast ohnmächtig zu werden, als sie blitzschnell im Kopf kalkulierte. Die junge Frau war tatsächlich im Jahr nach dem Unfall geboren.

Auf einmal fiel Roos auf, dass sie noch nicht einmal nachgefragt hatte, warum Helen und Yella sich überhaupt für ihre Familie interessierten.

»Was wollt ihr von meiner Mutter?«, fragte sie provokant.

»Es geht eher um ihren damaligen Freund …«, rückte Helen mit der Sprache heraus.

»Opa glaubt immer, ich habe keine Ahnung«, plapperte Roos weiter. »Aber ich weiß alles. Ich weiß, wer mein richtiger Papa ist. Er hatte schon eine Familie, als er meine Mutter kennenlernte. Sie wollten heiraten, aber er hatte dauernd andere Frauen.«

Die Fotos der Automatenbilder, die Yella ihr aus dem *Juttersmuseum* geschickt hatte, waren in Helens Smartphone gespeichert, doch sie wagte es nicht, der jungen Frau die Aufnahmen zu zeigen.

»Ich kenne Mamas Lover nur von einem einzigen Foto«, erklärte Roos.

Mama. Jetzt also doch. Roos war keineswegs so abgebrüht, wie sie tat. Grund genug, so vorsichtig wie möglich mit ihr umzugehen.

»Du hast dieses Bild nicht zufällig auf deinem Handy?«, fragte Helen.

»Das Foto von Mama und Papa?«, fragte Roos.

Helen nickte.

Anstatt einer Antwort begann Roos übergangslos darüber zu klagen, dass sie es sich nicht leisten könnte, auszuziehen.

»Meine Großeltern sind alt, die haben null Verständnis, dass ich alleine wohnen will. Wohnungen sind sauteuer.«

Yella wunderte sich sichtlich über den abrupten Themenwechsel. Helen begriff schneller, worauf Roos hinauswollte.

»Du willst uns die Informationen verkaufen?«, fragte sie.

»Ich erzähle von meinen Problemen«, sagte Roos.

»… die wir lösen sollen?«

»Das habe ich nicht gesagt.« Sie wurde auf einmal hektisch. »Ich muss zurück. Sonst gibt mein Opa noch eine Vermisstenanzeige auf. Wenn ihr irgendwas von einer Wohnung hört, meldet euch …«

Sie winkte ihnen zu und verschwand.

39. Tauschgeschäfte

Helen und Yella waren zurück im *Cultuurdorp*. Die ganze Familie hatte sich um Pauls Laptop versammelt, um das Liveinterview mit Doro zu verfolgen. Ihre große Schwester war in einen hautengen schwarzen Jumpsuit gekleidet und hatte ihre weißblonden Haare zurückgekämmt. Elegant bewegte sie sich im Museum Kranenburgh zwischen ihren riesenhaften Figuren.

»Jeder hat seinen eigenen Blick auf den Nächsten, je nachdem, an welchem Punkt er steht«, erläuterte Doro ihr Konzept. »Familiengeschichte ist kein feststehendes Konstrukt, sondern ein Prozess.«

»Und was kann man in Zukunft von Ihnen erwarten?«, fragte der Interviewer.

»Veränderungen«, sagte Doro und strahlte. »Es gibt Familie, und es gibt Wahlverwandtschaften. Das Allerschönste ist, wenn man seine eigene Familie wählt. Aber das ist Arbeit. Und manchmal sehr schmerzhaft.«

Der Beitrag war kaum zu Ende, als das Telefon klingelte. Doro war am Apparat.

»Gut gemacht«, sagte Yella.

Sie stellte das Gespräch auf laut, sodass auch andere ihre Meinung sagen konnten. Aber Doro hatte erstaunlicherweise nicht angerufen, weil sie gelobt werden wollte.

»Ich habe erst jetzt die Fotos von der Kirmes gesehen«, sagte sie. »Kann es sein, dass es noch eine Sommerschwester gibt?«

Die unfassbar direkte Frage flirrte unbeantwortet in der Luft. Doro traute sich, unumwunden auszusprechen, was Helen und Yella kaum zu denken gewagt hatten.

Vielleicht war das Foto, von dem Ross gesprochen hatte, der letzte Beweis, den sie brauchten. Der Beweis, dass ihr Vater tatsächlich eine Affäre hatte. Doch was war der Preis für diese Information?

»Wir können uns doch nicht erpressen lassen«, war der einhellige Tenor.

»Ich schon«, sagte Doro. »Ich will wissen, wie weit das mit Tessa und unserem Vater ging.«

»Ich auch«, sagte Yella. »Aber ich werde diese Familie nicht weiter behelligen. So eine Überschreitung der Grenzen kann ich echt nicht mit meinem Gewissen vereinbaren.«

»Wir machen bloß ein kleines Tauschgeschäft mit der Tochter«, sagte Doro.

Helen wollte zu gerne wissen, ob ihr Vater wirklich geplant hatte, eine andere Frau zu heiraten. Als er im Auto verunglückte, war er alleine gewesen. Hatten die beiden sich in der Nacht getrennt? Was fehlte, war der ultimative Beweis für sein Doppelleben. Das Foto würde bestätigen, dass ihre Mutter die Wahrheit gesagt hatte.

Am Ende war es ausgerechnet Lucy, die die zündende Idee lieferte.

»Die gehört zur *army*«, sagte sie, nachdem sie das heimlich aufgenommene Foto von Roos eingehend studiert hatte.

»Zu welcher Armee?«, fragte Yella.

»Die Schuhe, die Kleidung, ihre Frisur, eindeutig *army*«,

erklärte Lucy und rollte mit den Augen. Ihre alten Tanten hatten echt keine Ahnung.

»Die Fans von BTS nennen sich *army*. Wir sind gut organisiert, und wir unterstützen uns gegenseitig.«

Lucy erkannte in Roos eine verwandte Seele. Und sie wusste, wie man sie knacken konnte.

»Ich opfere meine *army bomb*«, bot Lucy an.

Helen hatte den Eindruck, dass ihre Nichte eine Art Geheimsprache verwendete.

»Das sind diese Fanlampen«, wusste Amelie. »Die werden bei den Konzerten synchronisiert.«

»Und für TikTok braucht man die auch«, erklärte Lucy.

Helen erinnerte sich an die intergalaktische Schülerlotsin: »Du meinst deine LED-Lampe?«

»Ich habe eine seltene Limited Edition«, bestätigte Lucy mit leidvollem Gesicht.

Stolz zeigte sie die beiliegenden Hochglanzbilder der sieben BTS-Mitglieder. »Sie sind sogar unterschrieben.«

Für jeden BTS-Fan eine einzigartige Trophäe.

»Die geben bestimmt wieder Konzerte«, sagte Lucy tapfer. »Wenn ich erst mal in Südkorea bin, organisiere ich neue.«

Yella fotografierte die Lampe und schickte die Fotos via Instagram an die junge Frau. Helen konnte sich beim besten Willen nicht vorstellen, dass Roos wild auf Merchandisingprodukte aus Asien war. Umso erstaunter war sie, als zwei Minuten später die Antwort einging: *Morgen 18.30 Uhr. Total-Tankstelle. Egmond aan den Hoef.*

40. Liebe zu dritt

»Wir müssen Mama darüber informieren, dass wir Tessa gefunden haben«, sagte Amelie.

Seit der missratenen Bootstour hatte Henriette sich nicht mehr bei ihren Töchtern gemeldet.

»Es geht ihr gesundheitlich nicht gut«, hatte Thijs sie wissen lassen. »Wir waren sogar in der Notaufnahme.«

Danach hatte er Entwarnung gegeben. »Keine Angst. Es ist alles in Ordnung. Sie braucht nur Ruhe.«

Yella war dagegen, sie einzuweihen: »Das regt sie nur unnötig auf«, sagte sie.

»Wir müssen erst einmal rausfinden, was es mit dem Foto auf sich hat«, pflichtete Helen ihr bei. »Dann bleibt immer noch genug Zeit.«

Yella schlief schlecht und schleppte sich durch den nächsten Tag. Das Warten wurde zur Zerreißprobe für die Schwestern. Eine seltsame Stimmung lag über dem *Cultuurdorp*. Amelie und Philomena konferierten den ganzen Tag mit diversen Künstlern über das Sommerprogramm, Helen begleitete Paul zu verschiedenen Baustoffhändlern. Man musste schon sehr verliebt sein, um so was interessant zu finden. Die Zeit wollte einfach nicht vergehen.

Am frühen Nachmittag hielt Yella die Spannung nicht mehr

aus. *Ich gehe schwimmen und komme danach direkt zur Tankstelle*, schrieb sie an Helen und schwang sich aufs Rad.

Yella war die Einzige, die sich an dem windigen Tag nicht von arktischen Temperaturen abschrecken ließ. Das kalte Wasser der Nordsee, so ihre Hoffnung, würde ihr Gehirn, das Tag und Nacht auf Hochtouren arbeitete, runterkühlen. Während andere Strandurlauber in Daunenjacken flanierten, ließ sie sich todesmutig in die Wellen gleiten. Die Kälte raubte ihr den Atem und die Kraft, weiter zu grübeln. Ihr Gedankenkarussell kam mit einer Vollbremsung zum Halt. Nach ein paar Schwimmzügen spürte sie, wie ihr verspannter Nacken sich löste. Schwerelos glitt Yella durch das Wasser, das einen leichten Salzgeschmack auf ihren Lippen hinterließ. Die Erschöpfung, die sich tief in ihren Gliedern festgesetzt hatte, fiel von ihr ab. In hohem Tempo kämpfte sie sich durch die Wellen, bis sie realisierte, dass es nicht allein ihre phänomenale Schlagkraft war, die sie voranbrachte. Unter sich spürte sie eine unerwartete Strömung, die sie aufs offene Meer hinaustrug. Yella wendete erschrocken und versuchte hektisch, zurückzuschwimmen. Ihre Anstrengungen reichten nicht einmal aus, um sich auf der Stelle zu halten. Mit jedem Schwimmzug wurde sie ein bisschen weiter von der Küste weggezogen. Erst jetzt bemerkte sie die roten Flaggen am Strand, die Schwimmer warnen sollten. Wieso waren die ihr eben nicht aufgefallen? Sie strampelte, schnappte erschöpft nach Luft und bekam einen Schwall Salzwasser in den Mund. Sie hustete und schluckte nur noch mehr Wasser. Am Strand vergnügten sich Urlauber. Yella wollte um Hilfe schreien, sich bemerkbar machen, doch die Strömung, die ihren Körper unerbittlich aufs offene Meer zog, raubte ihr den Atem. Sie spürte, wie ihre Kräfte nachließen. Alle Versuche, sich gegen die Naturgewalt zu stemmen, waren vergeblich.

Mit letzter Kraft drehte Yella sich auf den Rücken und ließ sich einen Moment treiben. Sie musste aufhören, sich im Kampf gegen die Strömung so sehr auszupowern, dass sie am Ende ertrank. Überrascht stellte sie fest, dass der Sog nachließ, wenn sie sich ein bisschen seitlich orientierte und parallel zum Strand schwamm. Schon nach wenigen vorsichtigen Zügen spürte sie, wie das Wasser sie allmählich aus seinen nassen Klauen entließ. Ein paar Minuten später fand sie wieder Boden unter ihren Füßen.

Bibbernd und zu Tode erschrocken rang sie am Strand um Atem und Fassung. Es war alles so schnell gegangen, dass sie noch nicht einmal an ihre Familie zu Hause hatte denken können. Wann hatte sie eigentlich das letzte Mal das Gefühl gehabt, ihr Leben vollständig im Griff zu haben? Selbst in ihrem Berliner Alltag mit David empfand sie sich oft wie ein Stück Treibholz, das von den Wellen des Lebens hin und her geworfen und unaufhörlich weitergetragen wurde. Was, wenn ihr Leben plötzlich endete? So wie das Leben ihres Vaters? Sie wollte keinen Trümmerhaufen hinterlassen wie er, keine offenen Fragen. Sie hatte viel zu lange darauf vertraut, dass sich die Knoten in ihrer Beziehung von selbst lösen würden. Was für ein Unsinn! Seitlich aussteigen war das Gebot der Stunde. Es war an der Zeit, sich den Elementen entgegenzustellen und ihr Schicksal selbst zu lenken. Es gab nur einen einzigen Ausweg aus ihrer privaten Misere.

Während sie sich die Düne nach oben zum Fahrradparkplatz kämpfte, wählte sie die Nummer ihrer Schwiegermutter.

Nachdem sie den ganzen Tag auf das Treffen mit Roos gewartet hatte, war sie jetzt schon ein bisschen zu spät dran. Trotzdem nahm Yella sich die Zeit, Oma Lila anzurufen.

»Ich muss mit David sprechen«, sagte sie. »Es ist wirklich dringend.«

Und dann passierte das Erstaunliche. Kommentarlos reichte ihre Schwiegermutter das Telefon weiter. Im Hintergrund hörte sie ihre beiden Söhne fröhlich lachen.

»Hallo?«, hörte sie die vertraute Stimme.

»So geht es nicht weiter, David«, begann Yella ohne lange Einleitung, während sie sich aufs Fahrrad schwang und die erste lange Düne hinuntersauste.

David stammelte eine verwirrte Begrüßung. Offenbar hatte er mit einem anderen Anrufer gerechnet.

»Ich werde nicht länger warten, bis du dich herablässt, mit mir zu sprechen«, sagte sie ehrlich. »Ich habe jahrelang immer auf irgendwas gewartet. Auf Veränderung, auf deinen Roman, darauf, dass es zwischen uns wieder so wird wie früher, aber ich bin es leid.«

»Hat das was mit dem Mann von der Flaschenpost zu tun?«, erkundigte sich David, nachdem er sich wieder gefangen hatte.

Yella beschloss, auf die alberne Unterstellung gar nicht erst einzugehen. Sie war froh, auf dem Fahrrad zu sitzen. So konnte sie ihren Ärger über seine dumme Bemerkung in ihre Beinarbeit kanalisieren.

»Ich bin nicht mehr diejenige, die ich mal war. Und ich will mich nicht dafür entschuldigen müssen, dass ich immer noch mit meiner Familie beschäftigt bin, nur weil dich das Thema nervt.«

»Ich bin der Erste, der versteht, dass ich dir nicht genüge«, sagte David.

»Hör mir doch einmal zu«, rief Yella.

»Du musst dich nicht entschuldigen, Yella. Es ist doch nur normal, dass man sich in langen Beziehungen auch mal anderweitig umsieht.«

»Es geht nicht um jemand anderen«, sagte Yella irritiert. »Es geht nur um uns beide.«

»Yella, du kannst es ruhig zugeben. Ich habe das Foto gesehen. Und den Blick, mit dem dieser Frenkie dich ansieht.«

Er klang so fröhlich, als habe sie ihm eben eröffnet, im Lotto gewonnen zu haben.

Yella näherte sich in hohem Tempo einer Kreuzung. Welche verdammte Abzweigung war die richtige? Sie versuchte, sich zu orientieren, ohne das Tempo zu drosseln. David wertete ihr Schweigen als Zustimmung.

»Ich kenne diese Blicke«, sagte er voller Verständnis. »Und ich weiß, wie gut sie sich anfühlen.«

Das Gespräch entwickelte sich eindeutig in eine falsche Richtung.

»Ich habe nichts mit Frenkie«, sagte sie, schon ein bisschen aus der Puste. »Und ich habe es auch nicht vor.«

»Du darfst dich durch mich nicht am Leben hindern lassen«, antwortete David. »Ich stehe hinter dir, was auch immer du tust.«

Wütend klingelte Yella ein paar Touristen vom Radweg.

»Ich tue gar nichts«, bellte sie.

»Mir geht es doch genauso«, gab David zu.

»Wie bitte?«

»Du weißt es doch.«

»Was?«

»Das ist das Schöne an unserer Beziehung. Wir verstehen uns, ohne dass wir alles aussprechen müssen.«

Wer war dieser Mann, mit dem sie sich gerade unterhielt? Yella hatte nun definitiv das Gefühl, falsch verbunden zu sein.

»Mir geht es doch genauso mit Elena«, sagte David.

»Gibst du gerade zu, dass du eine Affäre hast?«, fragte Yella empört.

Plötzlich erstarben alle Geräusche in Davids Hintergrund. Er hatte offensichtlich befunden, dass das, was er zu sagen hatte, nicht für die Ohren seiner Eltern geeignet war. Und ganz bestimmt nicht für die von Leo und Nick.

»Elena ist wie eine Batterie für mich«, sagte er mit unterdrückter Stimme. »Ich tanke Lebensfreude. Für uns alle.«

»Für uns alle?«, wiederholte Yella empört. »Nicht für mich.«

»Uns ging es in den letzten Monaten großartig, Yella«, antwortete David. »Besser als in den Jahren zuvor. Bis du mit deiner Eifersucht angefangen hast. Elena nimmt dir nichts weg. Im Gegenteil.«

Seine Worte dröhnten in ihrem Kopf. Tat er wirklich so, als wäre sie schiefgewickelt, weil sie so kleinlich war, Treue einzufordern? Sie bog falsch ab, erkannte ihren Irrtum, bremste ab und drehte um.

David sprach ungerührt weiter. »Mein Herz gehört nur dir, Yella, aber meine Leidenschaft eben manchmal auch jemand anderem.«

»Du hast eine Affäre«, sagte Yella fassungslos.

»Du glaubst doch auch nicht an Monogamie, Yella. Sonst hättest du längst darauf bestanden, dass wir heiraten.«

Am Horizont tauchte die Tankstelle auf. Sie war fast da.

Zum Glück. Mit David jedoch war sie weiter vom Ziel entfernt als je zuvor.

»Du hast mir nie einen Antrag gemacht«, beschwerte sie sich.

»Doch, das habe ich«, sagte er verschnupft.

»Im Supermarkt, beim Hackfleisch.«

»Und beim Steuerberater.«

»Findest du das romantisch?«

»Ich habe auf jeden Fall gefragt.«

»Aber du hast es nie gemeint.«

Was sie auch sagte, David schien den Ernst ihrer Situation nicht zu erfassen.

»So eine monogame Beziehung engt doch nur ein«, sagte er.

»Mich nicht«, antwortete Yella entschieden.

»Ich liebe dich, Yella«, beschwor er sie mit warmen Worten. »Du bist die Frau, mit der ich alt werden will.«

Yella beendete das Gespräch. »Ich melde mich«, sagte sie. »Ich muss noch was Wichtiges erledigen.«

Das war nicht einmal gelogen. Entgeistert blickte sie Richtung Tankstelle. Helen hatte sich bereits am Treffpunkt eingefunden. Gegenüber in der Parkbucht bremste ein großer Landrover, der die Fischbude hinter sich herzog. Die Tür öffnete sich. Yella zuckte zusammen, als sie den hageren Mann aus dem Imbiss erkannte.

41. Vaterfreuden

Roos spielte auf dem Beifahrersitz an ihrem Handy herum.

Ihr seid leider überboten worden, schrieb sie. *Ich hätte nicht gedacht, dass das Foto so begehrt ist.*

Der Mann vom Fischimbiss steuerte auf Helen und Yella zu. Er lief wie jemand, der einen Boxkampf verloren hatte: geschlagen.

»Ich möchte, dass Sie begreifen«, sagte er in einem müden Ton.

Er zog einen Stapel Fotos hervor, die in einem Krankenhaus aufgenommen waren.

»Das war Tessa nach dem Unfall«, sagte er.

Sie blickten in das Gesicht einer zusammengekauerten jungen Frau mit strähnigem roten Haar und leerem Blick.

»Sie interessierte sich für nichts mehr. Nicht für ihre Arbeit, nicht für sich selbst, nicht für die Familie. Wir haben überhaupt erst im sechsten Monat rausgefunden, dass sie schwanger war.«

Yella und Helen fühlten sich unwohl. Sie hatten eine Grenze überschritten. So viel war klar.

»Es hat Jahre gedauert, bis sie über den Tod eures Vaters hinweggekommen ist. Sie hat sich solche Vorwürfe gemacht, dass sie sich überhaupt eingemischt hat.«

»In die Ehe?«, fragte Yella.

»Sie war so verliebt in diesen Idioten. Niemand konnte sie

davon überzeugen, dass man ihm nicht vertrauen konnte. Jeder wusste, dass er mehrere Beziehungen gleichzeitig hatte.«

»Jeder wusste das?«, fragte Helen.

Die Rolle des rücksichtlosen Schürzenjägers schien so gar nicht zu dem sanftmütigen, melancholischen Mann passen zu wollen, den sie in Erinnerung hatte.

»Ich habe sie immer wieder gewarnt«, erzählte der Mann weiter. »Tessa hatte schon länger den Verdacht, dass er ihr nicht die Wahrheit über seine Beziehung mit eurer Mutter sagte. Als Antwort machte er ihr einen Antrag. Sie sagte Ja. Drei Tage später warf sie den Verlobungsring ins Meer. Und traf sich am vierten wieder mit ihm. Es war wie eine Sucht.«

Er drehte sich zu seiner Enkelin um.

»Roos' Vater hat nie von ihr erfahren«, sagte er.

Dann überreichte er ihnen das entscheidende Foto. Helen warf einen schnellen Blick auf das Bild, reichte es an Yella weiter und schloss die Augen. Der Boden sackte unter ihren Füßen weg. Nach Monaten der Suche und Tausenden im Sande verlaufenen Spuren fielen die Puzzleteile endlich ineinander.

»Ich glaube, ich bin in Wirklichkeit ein blindes Huhn«, sagte Yella entgeistert. »Ich sehe Dinge nur, wenn sie direkt vor meiner Nase liegen.«

Ernüchtert betrachteten sie nacheinander das Foto, das jeden Zweifel auslöschte. Helen erinnerte sich bestens an das erste Mal, an dem ihre Mutter über Tessa sprach. Sie hatte nicht gelogen. Alles, was sie gesagt hatte, war wahr gewesen.

»Sie lief uns den ganzen Sommer hinterher. Überall: am Strand, beim Einkaufen, abends im Restaurant. Ständig tauchte sie bei uns in der Nähe auf. Sie hatte es auf unsere Familie abgesehen.«

Tessa hatte den Thalbergs tatsächlich nachgestellt. Vermutlich wollte sie alles über ihre mutmaßliche Konkurrentin herausfinden.

»Sie klemmte sich an die Fersen eurer Mutter, um ihr klarzumachen, dass sie auch noch da war. Es war eine regelrechte Obsession. Die Eifersucht hat sie fast um den Verstand gebracht. Vermutlich war sie schon vor dem Unfall krank«, sagte der Mann traurig.

Ihre Mutter hatte tatsächlich die Wahrheit gesagt. Sie hatte nur ein klitzekleines Detail ausgelassen. Das Einzige, was ihre Mutter vergessen hatte, zu erwähnen, war, dass Tessa zum damaligen Zeitpunkt eine Beziehung mit Thijs führte. Nicht mit ihrem Vater.

Das Foto zeigte Tessa, Arm in Arm mit dem jetzigen Ehemann ihrer Mutter, damals noch viel jünger. Ein attraktiver James-Dean-Verschnitt: wild, ein bisschen rebellisch und rasend attraktiv. Er trug denselben Pullover, den er auch auf den Bildern vom Fotostreifen getragen hatte. TNT stand nicht für Sprengstoff, sondern für das niederländische *»T en T«*: T und T. Thijs und Tessa.

»In der Sturmnacht bekam sie einen Anruf. Jemand hatte Thijs in Bergen aan Zee gesehen. Dabei war er angeblich in Den Helder, wo sie auf besseres Wetter und den Transport zur Bohrinsel warteten. Tessa drängte mich, sie zu der Adresse zu fahren. Sie war sich sicher, dass er sich mit Henriette traf. Sie wollte ihren Freund stellen.«

»Unsere Mutter war mit einer Freundin in Amsterdam«, sagte Yella.

Angeblich, schob sie in Gedanken nach.

»Ich wünschte, ich hätte sie begleitet. Aber ich musste den

Imbisswagen in Sicherheit bringen. Das war unsere Existenz.«

Er schluckte schwer.

»Als ich von der Garage nach Hause kam, war Tessa verschwunden.«

»Sie ist zur Villa Vlinder geradelt, zu unserem Vater«, sagte Helen tonlos.

»Ich habe schon geschlafen, als sie nach Hause kam«, rundete der Fischhändler seinen Bericht ab. Am Morgen hörten wir von dem Unfall. Ich habe nie mehr die Gelegenheit bekommen, nachzufragen, was in der Nacht vorgefallen ist.«

Die Gedanken drehten sich wie wild in Yellas Kopf. Die letzte Begegnung mit ihrem Vater spielte sich vor ihrem inneren Auge ab. Von ihrem geheimen Platz auf der Treppe hatte sie beobachtet, wie ihr Vater die fremde Frau umarmte. Irgendwann fiel sein Blick in ihre Richtung.

»Stehst du schon länger hier?«, hatte er sie erschrocken gefragt.

Yella hatte in der Sturmnacht etwas gesehen, was nicht für ihre Kinderaugen bestimmt war.

»Mach dir keine Sorgen, Yella. Das ist etwas zwischen mir und deiner Mutter. Es kommt alles in Ordnung«, hatte er sie beschworen. »Das hier ist unser kleines Geheimnis. Du darfst deinen Schwestern nichts sagen, überlass das mir.«

Dann hatte er gemeinsam mit Tessa das Haus verlassen. Kurz bevor er in den Sturm getreten war, hatte er sich ein letztes Mal umgedreht und verschwörerisch seinen Zeigefinger über seine Lippen gelegt.

In der Rückschau war ihr plötzlich klar: So eindeutig war die Umarmung tatsächlich nicht. Das, was sie als Geste der

Liebe gelesen hatte, konnte ebenso gut eine Geste des Trostes gewesen sein.

Der Fischhändler übergab ihnen den Zettel mit der Adresse, zu der Tessa damals wollte.

»Ich habe alles getan, meine Enkelin vor Thijs zu schützen. Ich wusste nicht einmal, dass sie ein Foto von ihm besaß.«

Roos wippte im Auto im Takt von unhörbarer Musik. Sie tat so, als wäre sie allerbester Laune.

»Wir meiden Bergen«, sagte er. »Ich will dem Mann nie wieder begegnen.« Seine Stimme brach.

»Thijs weiß nichts von seiner Tochter?«, fragte Helen noch einmal explizit nach.

»Das Glück meiner Familie liegt jetzt in Ihren Händen«, nickte der Fischhändler.

Er drehte sich um und lief zurück zu seinem Wagen, als Helen noch etwas einfiel.

»Warten Sie.«

Helen holte aus der Tasche Lucys *army bomb.*

Im Auto reckte Roos die Faust in die Höhe.

Ein zartes Lächeln flog über das Gesicht des hageren Mannes.

»Sie verlieben sich immer in die Falschen«, sagte er.

42. Ein neues Zuhause

Schweigend passierten Yella und Helen die Unfallstelle. Sie waren auf derselben Strecke nach Bergen aan Zee unterwegs, die ihr Vater in der Sturmnacht genommen hatte. In Yellas Hand brannte das Papier mit der Adresse, zu der ihr Vater vermutlich gefahren war. Parkweg 42.

»Mama war in der Sturmnacht in Amsterdam«, wiederholte Yella noch einmal.

»Oder auch nicht«, fügte Helen hinzu.

Was in aller Welt hatte ihr Vater in Bergen aan Zee angetroffen? Und vor allem wen? Hatte Tessa recht mit ihrer Vermutung, dass Thijs sich in Bergen aan Zee mit ihrer Mutter traf? Was war dort in der Sturmnacht geschehen? Sie hatten sich den Kopf darüber zermartert, was so wichtig gewesen war, dass ihr Vater in der Nacht die vier Kinder zurückgelassen und gemeinsam mit Tessa das Ferienhaus verlassen hatte. Sie hatten alle Szenarien im Kopf durchgespielt: einen medizinischen Notfall, ein Freund, der Hilfe brauchte, und so weiter. Auf das Naheliegendste waren sie nicht gekommen. Ihr Vater machte sich auf den Weg zu dem Menschen, der der wichtigste in seinem Leben war: seiner eigenen Ehefrau.

Mit einem Grummeln im Magen passierten sie das Ortsschild von Bergen aan Zee. Das Auto schlängelte sich über die sanften Hügel des Dorfes, das so viel heller schien als der vom Meer entfernte Ortsteil und doch so düstere Geheimnisse barg. In ihrer Hand knetete Yella den Zettel mit der Adresse.

An der Rotunde vor dem Strand bogen sie nach links in den Parkweg, wo jedes zweite Haus an Touristen vermietet wurde.

Yella las die Hausnummern ab: »34, 36, 38, 40 …«

Sie hielt nervös den Atem an, als sie vor der Nummer 42 hielten. War dieses gemütliche Anwesen das letzte Ziel ihres Vaters gewesen? Die Fassade des verschachtelten Backsteinhauses war unter einem Baugerüst verborgen. Es wirkte mehr wie eine Baustelle als ein Zuhause. Das abgeblätterte Schild *Vakantiewoning Duinzicht* hing auf einem verbeulten Pfosten im verwilderten Vorgarten, als habe ein Betrunkener die letzte Kurve nicht geschafft. Vor dem Haus parkte ein Lastwagen mit der Aufschrift *Bakker Ontruimingen. We halen je huis binnen 24 uur leeg.*

»Entrümpelungen binnen 24 Stunden«, übersetzte Helen mithilfe von Google.

Eine Haushaltsauflösung. Die altmodischen Gardinen im oberen Stock ließen darauf schließen, dass hier ein älterer Mitbewohner ausgezogen, vielleicht sogar verstorben war.

Zögerlich presste Yella ihren Finger auf die Klingel und fühlte sich, als wäre sie bei »Bitte melde dich« gelandet. Von drinnen klangen Stimmen, dann Schritte, die langsam näher kamen. Die Tür flog auf. Verwirrt blickte sie in ein bekanntes Gesicht: Frenkie. Die Überraschung war auf beiden Seiten gleichermaßen groß.

»Was machst du denn hier?«, fragte Yella.

»Wohnen«, meinte Frenkie. »Bald.«

»Hier?«

»Ja. Und du?«

Eine halbe Stunde später saßen sie auf Umzugskartons in einem Wohnzimmer, in dem sich auf vergilbten Tapeten noch die Umrisse der abtransportierten Möbel und Kunstwerke abzeichneten.

»Das Haus gehörte einer unverheirateten Tante von Milou«, erzählte er. »Wir haben es vor zwei Jahren geerbt.«

Er korrigierte sich. »Meine Ex-Frau hat es geerbt.«

Ursprünglich wollten Frenkie und Milou das Anwesen, genau wie die Tante, an Touristen vermieten, doch dann kam die Scheidung.

»Ich habe es als Ausgleich für das, was ich in unseren Palast an der Eeuwigelaan gesteckt habe, zugesprochen bekommen.«

Er strahlte. »Ich will nie mehr in so einem supermodernen Glaskasten wohnen«, sagte Frenkie. »Ich will lieber etwas mit Geschichte. Etwas, das ich mit eigenen Händen gestalten und renovieren kann. Und wenn es bedeutet, dass ich erst einmal 63 Jahre Geschichte aufräumen muss. Die alte Dame hat alles aufgehoben. Jeden Fetzen Papier.«

Er wies auf eine Kiste mit altem Orangen-Einwickelpapier. »Falls ihr Interesse habt.«

Es schmerzte ihn sichtlich, ein ganzes Leben zu entsorgen.

»Kann man herausfinden, wer hier im August 2001 gewohnt hat?«, fragte Yella.

Frenkie fahndete in den unzähligen Umzugskisten mit Bürokram, die darauf warteten, zum Schredder vor der Tür befördert zu werden, nach Hinweisen. Yella und Helen halfen ihm, bis sie tatsächlich auf einen uralten Ordner mit alten Verträgen stießen. Frenkie blätterte und stutzte.

»Was ist?«, fragte Yella alarmiert.

»Die Wohnung war ab August 2001 fest vermietet«, sagte er.

Er winkte sie heran. Da stand schwarz auf weiß ein Name, der zweifelsfrei klärte, wer das Feriendomizil dauerhaft bewohnen wollte.

»Henriette Thalberg«, las Helen entgeistert auf dem *huurcontract*.

»Milous Tante hat die Wohnung an unsere Mutter vermietet?«, fragte Helen.

»Vielleicht steckte das Geld, das Louise für unsere Mutter ausgelegt hatte, in dieser Wohnung?«, mutmaßte Yella.

»Mama hat eine Wohnung in Bergen aan Zee gemietet?«, wiederholte Helen noch immer fassungslos. »Als Ferienwohnung? Für unsere Familie?«

Frenkie stand auf und öffnete die Tür. »Ich zeige euch die Wohneinheit.«

Neugierig betraten sie die Räume. Die Unterkunft verfügte über ein winziges Schlafzimmer, ein Miniwohnzimmer mit Küchenzeile und ein klitzekleines Bad. Dafür besaß sie eine malerische Terrasse mit Blick aufs Meer.

Endlich begriff Helen, was wirklich los war.

»Unsere Mutter wollte die Familie verlassen.«

»Und ihre Freundin Louise hat ihr dabei geholfen«, schloss Yella.

»Ruf Doro und Amelie an«, sagte Helen tonlos. »Das geht auch sie an.«

43. Ohne euch

Doro, Yella, Helen und Amelie hatten sich in einem Strandpavillon in Bergen aan Zee versammelt.

Die vier Schwestern blätterten das Material durch, das sie bei Frenkie gefunden hatten. Ihre Mutter hatte tatsächlich eine kleine Wohnung in Bergen aan Zee angemietet. Frenkie, der weitergesucht hatte, war noch auf einen zweiten Ordner gestoßen, in dem sich Kopien von Briefen aus dem Jahr 2001 befanden. Sie waren mit einer mechanischen Schreibmaschine, Durchschlagpapier und solcher Wut geschrieben, dass die Tastenanschläge Löcher im Papier hinterlassen hatten. Die Tante beschwerte sich bitterlich bei ihrer Nichte über die schauderhafte Mieterin, die sie ihr aufgedrängt hatte. Anstatt wie alle anderen Sandsäcke zu schleppen und bei den Vorbereitungen für Sturm Ira mitzuhelfen, empfing sie ihren Lover. In großer Robe, als ob sie zu einer Veranstaltung in die Oper ging. Später in der Nacht kam noch ein anderes Pärchen dazu, und es gab fürchterlichen Krach.

Yella schaffte es immer noch nicht, die neuen Informationen zu verarbeiten: »Unsere Mutter wollte in Holland ein neues Leben aufbauen? Und dann tauchte Johannes in der Wohnung auf.«

»Mit Tessa«, sagte Helen.

»Die Wahrheit muss für unsere Mutter ernüchternd gewesen sein: Thijs hat nicht nur seine Freundin, sondern auch seine Affäre betrogen«, sagte Helen.

»In der Nacht brach alles über Mama zusammen. Ihre Ehe, ihre Affäre, dann der Unfall. Sämtliche Lebenspläne endeten im selben Augenblick«, meinte Amelie.

Während bei ihren Schwestern Empörung und Fassungslosigkeit überwogen, schwang in ihrer Stimme sogar Mitleid.

Weiter hinten fanden sich Briefe nach Deutschland, die allesamt zurückgekommen waren. Die Tante listete penibel auf, was in der Wohnung zurückgeblieben war. Zwei Koffer mit Damenkleidung, fünf Paar Schuhe und drei Briefe: ein Schreiben der KLM, eine Werbebroschüre des Internats, das Helen und Amelie später besuchten, und Post von einem Fachanwalt für Familienrecht.

»Die Scheidungspapiere?«

Die Post ließ zweifelsfrei darauf schließen, dass Henriette ihre Zukunft genauestens geplant hatte. Ihre Mutter war in dem damaligen Sommer auf dem besten Weg gewesen, nicht nur Johannes zu verlassen. Sie war bereit, für ihre neue Liebe die Töchter zurückzulassen.

Atemlos setzten sie die Ereignisse der Nacht neu zusammen. Ihre Mutter war nicht mit ihrer Freundin in Amsterdam gewesen. Sie hatte sich mit Thijs in ihrer frisch angemieteten Wohnung verabredet. Tessa hatte davon erfahren, radelte zur Villa Vlinder, um ihren Vater zu informieren. Gemeinsam brachen sie nach Bergen aan Zee auf. Mitten im Sturm! Die Angelegenheit duldete keinen Aufschub. Was jedoch das Schockierendste an der ganzen Geschichte war: Ihre Mutter hatte über den wichtigsten Teil gelogen. Henriette Thalberg hatte ihren Ehemann in der Unfallnacht noch einmal getroffen.

Die Sommerschwestern konnten sich zum ersten Mal in die emotionale Lage versetzen, in der sich ihr Vater befunden haben musste. Hatte die Begegnung mit Henriette Johannes so aufgewühlt, dass er auf der Rückfahrt die Gewalt über das Steuer verloren hatte? Hatte er gar das Gefühl gehabt, sein Leben wäre am Ende? Hatte er das Auto absichtlich in den Graben gesteuert?

»Und Tessa wusste das alles«, sagte Helen.

»Henriette hatte gute Gründe, ihre Identität geheim zu halten«, verstand Yella.

Die Frau war gefährlich für ihre Mutter, weil sie das Bild, das die Kinder von ihr hatten, zerstören hätte können. Darum tat sie so, als wäre Thijs neu in ihr Leben getreten. Sie wollte um jeden Preis der Welt verhindern, dass die Vergangenheit sie einholte. Sie hatte gelogen, weil sie nicht wollte, dass ihre Kinder je von ihrer letzten Begegnung und von dem Streit erfuhren. Sie hatte gelogen, weil sie Angst hatte, jemand könnte ihr die Schuld am Unfall geben, sie hatte gelogen, um sich selbst zu schützen.

»Es gibt noch einen Grund mehr«, sagte Doro und knallte einen Packen Papier auf den Tisch.

Die Schwestern sahen sie überrascht an.

»Post vom Nachlassgericht«, erklärte sie.

»Das Testament unserer Großeltern?«, fragte Helen neugierig.

»Das ist kein Testament«, sagte Doro. »Das ist eine Abrechnung.«

Sie blätterte in den Unterlagen, bis sie eine besonders aussagekräftige Stelle gefunden hatte. »Wir möchten ausdrücklich darauf hinweisen, dass Frau Henriette Thalberg nicht zum Kreis der Erben gehört. Jeglicher Erbanspruch, sei es in Form von Vermögenswerten, Beteiligungen am Unternehmen oder anderweitigen Nachlassgegenständen, ist verwirkt, nachdem sie die Überschreibung der Villa gerichtlich erzwungen hat. Wir sind bis heute der Meinung, dass Punkt 3 des Ehevertrags gilt, der besagt, dass Henriette bei einem anhängigen Scheidungsverfahren oder Trennungsabsichten vom Erbe unseres Sohnes Johannes ausgeschlossen wird.«

Helen schüttelte verwirrt den Kopf: »Ganz schön viele Informationen.«

»Wäre die Affäre mit Thijs ans Licht der Öffentlichkeit gekommen, hätte sie jedes Recht auf das Erbe verwirkt. Im Falle einer Trennung wäre sie leer ausgegangen«, fasste Doro zusammen.

Kein Wunder, dass Henriette sämtliche Bande nach Holland kappte. Sie hätte das Haus und jede finanzielle Basis verloren, wenn jemand rausgefunden hätte, dass sie eine Affäre mit dem Niederländer hatte.

Amelie schüttelte den Kopf. »Sie hatte vier Kinder. Sie hatte keinen Job, sie stand ganz alleine da. Was hätte sie tun sollen?«

»Das ist alles nichts Neues«, sagte Helen. »Das wussten wir.«

Über Jahre verweigerten die Großeltern Henriette jede Unterstützung und kämpften den Rechtsstreit bis in die letzte Instanz durch. Zu allem Überfluss bandelte Henriette ausgerechnet mit dem Immobilienexperten an, den die Großeltern bestellt hatten, um den Wert des Hauses zu bestimmen. Bernhard wurde nicht einmal ein Jahr nach dem Tod von Johannes Thalberg ihr zweiter Ehemann und der verhasste Stiefvater der Kinder.

Helen dachte zurück an den nächtlichen Ausflug ins Museum und das warme Gefühl, das sie im Schatten der großelterlichen Figuren empfunden hatte. War das eine Illusion gewesen? Pures Wunschdenken?

»Sie haben sogar bestimmt, dass es in Ermangelung von Erben kein Grab für sie geben soll. Sie haben nicht nur das Vermögen, sondern auch ihre Körper der Wissenschaft hinterlassen.«

Yella schüttelte sich: »Ein gruseliger Gedanke.«

»Was ich nicht verstehe: Warum haben die Großeltern uns Kinder einfach unserem Schicksal überlassen?«, sagte Helen. »War ihnen wirklich egal, was aus uns wird?«

Doro rekapitulierte, was sie aus dem Testament entnommen hatte. »Die Großeltern zweifelten an allem, was mit Henriette zu tun hatte: an den Aussagen über ihren biografischen Hintergrund, an ihrem Motiv, sich in ihren Sohn zu verlieben, an ihrer Treue. Aus dieser Verbindung, so argumentierten sie, konnte nichts Gutes entstehen.«

»Johannes' Familie hat Mama nie wirklich akzeptiert«, sagte Yella.

Doch Doro wusste noch mehr.

»Unsere Großeltern forderten, dass das Erbe ihres Sohns von einem unabhängigen Treuhänder in einen Fonds eingebracht wird«, sagte sie. »Sie wollten sicher sein, dass das Erbe uns zugutekommt und nicht bei Henriette versandet.«

Zur Bestätigung las Doro einen weiteren Absatz aus den Bestimmungen vor. »Wir haben starke Bedenken, ob Henriettes Interesse darin besteht, das Familienvermögen langfristig zu bewahren und für kommende Generationen zu sichern. Deswegen sehen wir uns gezwungen, auch die vier minderjährigen Enkelinnen vom Erbe auszuschließen. Wenn es denn die Kinder von Johannes sind.«

Yella lachte schrill auf. »Wenn es denn die Kinder von Johannes sind?«, wiederholte sie.

Die Großeltern Thalberg trauten Henriette alles und nichts gleichermaßen zu.

Tödliche Stille breitete sich aus. Das Leben um sie herum drehte sich weiter. Die Nordseewellen rauschten unaufhörlich, die Möwen zogen ihre Kreise, im Restaurant wurde gekocht, bedient und gelacht. Ein Junggesellinnenabschied bestellte gefühlt die zehnte Runde Schnaps. Eine in die Jahre gekommene Barbie versuchte, die Schwestern zum Mittrinken zu animieren, und verzog sich, als sie merkte, dass am Tisch der Sommerschwestern dicke Luft herrschte.

»Achtung, Spaßbremsen!«, rief sie ihren Barbie-Kolleginnen zu.

Doro fand als Erste die Sprache wieder. Sie blickte auf die Uhr. »Fragen wir Henriette«, sagte sie. »Sie muss jeden Moment hier sein.«

Die Schwestern waren überrascht.

»Ich habe ihr gesagt, dass wir etwas mit ihr besprechen wollen«, sagte Doro. »Ich habe es dringend gemacht.«

Genauso hatte ihr Weg in Bergen angefangen. Mit dem mysteriösen Brief ihrer Mutter, die sie aufforderte, an die Nordsee zu reisen, weil sie ihnen etwas Wichtiges mitteilen wollte. Jetzt schloss sich der Kreis mit der Gegeneinladung.

»Was ist das?«, fragte Amelie. »Ein Agatha-Christie-Roman? Alle kommen zusammen und warten gespannt darauf, dass der Täter öffentlich vorgeführt wird?«

»Willst du nicht wissen, wie sie die Geschichte sieht?«, fragte Yella.

»Ich glaube Mama, dass sie nur das Beste für uns wollte.«

»Im Ernst jetzt?«, fragte Doro ätzend.

»Niemand steht auf und nimmt sich vor, heute mal jemanden so richtig in die Pfanne zu hauen«, sagte Amelie. »Sie war in einer Beziehung gefangen, die sie eingeengt hat. Sie hat sich in einen anderen verliebt, das ist nur allzu menschlich.«

»Sie hat uns angelogen«, sagte Helen.

»Mama hat Fehler gemacht«, sagte Amelie. »Wie wir alle.«

Tränen liefen über ihre Wangen. Yella legte den Arm um sie.

»Wer hat schon eine einfache Mutter«, sagte Amelie. »Niemand.«

Amelie schälte sich aus der Umarmung und stand so abrupt auf, dass ihr Stuhl nach hinten umfiel.

»Ich bin raus«, sagte sie mit tränenerstickter Stimme. »Ich baue ein Haus. Ich fange gerade ein neues Leben an …«

Sie schluchzte laut. Ohne ein weiteres Wort verließ sie das Restaurant. Die Schwestern blieben betreten zurück.

Zwei Stunden später warteten sie noch immer auf Henriette. Das Strandrestaurant hatte sich geleert. Ein paar übrig gebliebene Barbie-Freundinnen hingen in den Seilen, während die Braut Richtung Klo torkelte.

Über der Nordsee erlosch das letzte Licht des Tages. Keine der Schwestern wagte auszusprechen, was längst überdeutlich war. Henriette dachte nicht im Traum daran, auf ihre Einladung einzugehen und ihnen Rede und Antwort zu stehen.

Helen stand auf: »Ich bin todmüde«, sagte sie.

Doro schloss sich ihr an: »Morgen ist auch noch ein Tag.«

Yella übernahm die Rechnung. Als sie, wie in den Niederlanden mancherorts üblich, an der Bar bezahlte, kehrte die derangierte Braut leichenblass von der Toilette zurück. Ihre Krone thronte windschief auf den zerzausten Locken, Mascara lief über ihre Wangen.

»Viel Glück«, sagte Yella. »Sie werden es brauchen.«

44. Kopfschmerzen

Helen kämpfte mit dem Schlaf. Wann immer sie die Augen schloss, sah sie die Wohnung am Parkweg vor sich, in der ihre Eltern miteinander stritten. Sosehr sie sich auch bemühte, zu verstehen, was sie einander an den Kopf warfen, sie hörte nur blubbernde Geräusche. Aus der Kakofonie stach ein einziger Satz heraus. Es waren die Worte der Großeltern Thalberg, die in Dauerschleife aus dem Mund ihrer Mutter quollen: »Wenn es überhaupt deine Töchter sind.« Wieder und wieder rannte ihr Vater kopflos davon und setzte sich in den Wagen.

Helen fuhr schweißgebadet hoch.

»Du hattest einen Albtraum«, sagte Paul, aufgeschreckt durch ihre jähen Bewegungen.

Er brachte ihr ein Glas Wasser ans Bett und fühlte ihre heiße Stirn.

»Es geht schon wieder«, sagte Helen. Dabei war nichts weniger wahr.

Sie trank ein paar Schlucke, bevor ihr Magen sich umdrehte.

Den Rest der Nacht verbrachte Helen im Dauerlauf zwischen Bauwagen und den sanitären Anlagen auf dem Gelände.

»Ich habe irgendwas Verkehrtes gegessen«, sagte sie.

Paul nickte stumm, bezog das Bett neu, trat sein Kopfkissen ab, um es ihr bequemer zu machen, legte einen kalten Waschlappen auf ihre Stirn und war einfach nur da. Sein vertrauter

Atem und die Wärme seines Körpers neben ihr beruhigten sie. Irgendwann schlief Helen in Pauls Armen ein.

Der Morgen begrüßte sie mit Sonnenschein und einem stechenden Kopfschmerz. Die verstörenden Bilder der Nacht hallten in ihr nach. War irgendetwas dran an den Unterstellungen der Großeltern Thalberg?

Beim Blick auf ihr Handy realisierte sie erschrocken, dass es bereits halb zwei war. Sie hatte den halben Tag verschlafen. Paul hatte sich unbemerkt nach draußen gestohlen.

Mühsam erhob Helen sich aus dem Bett und tapste benommen Richtung Spüle, um ein Aspirin zu nehmen. Alles schmerzte, als habe sie in der Nacht einen Marathon absolviert. Wo waren nur ihre Pillen geblieben? Vergeblich suchte sie in ihrem Kulturbeutel. Alle Röhrchen und Schachteln waren verschwunden.

Sie öffnete die Tür.

»Hast du die Medikamente weggeräumt?«, fragte sie Paul, der auf der Veranda am iPad arbeitete. Er war dabei, Angebote einzuholen, um seinen Entwurf mit Zahlen zu untermauern.

Paul schüttelte den Kopf. »Warum sollte ich?«, fragte er.

»Sie sind weg«, sagte Helen.

Paul legte seine Arbeit zur Seite: »Die Schlaftabletten?«

»Auch«, sagte Helen.

Die Tür zum Bauwagen verfügte über kein funktionierendes Schloss. Jeder konnte hier unbemerkt ein und aus gehen. Aber es gab nur einen Menschen, der tatsächlich von dieser Möglichkeit Gebrauch gemacht hatte. War ihre Mutter gestern hier gewesen? Während sie im Strandrestaurant vergeblich auf sie gewartet hatten? Helen versuchte, Henriette zu erreichen, dann Thijs. Vergeblich.

»Du glaubst doch nicht, dass sie sich etwas antun könnte«, sagte Paul, dem plötzlich selbst ganz mulmig wurde.

Helen lief rüber zur Jurte. Wenn jemand wusste, ob Henriette da gewesen war, dann Philomena, die am gestrigen Tag Technikproben auf der Bühne abgehalten hatte. Das Zelt lag verlassen da. Ebenso wie der Wohnwagen, den Yella gemietet hatte. Das *Cultuurdorp* war wie ausgestorben.

Helen war zutiefst erleichtert, als sie Yella wenigstens telefonisch erreichte.

»Wo bist du?«, fragte sie.

Irgendwie hoffte sie, dass ihre Schwester sich nach dem gestrigen Desaster zu ihrer Mutter aufgemacht hatte.

»Beim Bäcker«, antwortete Yella.

Helen erzählte ihrer Schwester von dem entsetzlichen Verdacht, der in ihr keimte. Wie weit würde ihre Mutter gehen, wenn es darum ging, sich kritischen Fragen zu entziehen? Was, wenn sie sich tatsächlich an ihren Medikamenten bedient hatte? Man brauchte nicht mal Chemikerin zu sein, um sich die Konsequenzen auszumalen, sollte ihre Mutter auf die Idee kommen, die Pillen alle gleichzeitig einzunehmen.

»Ich schau am Campingplatz vorbei«, sagte Yella. »Ich bin ganz in der Nähe.«

Sie versprach, sich sofort zu melden. Helen legte auf.

Die Angst, dass ihre Mutter sich etwas angetan haben könnte, wurde übermächtig. Und hinter der Wut und der Sorge tauchte ein Gefühl auf, von dem sie nicht gedacht hatte, dass es in ihr existierte. Es war die Sehnsucht nach wirklicher Nähe. Die Wahrheit lag auf dem Tisch und damit vielleicht auch die allerletzte Möglichkeit, einander neu und ehrlich zu begegnen. Mit jeder Faser ihres Herzens hoffte sie, dass es noch nicht zu spät war.

45. Aufräumen

Yella passierte mit gemischten Gefühlen die Schranke zum Campingplatz in den Dünen, der für die Sommerschwestern in so vielen großen Ferien Heimat gewesen war. Das Gelände fühlte sich so vertraut an wie eine alte Jacke. Selbst nach vielen Jahren und Umstrukturierungen kannte sie die Wege wie im Schlaf. Sie kurvte mit dem Fahrrad über dieselben sandigen Pisten, auf denen sie früher mit ihren Schwestern herumgetobt war. Mühelos fand sie im endlosen Gewirr von Zelten und *stacaravans* die Abkürzung zur großen Fußballwiese, wo Thijs mit seinem Wohnmobil seinen angestammten Standplatz belegte. An der Tür klebte der bekannte Hinweis, dass man Thijs in den kommenden Wochen wieder für allerlei handwerkliche Hilfsarbeiten buchen konnte.

Ein Schlüsselbund steckte von außen im Schloss. An den kleinen Glöckchen erkannte sie, dass er ihrer Mutter gehörte. Nur der sperrige gusseiserne Schlüssel, der ihr seit Jahrzehnten dazu diente, ihren Schlüsselring in großen Handtaschen oder selbst im Dunkel ertasten zu können, fehlte.

Yella klopfte zaghaft. Keine Reaktion. Sie legte das Ohr an die Tür. Nichts. Nur das sachte Geklingel der Schlüssel.

Yella hielt den Atem an, als sie die Klinke runterdrückte. Nach den Ereignissen des gestrigen Tages und Helens alarmierendem Anruf fürchtete sie sich vor allem, was sie hinter der Tür erwartete. Sie schwankte zwischen Erleichterung und Enttäuschung, als sie den winzigen Wohnraum verlassen vorfand. Der Kleiderschrank wies große Lücken auf. Hatte ihre Mutter aussortiert? Genau wie in Köln? Oder steckte mehr dahinter?

Alles, was von Henriette zurückgeblieben war, war ein zerknüllter Zettel im Papierkorb. Die energische, übergroße Handschrift war unverkennbar. Das vielfach korrigierte Schreiben enthielt keine Anrede und keinen Gruß. Yella tat sich schwer, in dem Gekritzel einzelne Satzteile zu entziffern.

Keinen Preis der Welt in ein Grab … Angst vor der schweren Erde … Asche aus einem Flugzeug … Ich will, dass der Wind mich wegträgt, ein letztes Mal fliegen, so wie früher.

Dann brach der Text ab, als ob sie der Mut verlassen hätte.

Der Boden unter Yellas Füßen sackte weg. Das Loch darunter war tief und schwarz und endlos. Helen machte sich vollkommen zu Recht Sorgen. Es war wahrlich nicht einfach, mit Henriette auszukommen. Aber in diesen bangen Minuten spürte sie, dass es noch etwas Schlimmeres gab. Und das wäre, ihre Mutter zu verlieren.

Die alten Damen vom Stellplatz gegenüber, beide mit identischen kecken Kurzhaarfrisuren und blasslila Strähnchen, hatten ihre Campingstühle so positioniert, dass ihnen keine Bewegung am Wohnmobil nebenan entging. Ungefragt teilten sie Yella ihre Beobachtungen mit.

»Gestern ist es hoch hergegangen dadrinnen«, sagte die eine genüsslich. Für sie war das wohl wie Kino.

»*Ruzie, knallende ruzie*«, ergänzte die andere, was wohl so viel hieß wie Krach.

»Sie ist mit einer großen Tasche weg«, informierte die erste.

»Und wenn du Thijs suchst, der ist sicher in seiner Stammkneipe.«

»*Borrelen kan altijd*«, sagte ihr niederländisches Echo, führte ein imaginäres Glas zum Mund und hob den Daumen.

Yella griff zum Telefon und rief Helen an: »Land unter«, sagte sie. »Ich brauche dich hier.«

46. Chronisch untreu

Helen traf gleichzeitig mit Yella vor dem *Café d'Alderliefste* an der *Ruïnekerk* ein. Sie öffneten die schwere Holztür und verharrten einen Moment, um die Szene, die sich ihnen bot, in sich aufzunehmen. Thijs balancierte gerade ein Tablett von der Theke zu einem zum Stehtisch umfunktionierten Bierfass. Flipflops und kurze Hosen wiesen die reiferen Damen zweifelsfrei als Campingbewohnerinnen aus. Die Seniorinnen standen in guter Laune und Durst dem Junggesellinnenabschied vom gestrigen Tag in nichts nach. Knisternde Spannung hing in der Luft. Thijs blickte jeder einzelnen Frau tief in die Augen, während er die Gläser austeilte. In seiner Stimme schwang eine enorme Dosis Verspieltheit und Flirt mit.

»Besonders besorgt wirkt er nicht«, sagte Yella.

Eine Nachzüglerin drängte Yella und Helen mit gezieltem Einsatz des Ellenbogens zur Seite und gesellte sich zu der ausgelassenen Truppe. Thijs' Hand glitt vertraut über ihren Rücken, während er sie mit den hollandtypischen drei Küsschen begrüßte. Begeistert reihte sie sich in seinen Fanklub ein. Er erzählte irgendeine Anekdote, die die Runde über die Maßen erheiterte. Thijs mochte charmant und attraktiv sein, er war zugleich gänzlich unzuverlässig.

»Er sieht aus wie ein Heiratsschwindler auf Beutezug«, sagte Helen.

Henriette und Thijs waren nicht Charles und Camilla. Es gab keine Krone auf ihre Beziehung und kein Happy End. Die Erkenntnis war ernüchternd. Ihre Mutter hatte ihr Kölner Leben für einen Mann aufgegeben, der sie verlassen würde, so wie er alle Frauen vor Henriette betrogen und verlassen hatte. Henriettes Angst vor dem Alleinsein überstieg ihr Selbstwertgefühl bei Weitem.

Plötzlich wandte Thijs sich in ihre Richtung. Sein Dauerlächeln verwandelte sich in ein Strahlen. Mit scheinbar grenzenloser Selbstsicherheit, ohne Anflug von Überraschung, Ertapptsein oder gar Scham, winkte er sie heran.

»Kommt zu uns«, rief er ihnen unbekümmert zu. »Wir rücken zusammen. Für euch ist immer Platz in unserer Runde.«

Thijs zeigte sich unbeeindruckt davon, in einer kompromittierenden Situation ertappt zu werden.

»Wir suchen Mama«, sagte Yella. »Sie ist verschwunden.«

»Weißt du, was das Geheimnis einer glücklichen Beziehung ist?«, sagte Thijs gelassen. »Man sollte sich nicht allzu viel in das Leben des anderen einmischen.«

»Wo ist Mama?«, wiederholte Yella.

»Weitergezogen, nehme ich an«, sagte Thijs. »Das mit der einzig wahren Liebe war wohl doch ein Irrtum. Aber es war einen Versuch wert.«

In diesem Moment brannten bei Yella sämtliche Sicherungen durch. Sie holte aus und verpasste Thijs eine schallende Ohrfeige. Helen konnte es schier nicht fassen. So aufgelöst hatte sie ihre Schwester noch nie erlebt.

Die Frau neben ihm ergriff vorsorglich die Flucht, ein paar andere verzogen sich zum Rauchen vor die Tür. Von einem

Nachbartisch folgten ihnen interessierte Blicke. Zwei elegante Frauen, die aussahen, als kämen sie gerade vom Friseur oder frisch eingekleidet aus der Nobelboutique nebenan, musterten Thijs interessiert. In ihren Augen blitzte die Vorfreude auf interessante Verwicklungen, die ihren Nachmittagsdrink mit ein bisschen Dorfklatsch belebten.

»Wenn es dir damit besser geht«, sagte Thijs mit einem Grinsen. »Gern geschehen.«

Yella blitzte ihn aus düsteren Augen an. Sie presste die Lippen zusammen, als wollte sie um jeden Preis verhindern, dass ihr eine Entschuldigung entschlüpfte.

»Wir wissen Bescheid über die Sturmnacht«, sagte Helen. »Auch über deinen Anteil.«

Thijs ließ sich durch nichts aus der Ruhe bringen.

»Als ich wieder mit Henriette zusammenkam, war ich von Anfang an dafür, euch reinen Wein einzuschenken«, sagte er. »Henriette war der Meinung, dass wir als Paar nur eine Chance haben, wenn wir bei null beginnen. Ich habe sie gewarnt, dass irgendwann alles rauskommt.«

»Und was ist alles?«, fragte Helen.

Thijs holte tief Luft. Ganz offensichtlich war ihm klar, dass es für Ausflüchte und Lügen zu spät war. Er hatte sich lange genug hinter Henriettes Wunsch, die Vergangenheit ruhen zu lassen, versteckt.

»Ich wusste nichts von der Wohnung«, sagte Thijs. »Ich war mindestens so überrascht wie euer Vater, dass Henriette nach Bergen ziehen wollte. Ich hatte nie den Eindruck, dass wir ›exklusiv‹ waren.«

»Ein kleiner Flirt?«, sagte Helen ätzend. »Wie mit deinen Urlauberinnen?«

»Henriette war verheiratet. Sie hatte Familie«, sagte er. »Ich war komplett überfordert von der Idee, für eine Schar Kinder zu sorgen.«

»Du hattest schließlich eigene«, sagte Helen.

Thijs' Miene verdüsterte sich zum ersten Mal.

»Ich bin nicht stolz darauf«, sagte er. »Aber ich eigne mich nicht als Familienvater. Leider habe ich das viel zu spät begriffen.«

»Wie lange?«, fragte Yella, die sich wieder einigermaßen unter Kontrolle hatte. »Wie lange lief das schon? Mit dir und Henriette?«

Vermutlich war das eine der Fragen gewesen, die Johannes ihnen in der Sturmnacht gestellt hatte. Henriette und Thijs hatten einander auf dem Trip zur Bohrinsel kennengelernt, in den Flitterwochen, noch vor den Kindern. Wann war aus der flüchtigen Bekanntschaft mehr geworden? Johannes muss sehr geschockt gewesen sein, als er seine Frau in der Wohnung entdeckte. Vermutlich war ihm schlagartig klar gewesen, dass es um mehr ging als nur ein flüchtiges Ferienabenteuer.

»Es gab Sommer, in denen wir es geschafft haben, einander zu meiden. Es gab Sommer, in denen ich auf der Bohrinsel war …«, hob Thijs zögernd an.

»Und es gab andere Jahre!«, schloss Yella.

Thijs nickte. »Wir kamen nie wirklich voneinander los«, gab er zu. »Bis zu dem Unfall. Danach haben wir uns fast zwanzig Jahre nicht gesehen.«

»Und Tessa?«, fragte Yella.

Helen sah ihre Schwester erschrocken an. Sie hatten der Familie des Fischhändlers ein Versprechen gegeben.

»Ich war dumm«, gab Thijs zu. »Bei jeder neuen Liebe war

ich zu hundert Prozent davon überzeugt, dass es diesmal die Richtige ist.«

Helen war kurz sprachlos. Vielleicht war Tessa einmal »die Richtige« gewesen, aber er war in jedem Fall der Falsche. Es schmerzte sie, wie lapidar er über sein Versagen hinwegwischte. Es war schon fast eine Leistung, nach zwei gescheiterten Ehen, einer geplatzten Verlobung und einer ganzen Reihe gebrochener Herzen ein drittes Mal zu heiraten und zu glauben, es könne diesmal funktionieren.

»Was ist in der Wohnung passiert?«, fragte Helen.

»Ich habe mich rausgehalten …«, sagte Thijs.

Helen lachte bitter auf. »Raushalten ist auch nur ein Synonym dafür, keine Verantwortung zu übernehmen«, unterbrach sie ihn.

»Ich habe mich rausgehalten und Tessa nach Hause gebracht«, beendete Thijs seinen Satz. »Danach habe ich sie übrigens nie mehr wiedergesehen. Erst später hörte ich, dass sie psychische Probleme hatte.«

Helen schluckte schwer. Yella holte Luft, öffnete den Mund und schwieg dann doch. Jede weitere Frage hätte einen Verrat an Roos und ihrem Großvater bedeutet. Die beiden hatten ihnen geholfen, ihr Familiengeheimnis zu entwirren. Wenn Roos je das Bedürfnis hatte, ihren leiblichen Vater kennenzulernen, konnte sie die Initiative ergreifen. Wenn die Zeit reif für sie war. Es war nicht an ihnen, die Geheimnisse anderer Familien ans Licht der Öffentlichkeit zu zerren.

»Es tut mir unendlich leid, was mit eurem Vater passiert ist«, sagte Thijs. »Wenn ich die Zeit zurückdrehen könnte, ich würde alles anders machen.«

»Und wo ist unsere Mutter jetzt?«, frage Helen nervös.

»Wir hatten gestern Abend einen furchtbaren Streit. Sie warf mir vor, dass ich unser Schweigegelübde brechen will.«

Er grinste, als ob er sich darüber freute, dass er sich den Ärger über seinen Vertrauensbruch bereits abgeholt hatte.

Helen realisierte erst jetzt, was das bedeutete: »Sie war die ganze Nacht weg?«

»Ich nehme an, sie hat bei Amelie übernachtet«, sagte er.

Helen zog Yella mit sich mit. Sie hatten schon zu viel Zeit mit Thijs' Affären vertan. Wertvolle Zeit.

47. Hoch hinaus

Ihre Mutter war bereits seit 24 Stunden abgängig. Das Miteinander der Sommerschwestern war oft geprägt von Streitereien und Meinungsverschiedenheiten, jetzt, wo es drauf ankam, zogen die vier an einem Strang.

Die ganze Familie war im Einsatz. Amelie hielt die Stellung im *Cultuurdorp* für den Fall, dass Henriette dort Zuflucht suchte. Wenn ihre Mutter bei einer der Töchter auftauchen würde, dann doch am ehesten bei Amelie. Doro telefonierte unterdessen die Hotels ab und fand heraus, dass ihre Mutter die Nacht in einer Pension im Zentrum verbracht hatte. Sie fuhr sofort zu der betreffenden Adresse, nur um festzustellen, dass sie dort bereits wieder verschwunden war.

»Frau Thalberg hat Frühstück und Check-out verpasst«, sagte die junge Frau an der Rezeption.

Aus dem Hintergrund mischte sich ein Urlauber ein. »Ich habe sie heute Morgen in den Touringbus einsteigen sehen«, verkündete er.

Die Rezeptionistin überlegte. »Kann gut sein, dass sie sich unserem Ausflug zur *Zaansce Schans* angeschlossen hat«, mutmaßte sie. »Holzschuhe, Mühlen und bester holländischer Käse«, pries sie das Freiluftmuseum an. »Ist sehr beliebt bei deutschen Touristen.«

Doro hielt einen Museumstrip für ausgeschlossen.

Fast gleichzeitig meldete Philomena sich mit widersprüchlichen Nachrichten: »Einer meiner Kollegen hat heute eine ältere Dame nach Schiphol gefahren, zum Flughafen.«

Henriette schwärmte gerne von ihren Jahren als Stewardess. Hatte sie einfach einen Flug nach irgendwohin gebucht? Der Hinweis blieb vage.

Auch bei der Polizei kamen sie nicht weiter. Paul scheiterte beim Versuch, eine Vermisstenanzeige aufzugeben.

»Ihre Schwiegermutter ist erwachsen«, sagte die Beamtin voller Mitleid. »Sie kann über ihren Aufenthaltsort bestimmen, wie es ihr beliebt.«

Überhaupt war es viel zu früh, einzugreifen. »Wenn wir jeden suchen würden, der mal Ärger mit dem Partner hat …« Sie blieb die Erklärung schuldig, was dann geschehen würde.

Ich will, dass der Wind mich wegträgt. Ein letztes Mal fliegen, so wie früher, hatte Henriette geschrieben. Angst und Ärger kämpften in Helens Inneren um die Oberhand. Ihre Mutter hatte es mal wieder geschafft: Sie entzog sich jeder kritischen Frage und sorgte im Gegenteil dafür, dass die ganze Familie sich nur um sie drehte. Yella und Helen gingen ihre Optionen durch.

»Wir können doch nicht untätig abwarten«, sagte Yella.

»Wo willst du anfangen mit Suchen?«, fragte Helen.

Statt einer Antwort zitierte Yella nachdenklich den Lieblingssatz ihres Vaters. »Wenn man sich verirrt hat, muss man an den letzten Punkt zurückkehren, an dem man sicher wusste, wo man sich befindet.«

Helen zog das Foto heraus, das ihre Mutter so lange in ihrem Portemonnaie mit sich getragen hatte. Es gab nur einen einzigen Ort in der Gegend, wo man fliegen konnte. Eine Location, die eng mit Henriettes Biografie verwoben war.

Die Fahrt nach Egmond aan Zee zog sich. Auf der engen Landstraße blieben Yella und Helen kilometerlang hinter einem Traktor hängen, bevor dieser kurz vor Egmond in einen Bauernhof abbog. Eine Herde Alpakas blickte ihnen neugierig hinterher. Helen spielte nervös an ihrem Handy herum. Hoffentlich waren sie nicht zu spät.

Es dauerte eine halbe Ewigkeit, bis sie endlich ihr Ziel erreichten: den Leuchtturm. Wieder liefen sie an der Tafel mit der Widmung vorbei. Die Geschichte des Leutnants, der sich das Leben nahm, bevor er in die Hände des Feindes fiel, stand Helen drohend vor Augen.

Sie zog an der massiven Metalltür und fand den Zugang zum Leuchtturm überraschenderweise unverschlossen vor. Draußen dominierten der Duft salziger Meeresluft und der Klang der Brandung, die unaufhörlich gegen die Küste rollte, hier drinnen war es stickig und kalt. Die dicken Mauern dämpften die fröhlichen Strandgeräusche. Eine spiralförmige Stiege wand sich im Dunkeln nach oben.

»Mama«, rief Yella in das klaustrophobisch enge Treppenhaus hinein.

Ihre Stimme verhallte. Keine Antwort. Es blieb gespenstisch still.

Helen kämpfte sich als Erste die fünf Etagen empor. Oben auf der Plattform angekommen, öffnete sich ein beeindruckender Panoramablick. Das Meer erstreckte sich in all seiner Pracht bis zum Horizont, während sich die Möwen hoch über den Wellen stumm im Wind wiegten. Sie hatte keine Augen für den atemberaubenden Ausblick, der sie an jedem anderen Tag in Staunen versetzt hätte.

Hinter ihr erreichte Yella das Plateau.

»Mama«, rief sie noch einmal.

In sich zusammengesunken, halb verborgen unter einem dicken Mantel, den sie zum Wärmen über die Knie gezogen hatte, kauerte Henriette vor ihnen. Ihre Mutter hielt den Talisman von ihrem Schlüsselbund hoch. »Johannes hatte ihn für unser Dinner organisiert. Hättet ihr gedacht, dass er immer noch passt?«

Neben ihr stand eine halb volle Flasche Genever. Ihre Mutter griff nach einem Blister mit Tabletten. In letzter Sekunde kam Helen ihr zuvor. Es war leer.

»Ich habe Angst«, sagte Henriette mit schwerer Stimme. »Vor dem Leben, aber noch mehr vor dem Tod.«

Yella nahm ihre Mutter in den Arm. »Sie fühlt sich eiskalt an«, sagte sie besorgt.

Helen verständigte einen Krankenwagen, dann ihre Schwestern.

»Wir haben sie gefunden«, gab sie durch.

Eine Welle von Dankbarkeit überrollte Helen. In dieser Sekunde war sie einfach nur froh, dass ihre Mutter noch da war. Welche Fragen sie auch quälten: Später war genug Zeit, jede einzelne zu stellen.

Henriette sah sie mit erloschenem Blick an.

»Ich habe einen Fehler gemacht im Leben. Einen einzigen«, sagte sie. »Ich habe mich verliebt.«

Es dauerte eine Weile, bis ihre Mutter sich beruhigt und aufgerichtet hatte und in der Lage war, weiterzusprechen.

»Als ich Thijs kennenlernte, hätte ich auf mein Herz hören sollen. Von Anfang an.«

»Warum bist du nicht gegangen?«, fragte Yella. »Früher?«

»Ich war frisch verheiratet. Und er war nichts. Er hatte nichts, und er versprach nichts. Ich wollte eine Familie, ich wollte ein tolles Haus, ich wollte euch …«

Sie hustete. Yella kramte ihre Trinkflasche hervor und flößte ihrer Mutter ein bisschen Wasser ein. Vorsichtig benetzte sie ihre spröden Lippen.

»Bei Thijs hat alles gestimmt. Der Mensch, das Gefühl, die Chemie, nur nicht der Zeitpunkt. Nie. Nicht einmal jetzt«, sagte Henriette bitter.

Helen blickte nervös aus dem Fenster. Von hier oben hatte man ganz Egmond im Blick. Wo um alles in der Welt blieb der Krankenwagen?

»Wenn Tessa sich nicht eingemischt hätte, unser aller Leben wäre anders verlaufen«, sagte ihre Mutter. »Ein Mal traue ich mich, auf meine eigenen Bedürfnisse zu hören, und dann kommt sie daher. Wir hätten das in Ruhe geklärt, Johannes und ich.«

Keine der Schwestern kommentierte ihre Aussagen. Yella und Helen wussten längst, dass die Situation in Wirklichkeit viel komplizierter lag. Wenn sie je erfahren wollten, was Henriette damals und heute bewegte, mussten sie ihr einfach zuhören. Es hatte keinen Sinn, ihre Folie von Wirklichkeit darüberzulegen, um sich dann auf eine gemeinsame Wahrheit zu einigen. Das würde nie geschehen.

»Wir wären hier viel glücklicher geworden«, sagte Henriette.

»Wir?«, mischte Helen sich nun doch ein.

»Ich hätte euch nachgeholt«, sagte sie. »Sobald es gegangen wäre.«

»In diese winzige Wohnung?«, fragte Helen.

»Ich wollte mit euch ein neues Leben anfangen. Natürlich mit euch. Nur mit euch«, wiederholte Henriette.

Helen wusste, dass auch das nicht stimmte. Selbst das Internat für die Zwillinge hatte sie vor dem Unfall längst angedacht. Sie verspürte keine Lust, sich auf irgendeine Diskussion einzulassen. Sie wollte einfach nur, dass Hilfe kam. Jetzt. Sofort.

»Ich brauchte Zeit« sagte Henriette. »Das ist doch normal, dass man Zeit braucht für so eine Trennung.«

Hilfe suchend blickte sie Yella an, als ob sie sich gerade von ihr eine Absolution erhoffte. Von Mutter zu Mutter.

»Ich wollte, dass alles perfekt ist, bevor ihr zu mir zieht. Louise hat mir geholfen. Sie ist mit mir nach Amsterdam gefahren, hat Möbel ausgesucht. Sie hat sogar einen Bekannten bei der KLM angerufen. Ich hätte wieder fliegen können. Ich hätte mein eigenes Geld verdient.«

Helen biss sich auf die Lippe. Wie immer ging es in den geschönten Erzählungen ihrer Mutter vor allem darum, was sie sich für ihr eigenes Leben gewünscht hatte.

Tränen kullerten über Henriettes Wangen.

»Ich habe nach dem Unfall mein ganzes Leben für euch aufgegeben. Ich war auf einmal für vier minderjährige Kinder zuständig. Ich hatte nichts.«

Außer einem neuen Ehemann, dachte Helen. Sie schüttelte den Gedanken daran, wie schnell ihre Mutter sich nach dem Tod ihres Mannes und dem desaströsen Ende ihrer Affäre in die Arme eines Dritten geflüchtet hatte, schnell ab. Im Moment ging es nur um die Gesundheit ihrer Mutter. Sie atmete erleichtert auf, als sie auf der Dorfstraße unter sich endlich Blaulicht aufblitzen sah. Zum Glück. Alles würde gut werden.

»Ihr Mädchen wart immer so glücklich in Holland«, sagte Henriette. »Bergen war euer Glücksort. Ich hätte nie etwas gemacht, was schlecht für euch war.«

»Und Papa sollte alleine in Köln bleiben?«, fragte Yella dann doch noch nach.

Die leise Kritik, die in der Frage mitschwang, irritierte Henriette.

»Johannes wollte mir das Sorgerecht streitig machen«, sagte sie wütend. »Er drohte, dass ich euch nie wiedersehen darf. Seine Eltern wären begeistert gewesen. Sie haben immer Stimmung gegen mich gemacht.«

Helen hielt inne. Der nächtliche Traum fiel ihr ein. »Bist du dir sicher, dass es deine Kinder sind?«

Hatte ihre Mutter die Drohung des Vaters, ihr die Kinder wegzunehmen, einfach so hingenommen? Oder hatte sie die Unterstellung der Großeltern, dass Johannes gar nicht der leibliche Vater war, als Munition eingesetzt?

»Seine Eltern haben mich nie gemocht. Sie haben sich ständig eingemischt. Ich bin für euch geblieben, bis ich es nicht mehr ausgehalten habe«, sagte Henriette.

Johannes' Familie hatte Henriette tatsächlich nie als Schwiegertochter akzeptiert. Vor allem ihr problematisches Verhältnis zur Wahrheit war ihnen ein Dorn im Auge gewesen. Den Beweis für ihre Unterstellungen blieben sie schuldig. Auch jetzt hing die Frage in der Luft. Helen hatte längst nachgerechnet. Alle vier Kinder waren im Sommer gezeugt worden. Lag das daran, dass Henriette und Johannes sich in ihren endlosen Ferien an der Nordsee am nächsten waren? Oder gab es noch eine andere, düsterere Wahrheit dahinter?

Unten schlug die Metalltür. Stimmen klangen durch das Treppenhaus, dann Schritte. Die Zeit lief ab. Die Frage war, ob Henriette je wieder reden würde.

»Ich habe mich immer bemüht, eine gute Mutter und Ehefrau zu sein«, sagte sie. »Jetzt bin ich zu alt und zu müde, um wieder neu anzufangen. Vielleicht gehöre ich einfach nicht hierhin.«

Die Rettungshelfer hatten die Plattform erreicht.

»Und?«, fragte Helen nach. »Ist Johannes unser Vater?«

Henriette erhob sich ruckartig. Sie hatte offensichtlich genug von den Fragen ihrer Töchter.

Dann bemerkte sie die beiden. Sie richtete ihr Haar, zog ihre Kleidung zurecht und knipste ihr Lächeln an. Als Helen den Mantel hochhob, fand sie die vollzähligen Tabletten aus dem Blister. Auch die übrigen Verpackungen schienen unberührt.

48. Lasst mich nicht allein

Helen und Yella warteten in den sterilen Gängen des *Medisch Centrum Alkmaar* auf das Ende der Untersuchungen. Helen spürte, wie ihr Herz schwer wurde. Hier, in diesem Krankenhaus, war der Weg ihres Vaters zu Ende gegangen. Irgendwo in einem der Untergeschosse befand sich die forensische Abteilung.

»Es geht ihr gut. Ihre Vitalparameter bewegen sich alle innerhalb der Norm«, sagte eine Ärztin, als sie endlich ins Zimmer gelassen wurden. »Wir werden Ihre Mutter jedoch aus Sicherheitsgründen eine Nacht hierbehalten.«

Henriette zweifelte an der positiven Diagnose: »Ich spüre, dass ich mir in der Kälte was geholt habe«, sagte sie. »Ich verlange, gründlich untersucht zu werden.«

»Das haben wir gemacht, Frau Thalberg«, sagte die Ärztin.

»Ich fordere eine zweite Meinung.«

»Ihre Mutter zeigt eine bemerkenswerte körperliche Verfassung für ihre Altersgruppe«, sagte die Ärztin lächelnd. »Wir hatten sie erst vor drei Nächten hier. Wegen Herzbeschwerden. Da haben wir sie ausführlich durchgecheckt.«

Sie blätterte in Henriettes Krankenakte.

»Solche Symptome sind uns bekannt. Wir erleben in unserer medizinischen Praxis oft, dass Menschen Angstzustände entwickeln, selbst wenn sich, wie bei Ihrer Mutter, Tumore als gutartig erweisen.«

Die Ärztin wollte sich gerade verabschieden, als Helen sie noch einmal aufhielt.

»Gutartig?«, hakte sie ungläubig nach.

Sie erinnerte sich schmerzlich daran, wie ihre Mutter immer von einer schweren Krebserkrankung gesprochen hatte und wie sehr sie sich gesorgt hatte. Gerade weil ihre Mutter sich standhaft weigerte, irgendeinen konkreten Befund mit ihr zu teilen.

»Ein Adenom«, nickte die freundliche Ärztin.

Helen verstand genug medizinische Fachsprache. Ein Adenom im Magen war in der Regel eine gutartige Wucherung von Drüsengewebe, die bisweilen operiert werden musste. Solche Veränderungen konnten in einigen Fällen zu Krebs führen, waren jedoch nicht als direkte Krebsvorstufe zu werten. Wie oft hatte sie sich gefragt, warum ihre Mutter so ein Geheimnis aus ihrer Diagnose gemacht hatte. Sie wusste nun auch, dass Henriette ihre Krankheitsgeschichte maßlos übertrieben hatte.

»Ihre Ängste und Panikattacken sind real«, flüsterte die Ärztin ihr milde zu. »Sie braucht ein bisschen Aufmerksamkeit.«

»Kann eine von euch über Nacht hierbleiben?«, fragte Henriette, als sie wieder an ihr Bett traten.

»Leider haben wir für Angehörige keine Kapazitäten«, sagte die Ärztin im Gehen.

»Ich will nicht alleine sein. Ich kann nicht alleine sein«, wimmerte Henriette. »Es gibt Menschen, die können ohne Gesellschaft überleben, ich bin dafür nicht gemacht.«

Helen wandte sich bereits zum Gehen. Ihre Mutter spürte, wie ihr die Felle davonschwammen.

»Natürlich ist Johannes euer Vater«, spielte sie verzweifelt ihren letzten Trumpf aus. »Wie könnt ihr etwas anderes denken?«

Helen fühlte, wie es kalt blieb in ihr. Was war das Wort ihrer Mutter noch wert?

»Ich habe Johannes geliebt, so sehr, dass ich ihn sogar freigeben wollte«, sagte Henriette. »Er verdiente eine Frau an seiner Seite, die glücklich mit ihm ist.«

»Du hast ihm also einen Gefallen damit getan, ihn zu verlassen?«, fragte Helen aus dem Hintergrund.

»Wenn Tessa sich nicht eingemischt hätte, wären wir alle glücklich geworden«, wiederholte Henriette ihr Mantra.

Yella drückte Henriette einen flüchtigen Kuss auf die Wange und drehte sich um. Es war alles gesagt zwischen ihnen.

Der Gedanke an die letzten Worte ihres Vaters brach Helen das Herz. Johannes Thalberg hatte sich bemüht, dafür zu sorgen, dass die vier Mädchen kein schlechtes Bild von ihrer Mutter hatten. Sie nahm an, dass er deswegen Yella gebeten hatte, über den Besuch von Tessa zu schweigen. Er hatte sich schützend vor Henriette gestellt. Und sie? Sie konnte sich bis heute nicht dazu durchringen, einen Funken Verantwortung zu übernehmen für das, was in der Nacht geschehen war. In Henriettes Leben ging es vor allem um Henriette. Und die war nicht in der Lage, sich zu entschuldigen.

»Lass uns gehen«, sagte Yella.

An ihrem Blick erkannte Helen, dass ihre Schwester ebenso enttäuscht war. Ihre Mutter hatte sich im Lauf der Jahrzehnte eine Version der Wirklichkeit zusammengebastelt, die es ihr ermöglichte, ihren eigenen Anteil am Tod des Vaters zu relativieren und zu minimalisieren. Schuld waren immer die anderen. Vielleicht brauchte Henriette diese Art von Verdrängung, um überleben zu können. Helen bewegte sich Richtung Tür. Sie selbst brauchte etwas anderes. Ebenso wie Yella.

»Ich verstehe, dass ihr mich alleinelasst. Ich würde genauso handeln«, schniefte Henriette. »Ich weiß, ich bin die schlechteste Mutter der Welt.«

Helen würde sich nicht mehr erpressen lassen. Sie würde ihr nicht widersprechen. Die Wahrheit lag auf dem Tisch. Das war etwas, das ihre Mutter aushalten musste. Sie würde mit ihrer eigenen Geschichte leben müssen. Und mit der Reaktion ihrer Kinder.

»Ich fahre nach Berlin. Heute noch«, sagte Yella. »Es gibt da ein paar Dinge, die ich regeln muss.«

»Die Liebe einer Mutter ist selbstloser als die eines Kindes«, sagte Henriette verständnisvoll. »Ich hoffe, dir bleibt erspart, dass deine Kinder dich einmal schlecht behandeln.«

Wollte sie damit andeuten, dass sie das Opfer in der ganzen Geschichte war?

»Ich habe immer mein Bestes gegeben«, wiederholte Henriette noch einmal.

»Manchmal reicht das eben nicht«, sagte Helen kühl.

Sie verließen das Krankenzimmer. Yella zog die Tür hinter ihnen zu.

49. Abschied

Arm in Arm liefen Yella und Helen zurück zu ihrem Auto. Sie stutzten, als sie im Eingangsbereich des Krankenhauses auf Thijs trafen. Sein Gesicht war aschfahl. Helen würde nie so ganz nachvollziehen können, was ihre Mutter an ihm fand. Vielleicht war er ein guter Liebhaber, aber er gab einen miserablen Ehemann ab. Von seinen Vaterqualitäten ganz zu schweigen. Thijs fühlte den Vorwurf in ihrem Blick.

»Eure Mutter und mich verbindet etwas Besonderes«, erklärte er. »Wir sind Seelenverwandte. Wir machen Fehler. Wir scheitern. Wir verlieben uns zu schnell und heiraten grundsätzlich die Falschen …«

Ganz offensichtlich wollte er, dass Yella und Helen verstanden.

»Klingt großartig«, sagte Helen nüchtern.

»Ich bin nicht perfekt«, verteidigte sich Thijs. »Henriette ist nicht perfekt. Leider sind wir zusammen auch nicht perfekt.«

Er erwartete irgendeine Art von Absolution. Als die nicht kam, sprach er einfach weiter.

»Aber wir wissen, wo wir herkommen. Das verbindet uns für immer«, erklärte Thijs. »In unserem Alter ist Freundschaft mehr wert als die große Liebe.«

Helen trat von einem Fuß auf den anderen. Henriette mochte ihm alles verzeihen, sie selbst würde wohl nie wirklich warm mit ihm werden.

»Ich war immer ehrlich zu ihr«, verteidigte sich Thijs. »Ewige Treue ist für mich nicht zu schaffen. Aber ich bin gut darin, uns einen großartigen Tag zu machen.«

Seine Lebensplanung umfasste offenbar nicht mehr als die kommenden 24 Stunden. Helen hoffte aufrichtig, dass er wenigstens dieses Versprechen halten konnte. Trotz allem beruhigte es sie, ihre Mutter nicht alleine zu wissen. Es war eine seltsame Erkenntnis: Jenseits aller negativen Gefühle, die sie in sich trug, fühlte sie etwas anderes aufkeimen: Mitleid.

Yella packte, während Helen die beiden anderen Schwestern am Lagerfeuer über die Ereignisse der Nacht informierte.

»Henriette hat gelogen. Über ihre Ehe, über ihre Affäre, über die Sturmnacht, über die Schwere ihrer Krankheit, über das Erbe«, fasste Doro schnörkellos zusammen.

»Wir wissen nicht einmal, ob es uns Sommerschwestern überhaupt gibt«, sagte Helen.

Selbst Amelie war nicht mehr so eindeutig in ihrer Haltung. Hilflos zuckte sie die Achseln. »Emotional, ja …«, sagte sie und hielt dann inne.

Hatten die Schwiegereltern recht gehabt mit ihren Zweifeln? Waren sie wirklich Johannes' leibliche Töchter? Alle vier? Nicht einmal ihre Mutter konnte ihnen eine Antwort darauf geben. Jedenfalls keine, auf die die vier Töchter sich verlassen konnten.

»Ich habe nicht die geringste Lust auf einen neuen Vater«, sagte Amelie. »Wollt ihr das denn wirklich wissen?«

Helen und Doro nickten entschieden.

»Wer von euch hat irgendwann schon mal gedacht, nicht dazuzugehören?«, fragte Doro und reckte sofort ihren Zeigefinger in die Höhe.

Helen tat es ihr nach, dann Amelie.

Als Letzte mischte Yella sich ein: »Ich dachte jahrelang, ich bin adoptiert oder im Krankenhaus vertauscht worden.«

Es war fast komisch: Jede von ihnen hatte sich auf eigene Weise einsam in der Familie gefühlt.

Yella nahm ihre Reisetasche hoch: »Zeit, mich um meine andere Baustelle zu kümmern«, sagte sie.

Der Abschied fiel ihnen schwer.

»Wie wäre es, wenn wir alle einen Test machen, und dann treffen wir uns hier in Holland, um die Ergebnisse zu teilen?«, schlug Helen vor.

Die Schwestern nickten. Wenn sie Klarheit haben wollten, mussten sie die Wissenschaft bemühen. Selbst Amelie war einverstanden.

»Dann können wir endgültig abschließen«, sagte sie.

50. Wieder zu Hause

Yella erreichte Berlin in den frühen Morgenstunden. David hatte nach ihrem Anruf sofort seinen Schlossaufenthalt abgebrochen und war gemeinsam mit Leo und Nick nach Hause zurückgekehrt.

Ihr erster Weg führte sie ins Kinderzimmer. Yella zog die Bettdecken ihrer Söhne zurecht und bewunderte die neuen Dinosaurierplüschtiere. Leo schlug die Augen auf, sah sie glücklich an und schlief sofort wieder ein. Nick lächelte im Schlaf. Am liebsten hätte sie ihre Kinder wach gekuschelt, wollte sie jedoch nicht aus ihren süßen Träumen reißen.

David war direkt aufgestanden. Er lief im Schlafanzug durch das Wohnzimmer und sammelte das Spielzeug der Kinder auf. Seine mageren Beine steckten in einer kurzen Hose, der schmale Oberkörper zeichnete sich unter einem verwaschenen T-Shirt ab, das sie neulich schon einmal aussortiert hatte. David mochte keine Veränderungen. Er trat auf einen verirrten Legostein und hüpfte mit schmerzverzogenem Gesicht auf einem Bein herum. Plötzlich entdeckte er Yella in der Tür.

»Schön, dass du wieder da bist«, sagte er.

Dann sah er ihr ernstes Gesicht.

»Nordsee-Jetlag?«, fragte er und gab seiner Stimme einen bemüht fröhlichen Ton. Seine Augen lachten nicht mit.

Yella holte Luft. »Ich werde mich trennen«, sagte sie.

Es hatte keinen Sinn, um den heißen Brei herumzureden. Sie sprach in vier Worten aus, was seit Monaten, vielleicht sogar schon seit Jahren in ihr gärte. Es gab keinen Plan B. Es gab keinen Frenkie oder irgendjemand anderen. Es gab nur sie selbst.

David lachte auf, als hätte sie einen Scherz gemacht.

»Wegen Elena?«, fragte er. »Das haben wir doch schon geklärt.«

»Es gibt kein Wir mehr, schon lange nicht mehr.«

»Du übertreibst, Yella. Du warst zu lange mit Doro zusammen.«

»Ich mag nicht, wenn du so abfällig über sie sprichst«, sagte sie. »Es bleibt meine Familie.«

»Ich habe dich da rausgeholt, weißt du noch?«, sagte er.

Als sie sich kennenlernten, war sie in einer schwierigen Phase gewesen, in der sie sehr mit ihrer Familie gehadert hatte. Die Beziehung zu David hatte ihr tatsächlich geholfen, sich abzunabeln.

»Ich muss nicht gerettet werden«, sagte sie. »Nicht mehr.«

Yella hatte etwas gelernt. Die Angst vor dem Alleinsein verleitete ihre Mutter zu Entscheidungen, die toxisch für alle Beteiligten waren. Henriette Thalberg hatte sich nie zugetraut, ihr Leben alleine zu bewältigen. Sie war fest entschlossen, nicht in dieselbe Falle zu tappen. Es war an ihr, die Weichen neu zu stellen.

»Wir sind schon lange wie eine Wohngemeinschaft. Wir leben wie Bruder und Schwester«, sagte sie.

»Das liegt nicht an mir«, sagte David verletzt.

»Es liegt an mir«, sagte Yella. »Das ist es ja gerade.«

Sie hatte immer die Stimme im Bauch überhört, weil sie am eigenen Leib erfahren hatte, wie es war, ohne Vater groß zu werden. Aber ihre Situation war nicht vergleichbar mit der ihrer Herkunftsfamilie. David war ein toller Vater für Nick und Leo. Sie war sicher, dass er auch nach einer Trennung ein toller Vater bleiben würde.

»Wir haben viel zu lange tatenlos zugeschaut, wie es langsam bergab geht«, sagte sie.

»Du bist einfach müde, Yella. Da sagt man schon mal Dinge, die man später bereut.«

»Ich brauche mehr Raum für mich«, sagte Yella.

Ein paar Tage später kamen leere Umzugskisten mit der Post an. Daneben lag ein kleiner Umschlag von Helens Labor. Yella betrachtete unentschlossen das Päckchen mit dem DNA-Test, das ihre Schwester an alle verschickt hatte. Würde das Ergebnis ihre Beziehung verändern? Ratlos betrachtete sie ein Foto der Schwestern, das sie im Flur aufgehangen hatte. Konnte man von außen sehen, ob sie zusammengehörten? Was machte sie zu Schwestern? Die Biologie? Die gemeinsame Vergangenheit?

Entschieden riss sie den Umschlag auf. Jeder Mensch hat angeblich dreizehn Geheimnisse. Fünf davon nimmt man mit ins Grab. Die Frage, ob sie wirklich Schwestern waren, sollte nicht dazugehören.

51. Neuanfänge

Vierzehn Tage später zog David zu Sam, dem netten indischen Kollegen aus dem Restaurant. Sie hatten beschlossen, dass es einfacher war, dass sie und die beiden Jungen in der vertrauten Umgebung blieben.

»Wir legen eine kleine Beziehungspause ein«, sagte David über Monate jedem, der es wissen wollte.

Yella korrigierte ihn nicht. Es war ihr egal, welche Umschreibung er für sich selbst wählte. Nach einer Periode von Zweifel, Verzweiflung und Wutausbrüchen fühlte sich für sie die Trennung richtig und endgültig an.

Neulich hatten sie gemeinsam mit den Kindern Pizza gegessen und zum ersten Mal einen wirklich vergnügten Abend miteinander verlebt.

»Ich habe mit einem neuen Roman angefangen«, erzählte David mit leuchtenden Augen. »Ich habe bereits 150 Seiten. Es läuft gut.«

Yella freute sich über seinen erneuerten Enthusiasmus, noch mehr jedoch freute sie sich, dass sie eventuelle Krisen auf dem Weg zum Wort »Ende« nicht mehr täglich mit durchleben musste.

Seit sie nicht mehr besprechen mussten, was es zum Abendessen gab und wer heute für den Einkauf zuständig war, hatten sie wieder mehr Raum, die wirklich wichtigen Dinge anzuschneiden.

»Und Elena?«, fragte sie neugierig.

»Zu anstrengend«, meinte er. »Ich bin zu alt, jeden Tag auf die Piste zu gehen.«

Yella lachte und David nahm es ihr nicht einmal übel.

»Und du?«, fragte er.

Yella dachte an den netten Vater aus dem Elternbeirat, mit dem sie nach einer Sitzung noch auf eine Currywurst und ein Dosenbier ausgegangen war. Und sie dachte an Frenkie, der ihr ab und zu schrieb. Er hatte ihr Bilder von seinem frisch renovierten Haus geschickt. *Die Einliegerwohnung vermiete ich an Touristen*, vermeldete er.

Yella hatte auf den versteckten Hinweis nicht reagiert. Wozu verabreden? Wenn das Schicksal es ernst meinte, trafen sie irgendwann von selbst aufeinander.

Frenkie war nicht der Einzige, der sie mit Renovierungsfotos bedachte. Philomena und Amelie waren damit beschäftigt, das Fundament für ihr Tiny House anzulegen. Paul hatte tatsächlich unter dem Dach seines Frankfurter Architektenbüros eine Subdivision gegründet, die sich der Entwicklung modularer Häuser widmen sollte. Amelies Art zu leben hatte für Paul eine neue Welt geöffnet. Yella staunte über die Fotos. Der Mann, der mit Hoodie und Gummistiefeln die Baugrube mit aushob, war das wirklich Paul?

Selbst Doro war umgezogen. Sie hatte Ernst gemacht und das Atelier abgewickelt. Sie war dabei, selbst mit der Staatsanwaltschaft und ihren Schuldnern über finanzielle Regelungen zu verhandeln. Vor ein paar Wochen waren sie nach Berlin gezogen, wo Lucy Koreanisch lernte. Doro hatte sich ein kleines Atelier eingerichtet, während Ludwig auf Kur ging. Das

Kölner Haus ihrer Mutter stand zum Verkauf. Henriette hielt sich bedeckt, was sie damit vorhatte. War überhaupt noch irgendetwas von dem Vermögen übrig? Henriette jedenfalls war kurz nach ihrem Krankenhausaufenthalt mit Thijs Richtung Schottland aufgebrochen. Ab und an kamen Zeitungsausschnitte mit guten Tipps. Yella entsorgte sie ungelesen. Selbst Amelie hatte nicht mehr viel Kontakt zu Henriette. »Wir sind einfach zu beschäftigt«, sagte sie.

Yella wurde von allen Schwestern eingeladen und sagte alles ab. Sie wollte sich erst einmal darum kümmern, den Übergang für Nick und Leo so einfach wie möglich zu gestalten. Die beiden hatten viel geweint, viele Fragen gestellt und unzählige Nächte im Elternbett geschlafen. Inzwischen ging es ein bisschen besser.

»Es tut mir so leid, dass wir es nicht hinbekommen haben«, sagte Yella zu David.

»Mir auch«, sagte er.

Yella schluckte ein paar Tränen hinunter. Einen Weg zurück gab es für sie nicht. Sie wusste aus eigener Erfahrung, dass Eltern, die immer nur wegen der Kinder, finanzieller Nöte oder Angst zusammengeblieben waren, keineswegs wünschenswert waren.

Sie nahm sich vor, ihren Kindern immer zu erzählen, wie glücklich und verliebt sie und David einmal gewesen waren und dass sie immer eine Familie bleiben würden. Sie waren vielleicht kein Liebespaar mehr. Aber sie waren gemeinsam Eltern von zwei wundervollen Jungen. Sie hatten lebenslänglich miteinander. Es lag an ihnen, ihre Egos zurückzustellen, um das Beste daraus zu machen.

52. Ciao, Papa

In den Herbstferien kam Amelies Einladung zum Richtfest. Yella machte sich einmal mehr auf den Weg nach Bergen, diesmal gemeinsam mit Leo und Nick. Doch bevor gefeiert wurde, hatte Amelie ein Anliegen.

»Wir haben so viel Zeit damit verbracht, die Vergangenheit auszugraben, jetzt müssen wir sie rituell begraben«, schlug sie vor. »Wir müssen uns von Papa verabschieden. Alle vier.«

In den vergangenen Jahren hatten sie ihren Vater noch einmal neu kennengelernt. Nun war es an der Zeit, ihn wirklich zur letzten Ruhe zu betten. Eine Flaschenpost hatte sie auf die richtige Spur gebracht, eine Flaschenpost sollte den würdigen Abschluss bilden. Jede von ihnen hatte eine ganz persönliche Nachricht an ihren Vater verfasst, die sie feierlich den Wellen anvertrauen wollten.

Yella war aus Berlin angereist, Doro aus München von irgendeinem Termin und Amelie direkt von den Bauarbeiten im *Cultuurdorp*. Helen stieß aus Utrecht hinzu, wo sie in ihrer neuen Rolle bei einem Forschertreffen zum Thema Abfallreduzierung in der Pharmaindustrie gesprochen hatte.

Während Leo und Nick bei Philomena und Paul im *Cultuurdorp* zurückblieben, um alles für das große Fest vorzubereiten, trafen die Schwestern sich in der Nähe des Nordseekanals.

In IJmuiden hatten sie den perfekten Ort für ihr Abschiedsritual gefunden.

Eine endlose Mole bog sich in einer imposanten Rechtskurve kilometerweit in die Nordsee. Nirgendwo anders in Holland konnte man quasi ins Meer hinauslaufen. Weit draußen erhob sich ein grün-weiß gestreifter Leuchtturm. Das war ihr Ziel.

Schweigend marschierten sie vom Strand IJmuiden auf dem drei Kilometer langen Südpier in Richtung des offenen Meeres. Der eiskalte Tag beschenkte sie mit hohen Wellen und beeindruckenden Wolkenformationen. Sie teilten sich den schmalen Weg mit Anglern, Joggern und sogar Radfahrern. In Strandnähe lagen zwei Männer mit gigantischen Kameralinsen auf der Lauer. Während die Vogelbeobachter sie mit irritierten Blicken bedachten, weil sie ihre Beobachtungsobjekte störten, grüßten die warm verpackten Meeresangler auf der Mole sie freundlich. Amelie bedauerte ausführlich die gefangenen Fische, die in einem Eimer vor sich hin dümpelten. Möwen kreischten über ihnen auf der Suche nach leichter Beute. Riesige Seeschiffe zogen lautlos aus dem Nordseekanal hinaus in die Welt. Ein Kreuzfahrtschiff wendete auf dem Weg zum Hafen Amsterdam in der Mündung.

Der Wind pfiff ihnen gnadenlos um die Ohren. Sie zogen die Mützen tiefer ins Gesicht. Je weiter sie ins Meer hinausliefen, desto stärker peitschten die Wellen gegen die künstlichen Felsen. Gischt spritzte hoch und regnete auf sie nieder. Helens Finger, mit denen sie ein paar Sonnenblumen umklammerte, froren fast ab. Als sie sich nach gut zwanzig Minuten Fußmarsch zur Spitze vorgekämpft hatten, waren sie alleine. Um sie herum waren nur noch das Meer und die Erinnerung. Jede von ihnen bedachte den Vater mit einem letzten Gruß. Amelie trug ein tieftrauriges Abschiedsgedicht vor, das sich im Wind verlor. Yella hatte Zeichnungen von Leo und Nick mitgebracht, die beide ein Selbstporträt gemalt hatten. »Damit Opa weiß, wie wir aussehen«, hatten sie erklärt.

Helen stopfte den Gutschein für die Masterclass hinein: »Ich glaube, ihn freut der Kurs am allermeisten«, sagte sie.

Yella selbst steuerte nichts für die Flaschenpost bei. »Ich will gar nicht über den Tod von Papa hinwegkommen«, sagte sie ehrlich. »Ich werde auf ewig traurig darüber sein, dass er weg ist. Der Schmerz garantiert mir, dass ich ihn immer bei mir trage.«

Doro legte einen Prospekt ihrer neuesten Ausstellung bei. Die Installation hatte so viel Aufsehen erregt, dass ihr Werk jetzt im renommierten *Stedelijk Museum* in Amsterdam ausgestellt werden sollte.

»Es kann sein, dass ich bei eurem Richtfest nicht dabei sein kann«, sagte sie. »Ich habe leider noch ein paar berufliche Termine.«

Die Schwestern lachten. Manche Dinge änderten sich eben nie. Als Letzte war Helen noch mal an der Reihe. Sie zog einen Umschlag hervor.

Yella begriff sofort: »Das Ergebnis vom DNA-Test?«, fragte sie.

Helen nickte.

»Endlich«, sagte Doro.

Dabei hatte die ganze Prozedur sich auch deswegen ewig hingezogen, weil ihre große Schwester zu beschäftigt gewesen war, ihr Testset zurückzusenden. Dann gab es Probleme, eine Probe ihres Vaters zu organisieren. Nur der Körperspende ihrer Großeltern war es zu verdanken, dass sie überhaupt auf Vergleichsmaterial zurückgreifen konnten.

»Die DNA von Opa und Oma reicht«, hatte Helen ihre

Schwestern informiert. Zu allem Überfluss hatte am Ende das Labor noch Kapazitätsprobleme.

»Wer will vorlesen?«, fragte Helen. Sie hielt den Umschlag in die Höhe, als eine heftige Böe sich des Briefs annahm und ihn ins Wasser wehte. Fassungslos beobachteten die Schwestern, wie die Wellen das Papier aufs Meer hinaustrugen.

»Das hast du absichtlich gemacht«, sagte Doro vorwurfsvoll.

»Stimmt«, gab Helen unumwunden zu.

»Wir wollten ehrlich miteinander umgehen«, sagte Yella beleidigt.

»Für mich ändert das Ergebnis sowieso nichts«, mischte Amelie sich ein.

Doro schüttelte den Kopf über Helens Unverfrorenheit: »Was ist das? Herrschaftswissen?«

»Ich habe ihn reingeworfen, weil ich wollte, dass ihr nicht rausfindet, dass ich bereits reingeschaut habe«, gab Helen schuldbewusst zu. »Ich habe versucht, ihn wieder zuzukleben, aber man sah es.«

Doro rollte die Augen.

»Helen war noch nie gut im Lügen«, sagte Yella.

»Ich konnte es einfach nicht abwarten«, gestand Helen und zog eine Kopie aus ihrer Hosentasche.

Doro riss ihr das Papier ungeduldig aus der Hand, bevor auch der nächste Zettel in der Nordsee landete. Sie las. Und schwieg. Dann sah sie ernst in die Runde.

»Schlechte Nachrichten?«, fragte Yella.

Doros Grabesmiene verhieß nichts Gutes.

»Jetzt sag schon«, meinte Yella nervös.

»Es tut mir leid«, sagte Doro und hielt wieder inne. Sie hatte immer diesen Hang zum Drama.

»Doro!«

Yella und Amelie sahen sie gespannt an.

»Es tut mir leid«, wiederholte Doro, und auf ihrem Gesicht erschien plötzlich ein breites Grinsen. »Ich bin eure Schwester. Und ihr die meinen. Leider. Bis ans Lebensende.«

Yella schnappte sich das Schreiben und überflog es hastig, bis sie gefunden hatte, was sie interessierte. »Und wir sind alle Töchter von Johannes Thalberg«, sagte sie.

Die Möwen kreischten über ihnen, der Wind fuhr durch die Kleidung. Trotzdem war es Yella warm ums Herz. An den glücklichen Mienen der Schwestern konnte sie ablesen, wie erleichtert alle waren.

»Ich finde, Papa muss das wissen«, sagte Helen ernst.

Sie rollte den Zettel zusammen und legte ihn zu den andern, bevor sie feierlich die Flasche mit Wachs verschloss. Fragend sah sie in die Runde. Amelie nahm die Flasche an sich.

»Lieber Papa«, hob sie an. Ihre Stimme brach.

»Gute Nacht und schlaf gut. Bis Morgen, lieber Papa«, sagte sie mit erstickender Stimme und übergab die Flaschenpost ganz vorsichtig dem Meer.

Yella kämpfte mit den Tränen, als sie ihre Sonnenblume in die Nordsee warf. Doro und Helen taten es ihr gleich. Eng umschlungen beobachteten die Sommerschwestern, wie die Fluten die gelben Punkte verschluckten. Wind und Wellen sangen ihr Lied, während die tanzende Flasche kleiner und kleiner wurde, bevor sie ganz verschwunden war. Irgendwann würden ihre Worte und Wünsche für den Vater den Horizont und die Wolken erreichen. Sie standen eine Weile einfach da, bis die Kälte sie zwang, den Rückweg anzutreten.

Doro hakte sich bei Yella unter. Getragen von einem Gefühl

inneren Friedens kehrten sie Richtung Strand zurück. Mit jedem Schritt ließen sie die Vergangenheit ein Stück weit hinter sich. Sie hatten fast schon das Land erreicht, als Doro ein altes Gespräch aufnahm.

»Ich suche übrigens immer noch jemanden, der mit mir zusammenarbeiten will. Bislang konnte keine der Bewerbungen mit deiner mithalten.«

Yella grinste über das unerwartete Kompliment.

»Ich bin überfordert«, gab Doro zu. »Seit ich kein Personal mehr habe, unterhalte ich 32 verschiedene WhatsApp-Gruppen mit mir selbst zu verschiedenen Themen. Und trotzdem habe ich keinen Überblick.«

»Ist das ein Jobangebot?«, erkundigte sich Yella.

Doro nickte. »Und eine Warnung: Ich bin eine schwierige Arbeitgeberin. Launisch, egozentrisch, kleinlich, ungerecht, selbstsüchtig, manisch. Ich habe die Neigung, an Weihnachten Aufträge ins Telefon zu bellen, und vergesse ständig, mich zu bedanken. Ich entschuldige mich, und dann mache ich denselben Mist wieder.«

»Ich glaube, ich könnte damit umgehen«, antwortete Yella. »Ich habe eine Schwester, die ist so ähnlich drauf.«

Doro lachte. Amelie und Helen schlossen zu ihnen auf. Es erfüllte Yella mit tiefer Freude, dass die drei wieder ein fester Bestandteil ihres Lebens waren. Sie hatten sich als Sommerschwestern wiedergefunden. Der Burgfrieden würde vermutlich höchstens fünf Minuten dauern, das wussten sie alle vier. Deswegen war es umso wichtiger, das kurze Glück in vollen Zügen zu genießen. Man musste einander nicht unbedingt begreifen, um sich zu lieben. Fünf Minuten Glück waren genug. Für den Anfang.

Dank

Wie lange schreibt man eigentlich an so einem Buch? Die Frage wird uns Autor:innen immer wieder gestellt. Die Antwort ist: lange, sehr lange. Denn bevor man anfängt, leben die Figuren bereits als amorphe Idee mit einem mit. Die Sommerschwestern haben mich über Jahre wie Freundinnen begleitet. Doch Bücher schreibt man nicht alleine.

Dank an die engagierte Mannschaft von Kiepenheuer & Witsch, die den Sommerschwestern in die Welt geholfen hat. Es ist fast unmöglich all die wunderbaren Mitarbeiter aufzuzählen, mit denen ich im Lauf der Entwicklung der Romanreihe korrespondiert, telefoniert, geplant, überlegt und geschwatzt habe. Danke an euch alle. Besonderen Dank auch an meine Wegbegleiterinnen der ersten Stunde, Iris Brandt und Susanne Beck, und an Claudia Barczewski.

Dank an Mona Lang, Schwester im Geiste und Sparringspartnerin: Es ist immer wieder eine Freude mit dir zu arbeiten. Und das wärmste Dankeschön an Kerstin Gleba, die im Hintergrund immer an meiner Seite ist und zur richtigen Zeit die richtigen Fragen stellt.

Dank an meine Leser und Leserinnen da draußen, die den Weg der vier Thalberg Schwestern begleiten. Es ist berührend zu sehen, wie meine Figuren bei euch ankommen und ich freue mich immer über eure Post. Und über jede und jeden, den ich mit meiner Liebe zu Holland anstecken kann. Schön zu wissen, dass die Sommerschwestern da draußen ihr eigenes Leben führen. Ich hoffe, es geht ihnen gut, auch wenn ich nicht mehr täglich über sie wache.

Und wie immer der dicke Dank an meine Liebsten, die so geduldig warten, dass ich meine Schreibstube auch mal wieder verlasse. Ich hätte jetzt Zeit. Was steht an?